古典文獻研究輯刊

十　編

潘美月・杜潔祥 主編

第11冊

洪邁生平及其《夷堅志》之研究（上）

王年双 著

國家圖書館出版品預行編目資料

洪邁生平及其《夷堅志》之研究（上）／王年双著 — 初版 —
台北縣永和市：花木蘭文化出版社，2010〔民 99〕
序 2+ 目 4+162 面；19×26 公分
（古典文獻研究輯刊 十編；第 11 冊）
ISBN：978-986-254-149-4（精裝）
1.（宋）洪邁 2. 傳記 3. 志怪小說 4. 文學評論
857.252 99001881

ISBN - 978-986-254-149-4
9 789862 541494

古典文獻研究輯刊
十 編 第十一冊 ISBN：978-986-254-149-4

洪邁生平及其《夷堅志》之研究（上）

作　　者　王年双
主　　編　潘美月　杜潔祥
總 編 輯　杜潔祥
企劃出版　北京大學文化資源研究中心
出　　版　花木蘭文化出版社
發 行 所　花木蘭文化出版社
發 行 人　高小娟
聯絡地址　台北縣永和市中正路五九五號七樓之三
　　　　　電話：02-2923-1455／傳眞：02-2923-1452
網　　址　http://www.huamulan.tw 信箱 sut81518@ms59.hinet.net
印　　刷　普羅文化出版廣告事業
初　　版　2010 年 3 月
定　　價　十編 20 冊（精裝）新台幣 31,000 元

洪邁生平及其《夷堅志》之研究（上）

王年双 著

作者簡介

王年雙，台北縣人，國立政治大學中國文學研究所博士。曾任蒙藏委員會聘用專員，蒙藏月刊總編輯，中華工業專科學校講師，現為國立彰化師範大學教授。專長為小說研究、文法與修辭、國文教學研究。

提　　要

本書分“洪邁生平”與“夷堅志研究”兩部分，洪邁父親洪晧出使金國，三兄弟都以博學宏詞科入仕，次兄洪遵還官至宰相，他也以博學多聞，官至中書舍人。

他以容齋隨筆和夷堅志兩部著作知名，前書為世所重，甚至以毛澤東鍾愛一生，臨終閱讀，喧騰一時。然而以洪邁個人著述態度而言，夷堅志之作，時間最早，持續最久，積力也最深，不能單純以“好奇之過”視之。

他長期為史官，熟於朝章制度，也以此見重當時，作夷堅志，未嘗不是史學的延伸，將幽明神鬼之事，記錄以下，留給後人。由於故事來源不一，講述者各異，正表現了當時士庶的集體觀念，基此，本人採取容格原型理論，從集體潛意識下手，分析鬼怪故事潛藏的人類心理機制，更重要的看出南宋人不同於以前的社會心理。

目次

上冊

序言

第一章　洪邁之生平著述……1

第一節　先世源流……1

第二節　生平傳記……7

一、鶯啼初試、詞科中選……7

二、起草征詔、參與軍事……9

三、奉使金國、無功而退……11

四、初修國史、圖籍闕如……13

五、厠身左省、多所建明……15

六、出知外郡、勇奪州兵……17

七、興利除弊、守土有功……17

八、召返行在、聖眷日隆……18

九、再入史館、續修國史……20

十、擢置翰苑、主持貢舉……22

十一、光堯陵寢、參議儀制……23

十二、太子參決、壽皇內禪……24

十三、暫守大郡、奉祠歸里……25

十四、潛心著述、備福全歸……25

第三節　親族姻黨……27
第四節　交游考……45
第五節　著述考……54
一、經部……54
二、史部……55
三、子部……63
四、集部……68
第二章　《夷堅志》之撰述動機及態度……77
第一節　《夷堅志》之名稱……77
第二節　《夷堅志》之撰述動機……80
第三節　《夷堅志》之創作態度……86
第三章　《夷堅志》成書經過及其流傳……95
第一節　成書時間……95
第二節　刊行情形……100
第三節　流佈情形……104
第四節　《分類夷堅志》考述……117
第五節　《夷堅志》之版本……132
一、甲至丁志八十卷本……132
二、支志、三志合百卷本……137
三、罕傳殘本……147
四、新校輯補本……149
五、分類本……152
第六節　《夷堅志》之續作……155

中　冊

第四章　《夷堅志》故事來源……163
第一節　聞諸時人者……163
第二節　摘錄時文者……243
第三節　轉錄他書者……252
第五章　精怪世界……263
第一節　精怪說之成立及其類型……263
一、精怪說之成立……266
二、精怪說之類型……269

第二節　好色女妖 279
第三節　好色男妖 303
第四節　惡作劇妖精 322
第六章　靈鬼世界 335
第一節　魂魄觀念及其傳說 335
第二節　游魂滯魄 350
第三節　有主之鬼 385
第四節　幽明之愛 415

下　冊

第七章　《夷堅志》之內容思想分析 427
第一節　殊方異物 427
一、奇禽異獸 427
二、奇花異卉 430
三、寶器珍玩 431
四、靈禽義獸 434
第二節　徵異術數 437
一、徵異迷信 437
二、占卜術數 442
一、祠廟信仰 449
二、巫覡 458
三、法術 462
四、禁忌 471
五、殺人祭鬼 473
第四節　仙高眞人 475
一、高人異士 475
二、陸地神仙 483
第五節　宗教靈驗 487
一、齋醮靈驗 488
二、法術靈驗 492
三、經咒靈驗 496
第六節　異界遊行 501
一、洞府仙境 504

二、鬼窟妖境 503
三、海外鬼國 504
四、幽冥地獄 505
第七節　觀念世界 518
一、定命觀念 518
二、果報觀念 525
第八章　《夷堅志》之價值 539
第一節　衍爲話本戲劇 539
第二節　輯詩文之遺佚 547
一、可資輯錄舊藉之佚 548
二、存留時文之遺 549
三、供詩文之校勘 554
第三節　考當時俗語方言 555
一、方言 555
二、俗語 556
三、諺語 561
第四節　見當時社會生活 562
一、農村經濟生活 562
二、城市經濟生活 569
三、遊藝活動 574
第五節　存當時軼事 577
第六節　其他 584
一、補地志之遺 584
二、爲宗教傳說所本 587
三、存中醫藥方 590
第九章　結　論 593
附錄：洪邁生平及著述簡表 599
參考書目 607

序 言

我國小說，源自上古神話，經長期發展，迨六朝志怪，稍具雛型，降及唐人傳奇，始有「作」意，其進步之軌迹，斑然可考。後人對小說之觀念，亦為之丕變。

傳統對小說之看法，有「小家珍說」及「殘叢小語」二義，六朝志怪雖亦出於街談巷語、道聽途說，然其造作者，則非《漢志》所謂之小說家者流，故時人多以雜史傳記視之，非惟置諸乙部，而且用修正史；中唐之世，傳奇作家蜂出，於前人志怪之基礎上，摛文繪藻，隱喻思慮，雖仍以傳、記為名，然其藉事寓意之情，婉然可見，如再視其為史，不免扞格，於是漸有今小說之名，但宋修《新唐志》子部小說類中，志怪傳奇之屬，赫然在焉，且與雜事、瑣語並列，似有待斟酌。

《太平廣記》修成之初，論者言其非後學所急，遂藏其板，志怪作者遂為之驟減。當時名公鉅卿，雖時有鬼神禍福之談，然終未有屬辭成書者。鄱陽洪邁景盧，博學強識，位重名高，生當宋南渡之際，以史才見長，所著《容齋隨筆》，與王應麟伯厚之《困學紀聞》，並稱雙璧；至於《夷堅志》，則以鳩異崇怪為意，竟遭多方譏謗，無以復加，兩書同出一手，毀譽何以判若雲泥，令人費解。洪氏《夷堅》始作於弱冠，晚年著意尤多，可謂盡畢生之力為之，其過於《隨筆》者多矣。洪邁所以甘犯時人之詆議，孜孜於是者，定必有故。

《夷堅》全書凡三十二志，為序三十一，已足以達其作書之旨，當時續其書者亦有多家，可見該書別具意義，持之與干寶〈搜神序〉相較，不難掌握志怪小說發展之脈絡。蓋因演史、寓言為志怪作者所反對，故特以窮鬼神幽明之情狀，明定命果報之觀念者，是傳其信也，然則口耳相接，必有錯聽訛錄，不免傳疑失眞，此宋人志怪與六朝之所同也。《夷堅》既出於唐人傳奇之後，其思想內容、藝術技巧，自然有所進展。今書已佚過半，然以現二千七百六十一之數，其卷帙之富，在今見宋代諸書，猶爲冠冕，倘欲求足以代表宋人志怪者，非此書莫屬。

近人每以《廣記》爲說部之淵海，然其書宋人並不多見，而《夷堅》於當時則屢經翻刻，論其影響，不在《廣記》之下。由於其忠實記錄與不抒獨懷之撰述態度，不免有所拘泥，有礙藝術表現，然其反映面，亦因而趨於廣泛而多樣，對研究宋代社會，和了解我民族文化，實大有裨益。

本論文共分九章。首章考洪邁之生平，次章明其撰述《夷堅》動機及態度，第三章述其成書經過與流傳情形，第四章探討故事來源及其轉化方式，凡此，皆在詳明原委，以解決是書外在歷史問題。第五至七章，均就此書之內容，細加剖析，先依其題材排比分類，再就故事母題解析歸納，盡可能考其發生之原因與流變情形，至於內部結構問題，亦一併予以討論，期其能見當時社會人心之所同，與對民族文化發展所能造成之影響，第八章概述此書現所見之價值所在，第九章結論。

《夷堅志》所能提供解決之社會、學術等問題尙夥，本論文之撰述，主要針對特定之對象，考察我中國文化之發展情形，以作爲個人今後從事小說與民俗文化研究之起點；又見國人對筆記志怪之關抱無多，亦冀能收拋磚引玉之故。

本論文所涉範圍甚廣，由於囿於才力，疏陋在所難免，今能順利完成，尤應感謝　李師威熊之栽培與照顧，屬稿之際，尙蒙提示綱領，析疑解惑，悉心批閱，指正缺失。重念平日多方教誨，激勵有加，恩深義重，永誌不忘。再有論文鈔校工作，全賴內子慶玲大力相助，所感謝者，何止於承擔家務，解吾後顧而已，特識於此，是爲序。

戊辰季夏王年双識於政治大學中國文學研究所

第一章　洪邁之生平著述

第一節　先世源流

洪氏世爲江南大族，至其源流，則出於共工氏，洪咨夔〈於潛洪氏譜系圖序〉述之詳矣。其云：

> 洪姓有兩出，一避唐孝敬帝及本朝宣帝諱，易弘爲洪。一伏羲神農間，共工以水德伯九州，其子勾龍爲后土，後裔封於共，爲共氏。漢末避仇，益水爲洪。吾宗共工之後也。……其散見於纂記，多占籍東南。吳盧江太守矩，宣城人；唐集賢學士孝昌，舒城人，翰林學士侃仕南漢，參知政事杲仕南唐。昇之宗譜，一侍郎，三尚書；則鄱陽三洪一遠祖也。得姓以來，鄱陽爲鼎盛。(《平齋文集》卷十)

〔註1〕

原本聚居江右一帶，屬於鄱陽洪氏一支者，於洪邁十一世祖玉，自歙州徙入饒州樂平之洪巖，世以耕桑爲業。

八世從祖師暢，暢生漢卿，卿生膺圖，仕南唐。〔註2〕

〔註1〕 關於洪氏出於共工，本曰：「共」，後益水爲洪之說法，洪邁《夷堅志》〈支甲〉卷四有類似記載：洪氏所出本共工氏之後，故《左傳》有晉共華、魯共劉，皆讀曰恭，至漢乃於左方增水云。至所著《容齋三筆》卷　「共工氏」條亦同，惟言其益水之原因則以爲「推本水德之緒加水於左而爲洪」，而非所謂「避仇」。

〔註2〕 《容齋續筆》卷五：「予八世從祖師暢，暢子漢卿，卿子膺圖，在南唐時，皆得銀青階，至檢校尚書、祭酒，然樂平縣帖之，全稱姓名，其差徭正與里長等。」蓋是時名器僭濫，州郡胥吏軍班校伍，一命便帶銀青光祿大夫階，殆與無官者等。

入宋以後，高祖士良，種德積義，志操不群，力教二孫，欲振起門戶，此時洪氏已徙居於鄱陽。〔註3〕高祖母爲章氏。

曾祖炳，早歿，後贈少保，曾祖母何氏，贈紀國夫人。

伯祖彥昇，字仲達，登神宗元豐八年進士，累遷殿中侍御史，孤立任言責閱五年，嘗論蔡京朋姦誤國，公私困弊，既已上印而偃蹇都城，上憑眷顧之恩，中懷跋扈之志，願早賜英斷，遣之出京。又論宰相何執中，見利忘義，唯貨殖是圖，願解其機政，以全晚節。他如鄧洵仁、蔡嶷、劉極、李孝稱、許光凝、許幾、盛章、李譓、任熙明之流，皆條摭其過，一不爲回隱。

時宰相張商英與給事中劉嗣明爭曲直，事下御史，彥昇蔽罪商英，商英去，又累疏言郭天信以談命進用，交結竄斥，因請士大夫毋語命術，毋習釋教，皆從之，遷給事中。後張商英復官之旨下，給事方會論之，以爲顧避封駁，遂託病，出知滁州（《容齋四筆》卷十五），加右文殿修撰，進徽猷閣待制，出知吉州，卒於官，年六十三。〔註4〕

洪氏至此遂大。

祖彥先，官通直郎，贈太師秦國公，祖母董氏，贈秦國夫人。

父晧，〔註5〕字光弼，徽宗政和五年進士，宣和中爲秀州司錄，逢大水，以拯救災民爲務，民感之切骨，號「洪佛子」。建炎三年，高宗將如金陵，諫之，時議遣使金國，張浚以是薦之，時晧方居父喪，墨經入對，遷五官，擢徽猷閣待制，假禮部尚書，爲大金通問使，龔璹副之，至太原留幾一年，及至雲中，粘罕迫二使仕劉豫，璹乃至汴受僞官，晧抵死不從，流竄冷山。

冷山爲陳王悟室聚落，悟室使教其八子，或二年不給食，備受饑寒之苦，後與悟室如燕，甫一月，兀朮殺悟室，株連數千人，晧獨免。

高宗紹興十年，因諜者趙德書機事數萬言，歸達於帝，乞興師高宗進擊，

〔註3〕周必大〈宋宰相贈太師魏國洪文惠公神道碑銘〉云：「（洪氏）五季自歙徙饒州樂平，又七世始居鄱陽，至公高祖士良，隱德田閭，力教子孫。」（《盤洲文集》附錄）關於此一記載如爲信實，則洪膺圖去洪玉凡六世，斷無仕南唐之可能，而觀乎文義，始居鄱陽時，當在洪士良以前，惟自洪玉至洪士良共經七世，則徙鄱陽者又應爲士良，是前後有矛盾之處，此多據洪适先君述、小傳言之，然适於其譜系亦未必明白，因之士良以前家世，本節不敢逕以爲斷，姑錄以存疑。

〔註4〕洪彥昇，《宋史》卷三四八及《宋史新編》卷二九有傳，參見之。

〔註5〕晧，《宋史》作皓，從白從告，而《四部叢刊》景宋本《盤洲文集》，附錄〈洪文惠公行狀〉及神道碑銘，皆作「父晧」，從日從告，觀乎彥昇之子「昕」亦從日，故以從日作「晧」爲是。

以圖恢復，十一年，又得韋太后書，遣李微持歸，後又屢密書，關心國事，請乘勢進擊。

皓初至燕，金人屢以官誘之，皆不從，後逢金主生子，大赦，許使人還鄉，遂行。紹興十三年八月十三日，至臨安，見於內殿，力求郡養母，帝曰：「卿忠貫日月，志不忘君，雖蘇武不能過。」除徽猷閣直學士提舉萬壽觀，兼權直學士院。

同年九月十一日，以直觸怒秦檜，檜諷侍御史李文會劾之，謂「貪戀顯列，不求省母。」出知饒州。明年，罷奉祠，尋居母喪，終喪，除饒州通判，被誣作欺世飛語，責濠州團練副使，安置英州。居九年，始復朝奉郎，徙袁州，至南雄而卒。時紹興二十六年十月二十日，享年六十八。

皓死一日，檜亦死。先是魏良臣等言：「皓在貶所病甚，欲復舊職宮觀，任便居住。」帝曰：「皓在敵中，屢有文字到朝廷，甚忠於國，中間以語言得罪，事理曖昧。」及聞皓卒，嗟惜之，復敷文閣直學士，贈四官，久之，復徽猷閣學士，謚忠宣，追封魏國公。〔註6〕

總計皓時在北地十五年，「不死於敵國，乃死於讒慝」。

著作有《鄱陽集》四卷，〔註7〕《松漠紀聞》二卷〔註8〕等書行世，此外尚有《帝王通要》五卷、《姓氏指南》十卷、《金國文具錄》一卷（見《宋史》本傳及洪适〈先君述〉）及《春秋紀詠》三十卷（見《宋志》著錄）等，均佚。另有《猷軒唱和集》三卷，今亦佚（序存，見《盤州文集》）。

母沈氏，常州無錫人，朝奉大夫沈復女，皓第進士時，兄太學博士松年爲定昏焉。皓奉命使金，歸別，持拜且泣，長子甫十三，遜以下皆襁褓，呱呱省別，行路動容。家計困窘，所仰給惟父俸入，飲食取財足，至諸子買書或捐錢數萬不靳，訓之曰：「爾父以儒學起家，爾曹能一人趾美，我無恨。」嘗爲之迎師千里外，雖隆冬盛暑不使輟。紹興八年十一月二十三日無疾而終，享年五十。諸子以父不在，倉卒莫能辦歸計，遂護櫬往依舅沈松年，既窆，得習業於彼。觀乎沈氏一生，持家教子，積苦操勞，臨終而夫在遠國，路人傷之。贈魏國夫人。〔註9〕

〔註 6〕皓，《宋史》卷三七三有傳，本文據以增損之。

〔註 7〕《宋史》本傳云：「有文集五十卷。」《宋志》集類別集類作「洪皓集十卷」，此據《四庫全書》所錄而言。

〔註 8〕今或作正一卷、續一卷，如洪氏《晦木齋叢書》本、《豫章叢書》本等均是。

〔註 9〕參見洪适〈慈塋石表〉（《盤洲文集》，卷七七）。

長兄适，字景伯，初名造，字溫伯，一字景溫，號盤洲。父使金，年甫十三，能任家事，以父出使恩，補修職郎，紹興十二年與弟遵同中博學宏詞科。高宗曰：「父在遠，子能自立，此忠義報也，宜升擢。」遂除敕令刪定官。

父歸，忤秦檜出知饒州，适亦出爲台州通判，父還道卒，服闋，起知荊門軍，旋改知徽州，提舉江東路常平茶鹽，升尙書戶部郎中，總領淮東軍馬錢糧。

孝宗即位，遷司農少卿，隆興二年二月，召貳太常兼權直學士院，後除中書舍人，時金人再犯淮，羽檄沓至，書詔塡委，姿訪疇答，率稱上旨，自此有大用意。

金既尋盟，首爲賀生辰使，金遣高嗣先接伴，自言其父司空有德於晧，相與甚歡，得其要領以歸。

乾道元年五月，遷翰林學士仍兼中書舍人。時頗欲復起檜黨，适隨命繳還詞頭。六月，除端明殿學士簽書樞密院事，上諭參政錢端禮、虞允文曰：「三省事與洪适商量。」東西府始同班奏事。八月，拜參知政事諫議大夫。十二月，拜尙書右僕射同中書門下平章事兼樞密使，爲宰相，未幾，春霖，引咎去。三月，除觀文殿學士，提舉江州太平興國宮，尋起知紹興府浙東安撫使，再奉祠。淳熙十一年薨，謚文惠。妻沈氏，太學博士沈松年之女；爲适表妹，贈萊國夫人。

适以文學遭逢時主，自兩制一月入政府，又四月閱月居相位，又三月罷政，其家居凡十六年，以著述吟咏自樂，當時備福，鮮有及之。

著作有：《盤洲文集》百卷，《隸釋》二十七卷，《隸續》廿一卷，〔註10〕今俱存。

另：《荊門惠泉詩集》二卷，《五代登科記》一卷，《宋登科記》二十一卷，佚。

次兄遵，字景嚴，號小隱，自兒時端重如成人。從事業文，不以歲時寒暑輟。以父出使，蔭補承務郎，與适同試博學宏詞科，中魁選，賜進士出身。高宗以晧遠使，擢爲秘書省正字，中興以來，詞科中選即入館，自遵始。

父晧觸秦檜怒以出，遵即乞外，通判常、婺、越三州，紹興二十五年湯思退薦之，復爲正字，八月，兼權直學士院，湯鵬舉欲薦爲御史，而父訃聞，免喪，召對，極陳父冤，拜起居舍人，奏乞以經筵官除罷及封章、進對、宴

〔註10〕《盤洲文集》，許及之〈洪公行狀〉作一百卷，恐誤。

會、錫予、講讀、問答等事，萃爲一書，名之曰《邇英記注》。後遷起居郎，兼權樞密院都承旨。

二十九年，拜中書舍人，次年正月，試吏部侍郎，尋遷翰林學士，兼吏部尚書。汪澈論湯思退罷相，遵行制無貶詞，遂丐去，以徽猷閣直學士，提舉太平興國宮。

次年金人自海道窺兩浙，朝命李寶駐平江，與守臣不合，乃命遵知平江，資糧器械舟楫，皆遵供億，寶成功而歸遵之助。

孝宗即位，拜翰林院學士承旨兼侍讀，知隆興二年貢舉，拜同知樞密院事，遂爲執政。張浚罷相，且超遷，爲御史章劾，遵不能安位，連章乞免，與御史俱去，七月，以端明殿學士提舉太平興國宮，乾道六年，起知信州，徙知太平州，又知建康府江東安撫使兼行宮留守，尋拜資政殿學士，淳熙元年提舉洞霄宮，十一月薨，享年五十有五。謚文安。

著作有：《小隱集》七十卷（未見），《訂正史記真本》一卷、《翰林遺事》一卷、《泉志》十五卷、《洪氏集驗方》五卷、《譜雙》五卷、《翰院群書》（輯）等，今存。

另：《東陽志》十卷、《中興以來玉堂制草》三十四卷，佚。

至於洪邁以下諸弟：逖，右承議郎鑄錢司主管文字。遜，右宣義郎浙西安撫司准備差使。邃、迅皆右承奉郎。

綜觀鄱陽洪氏家世。唐末來饒，士良徙鄱陽，至彥昇始以進士起家，晧繼之，而紹興中，适、遵同登詞科，邁又繼之，鄱陽三洪，名聲傳天下，其後均以文學，膺命草制，翰名遠播，是故著述均至豐碩，彥昇之後爲官者七人以上，晧後爲官者三十五人以上，姻黨爲官者不計其數，适官至宰相，遵至執政，邁至內翰，高門巨第，福澤不已，對其著述之便利及流傳之普遍，均提供相當之助益，對洪邁之《夷堅志》而言，至少提供以下三項便利：

（一）資料蒐集便利，至有不求而至者。故《夷堅》諸志，有一月即完成一編者。

（二）行文便利。恣肆縱橫、暢所欲言。其言因果報應，或直指其人，而不以爲忤。

（三）徵獻便利。門人子弟遍天下，易於求證。

附鄱陽洪氏譜系表

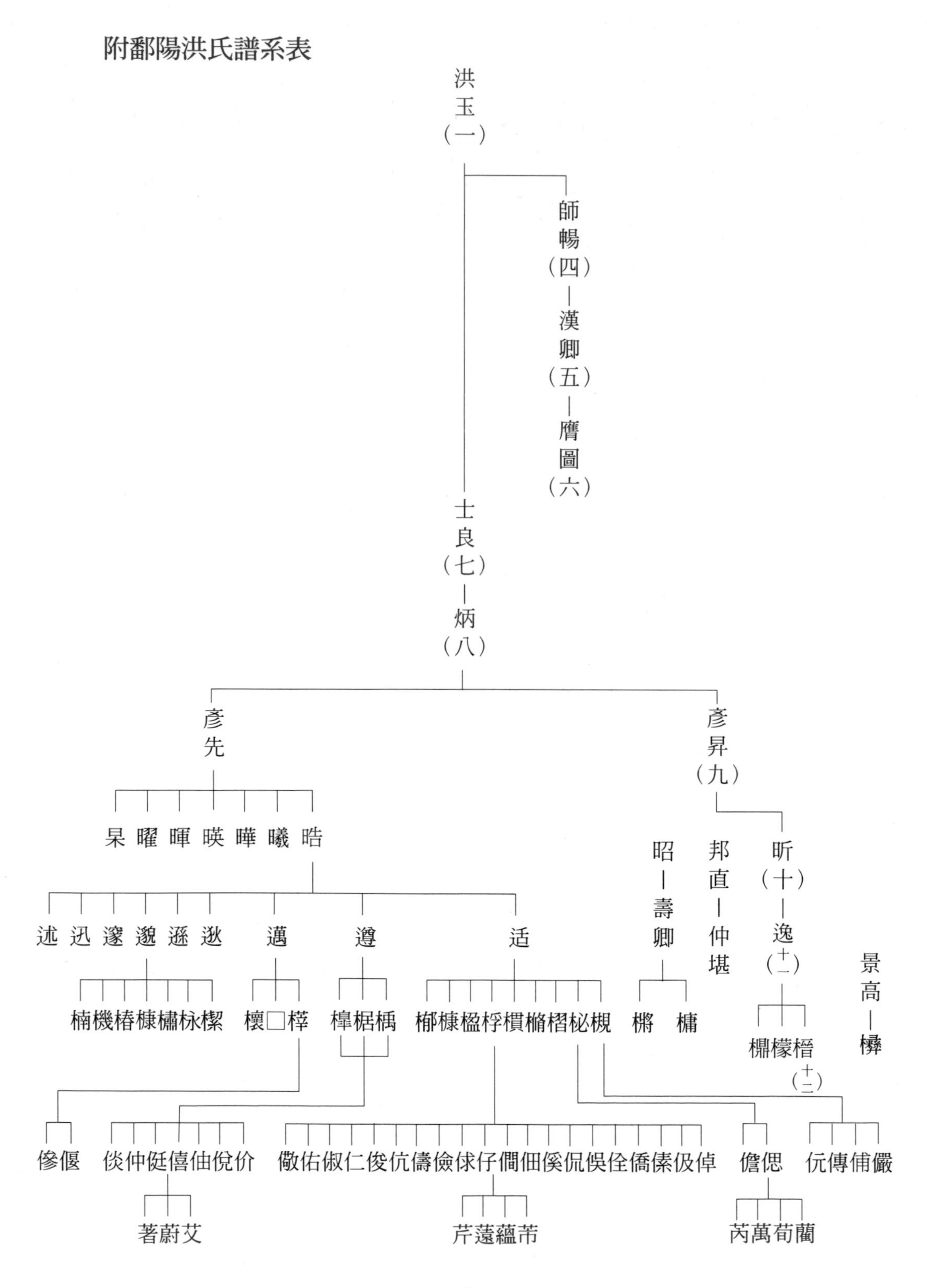
洪玉（一）
師暢（四）—漢卿（五）—膺圖（六）
士良（七）—炳（八）
彥先
彥昇（九）
杲 曜 暉 暎 曄 曦 晧
昭—壽卿
邦直—仲堪
昕（十）—逸（十一）
景高—檪
述 迅 邃 邈 遜 逖 邁 遵 适
楠機椿槺樠梀檪
櫰□梓
樟椐檷
榔槺榏桴槓榆榴柲槻
槳 槦
欄檬楷（十二）
傪偃
倓仲侹僖伷倪价
儆佑俶仁俊伉儔儉俅仔僩佃傒侃俁佺僑傣伋倬
儋偲
伉傳俌儼
著蔚艾
芹蘧蘊芾
芮萬荀蘭

第二節　生平傳記

洪邁，字景廬，初字興伯，號容齋，又號野處。晧之季子，宋徽宗宣和五年癸丑年，生於秀州（浙江嘉興）司錄事官舍。時父爲秀州司錄，年三十六，長兄适七歲，次兄遵四歲。

建炎二年，祖彥先歿於鄱陽，父往奔喪，家人留秀州。初勝捷軍校陳通執帥臣葉夢得作亂於杭州，辛道宗奉詔討之，道宗掩有鎮江守臣之犒賜，至嘉興事發，眾怒，擁高勝叛，攻秀州，守臣趙叔近城守，人遺以綺四縑，賊乃北趨平江，趙又招陳通而降之，旋通爲王淵所誘殺，趙以受賊金奪職，新守朱芾「頗肆殘虐，軍民怨憤」（《要錄》卷十五），於是茶酒卒徐明囚禁朱芾，發起兵變，迎趙領州事，秀卒縱掠無免者，人人自危，惟晧嘗拯濟災民有恩，叛兵過其門皆相戒曰：「此洪佛子家也，毋得入。」不敢犯，遂得免。

次年五月十日，父奉命使金。冬，金兵大舉入寇，四年破秀州，舉家歸饒避亂。

八年十一月，母喪，護櫬往無錫依舅氏沈松年，次年葬母於無錫開化鄉白茅山之原。

一、鶯啼初試、詞科中選

十二年春，洪邁隨二兄赴臨安應詞科試，寓南山淨慈院。先是河南收復，适嘗擬宰臣賀表，舅氏見而奇之，勉邁與二兄共習詞科。蓋宋代之博學宏詞科，始立於紹聖初，唯進士得預，紹興三年（1133），許卿大夫之任子亦就試，邁兄弟均以父使恩有官，故得就試。是年，适、遵共登博學宏詞科，高宗獎之曰：「是洪晧子耶？父在遠能自立，此忠義報也，可與陞擢差遣。」是年給事中程克俊知貢舉。

十五年正月，邁年廿三，以右承務郎新兩浙轉運司幹辦公事銜，再赴臨安應詞科試，寓沈亮功家，時右諫議大夫何若知貢舉，陳康伯、游操同知貢舉，邁應詞科試，歷三場，試六篇，每場一古一今，當時試題爲：「少保鎮南軍節度使充兩浙東路安撫大使兼知紹興軍府事授少傳鎮南靜江軍節度使充江南東路安撫大使兼知健康府事兼營田大使行宮留守加食邑食實封制」、「唐凝暉閣渾天儀記」，「代守臣謝賜御書周易尚書表」、「漢麟趾褭蹏贊」、「明道籍田頌」、「漢中和樂職宣布詩序」等（《宋會要・選舉》一二），三月十五日第二場考畢，時尚早，與同試者相率遊市，置酒抱劍街名倡孫小九家（《夷堅・支景八》）。及放榜，乃中博學宏詞科第三，湯思退魁選，王曮次之，均賜同進士出身。蓋宋代詞科每榜不得過五人，而實際最多亦不過三人，邁得中選，絕非易事也。

當年四月，除左承務郎敕令所刪定官。刪定官為正八品，掌裒集詔旨，纂類成書，多就職事官內差兼，邁中詞科，即中此官，自亦不惡，然是年閏十一月，邁為言者汪勃所論，謂邁知父不靖之謀，同惡相濟，遂改為福州州學教授。

十七年，父安置英州（廣州英德），邁以待次未到官，遂侍親往，十八年自英州赴福州教授任，十一月九日抵任所，十九年正月，撰〈福州教授壁記〉，任內與友人葉黯、謝景思等相唱和，詩作甚多。二十三年，任滿，解任過英州省父，後家居編舊作為《野處類稿》，凡二卷。二十五年邁復以左宣教郎通判袁州（江西宜春），不久，父卒於南雄州（廣東南雄）。

紹興二十八年，終喪，被召赴行在，入對，帝曰：「卿父出使，與宇文虛中同時，虛中負國，卿父獨執節不屈。既還，朕即有意大用，何故與秦檜相失如此？自秦檜死，便欲擢用卿兄弟。」宇文虛中於建炎三年使金被留，歷官翰林學士，知制誥兼太常卿，號為國師，與洪晧之不屈，自有不同，故高宗以為言。遂除邁為秘書省校書郎。

秘書省掌管古今圖籍、國史實錄、天文、曆數之事。紹興元年詔復秘書省，三年，即秘書省復建史館，重修神宗哲宗實錄，選本省官兼檢討、校勘，以侍從官充修撰，五年，倣唐人十八學士之制，監、少、丞外，置著作郎佐、秘書郎各二人，校書郎、正字通十二人，又移史館於省側，別為一所，以增重其事，遇修國史則開國史院，遇修實錄則開實錄院。秘書省諸官在南宋時，均為館職，為清貴之選。洪邁為校書郎職掌校讎典籍，判正訛謬，至次年八月，除吏部員外郎為止，洪邁在館凡一年餘，一時同舍，秘書丞虞允文、著作郎陳俊卿、秘書郎史浩、王淮等，後皆官至宰相，汪澈亦至樞密使，與宰相恩數等。（《容齋續筆》卷二）

二十九年二月廿五日，洪邁以建炎以來，專供伺望窺探敵人情形之「斥堠遞」，設置過多且密，鋪卒一縣多至四三百人，鱗次相望，既有月給米，又有俸麥，又有夜糧，又有食錢，以禁軍三人之費，不能贍一遞卒，奏請罷之（《宋會要・方域》一一）。同年閏六月二十六日，同舍秘書郎任質言致仕，質言為元祐黨人任伯雨之孫，邁與同舍請與任質言一子恩澤，以勸忠義，邁為草奏，情誼可謂深厚矣。

時《徽宗實錄》成，詔修三朝正史，復置國史院，以宰臣監修，侍從官兼同修，餘官充編修，次年詔置編修官二員，四月，以邁兼國史院編修官。

紹興二十九年八月除吏部員外郎，掌參選事，應召時嘗依例薦舉趙公廙，後得知平江府長洲縣。三十年，以吏部員外郎充禮部貢舉省試參詳官，其職務蓋於試卷經點檢官考校優劣之後，送覆考所，由參詳官參訂辭意，精詳工拙，以上知舉取捨。是科知貢舉為御史中丞朱倬（《宋會要・選舉》二〇）。時兼經出易簡天下之理得賦；點試卷官杜莘以為簡字韻甚窄，若撰字必在所用，然唯撰述之撰乃可，餘不可用，邁以白知舉，揭榜示眾，八廂邏卒以為逐舉未有此例，即錄以報主者。邁之勇於開創，由是可知。

邁在吏部期間，亦表現同僚情誼，正月四日，司封員外郎鮑彪將致仕，邁與虞允文等奏其篤學守道，安於靜退，其博物洽聞，可以備議論，清介端懿，可以表縉紳，請予表彰，詔授左奉議郎，賜緋魚袋致仕。

是年三月初七日，改禮部員外郎，參領禮樂、祭祀、朝會、宴享、學校、貢舉之事，有所損益，則審訂以次諮決，時亦兼領主客之事。尋以高宗居韋太后之喪，而又當景靈宮應行孟饗之禮，蓋宋時奉先之制：太廟奉神主，歲五享，宗宮諸王行事；朔祭月薦新，太常卿行事；景靈宮奉塑像，歲四孟皇帝親享。然時以皇帝服制，禮官不知所從，邁乃為遣宰執分祭為請，奏可，此正表現其知禮達權之才華。時國家大小祭祀頗多，均禮部承辦，而需由各部官員支援人力，邁乃奏請今後每歲大中小各祠祭，今太常寺具合差官窠目，申禮部關報吏部，並許於寺監簿編修刪定學官宮教授六曹架閣六院釐務官內，輪行差攝。如遇差官不足，令吏部拈京局釐務官充攝行事，並不許辭避。詔從之（《宋會要・禮》一）。七月，再兼國史院編修官，預修三朝正史。十一月，兼樞密院檢詳諸房文字。檢詳官視同中書檢正官，監察糾正諸房事務，敘位在尚書左、右司員外下，正六品。時鎮江都統制劉寶，乞詣闕奏事，朝廷以其方命刻下，罷就散職，寶為規取恩寵，掃一府所有，載以自隨，巨舟連檣，白金至五艦。邁向丞相湯思退建陳，請援唐崔祐甫策，以寶所齎等第賜其本軍，使明天子惠綏惻怛之意。用意甚佳，惜湯未用之。

二、起草征詔、參與軍事

紹興三十一年，金王亮為南侵計，分四道而下，主力由宿亳攻淮泗，長驅直入，劉錡迎之，命王權先行，權逡巡至廬，不戰而潰，時錡病已篤，退守鎮江，中外震駭，朝臣多有遣家避禍者，或勸帝趨閩，帝亦萌遣散百官之舉，宰相陳康伯竭力勸阻，奏請「靜以待之」，帝意既堅，遂請下詔親征。

征詔乃洪邁奉命起草，未降前一月，市人皆能誦其詔文，〔註 11〕詔曰：「朕履運中微，遭家多難，八陵廢祀，豈勝坏土之悲，二帝蒙塵，莫贖終天之痛，皇族尚淪於沙漠，神州猶污於腥羶，銜恨何窮，時時而動。」讀者痛恨，聞者流涕。末云：「詔書一頒，歡聲四起，歲皇臨時吳分，冀成淝水之勳，鬥士倍於晉師，當決韓原之勝。」誠振奮天下人心士氣者。又爲劉錡檄告契丹諸國及中原等路，前者謂：「惟天無親，作不善者神弗赦，得道多助，仗大義者眾必歸，願敦繼好之規，共作侮亡之舉。」後者謂：「秦晉奇士，齊趙僞才，抱節義之良謀，志功名之嘉會。爲劉氏者左袒，飽聞思漢之忠，徯湯后東征，必慰戴商之望。」「侯王寧有種乎？人皆可致；富貴是所欲也，時不再來。」（《三朝北盟會編》卷二三二），金聲玉振，擲地有聲，行間爲之鼓舞。

金兵抵和州，逼近江干，十九日，詔知樞密院事葉義問督師江淮荊襄軍馬，中書舍人虞允文參謀軍事，兵部郎中馮方咨議軍事，洪邁以樞密院檢詳諸房文字主管機宜文字，繼而朝廷從義問之請，洪、馮同改爲參議軍事，其位低於參謀軍事，然均參預軍事謀畫。二十二日啓程，二十九日抵京口（鎮江）。時沿淮十四郡悉陷，邁親見沿淮諸郡守，盡掃官庫儲積，分寓京口，云預被旨許令移治。「是乃平時無虞，則受極邊之賞，一有緩急，委而去之，寇退則反，了無分毫絓於吏議，豈復肯以固守爲心也哉？」有朝廷法令過寬，無能制將帥死命之嘆。（《容齋續筆》卷四）

義問素以儒將自居，以樞密來江上視軍，乘大坐船，以使臣二人，執器械立馬左右，見者無不笑（《三朝北盟會編》）。時金人欲渡瓜洲，錡將員琦敗之於揚州皁角林，義問讀捷報，至金人又添生兵，顧謂侍吏曰：「生兵爲何物？」聞者皆笑，當時謂之「兔園樞密」。及在鎮江，時江水低淺，沙洲皆露，義問役民夫掘沙爲溝，深尺許，沿溝栽木枝爲鹿角數重，曰：「金人若渡江，姑此障之。」鄉民執役，且笑曰：「樞密肉食者，其識見乃不逮我輩食糠籺人。一夜潮生，沙溝悉平，木枝皆流去矣。」金兵重擣瓜洲，義問督鎮江駐劄後軍渡江，眾皆不可，義問強之，未著北岸，義問懼怯著於顏色，即令向西去，

〔註 11〕洪汝奎增訂《洪文敏公年譜》云：「金人叛盟在庚辰八月，而下詔親征在辛巳十月，公當於是時撰詔草。」庚辰當係辛巳之誤。至於詔書出於誰手，王德毅《洪邁年譜》辨之甚詳，茲不贅敘。

曰：「欲往健康府催諸軍起發。」市人皆媟罵之。路行至下蜀鎮，離鎮江三十里，瓜洲陷於金人，訊至，義問大驚，問：「山路可通浙東否？」諸將皆喧沸曰：「樞密不可回，回則不測。」（《續資治通鑑》卷一三五）義問督師，心懷畏怯，措置乖謬，一至如斯，而邁隨從在側，亦乏作爲。

《容齋隨筆》載：「方完顏亮據淮上，予從樞密行府於建康，嘗致禱大江，能令虜不得渡者，當奏冊於帝。洎事定，朝廷許如約。朱丞相漢章曰：『四瀆當一體，獨帝江神，禮乎？』……失公終以爲不可，亦僅改兩字，吁，可惜哉。」（卷十）。大軍在前，當共謀抵禦之策，乃爲要圖，而邁乃禱之大江，雖亦屬盡人事之類，然終不免「不問蒼生問鬼神」之譏，事後又齦齦於祀冊之厚薄，亦不謬哉？是以抗敵之功，不得不歸之於虞允文。

然則，辛巳之役，邁草征詔在前，參與戎機在後，亦不無微勞也。戰爭結束後，邁以忠義前軍正將劉泰爲請，蓋泰於金人犯壽春時，自備家資，募兵儲械，率所部赴救，轉戰數日，身被十數創，一夕而死，極見忠義。詔贈武翼郎，官其家三人（《要錄》卷一九六），此見洪邁撫恤忠烈遺族，不遺餘力。

三、奉使金國、無功而退

次年三月，金世宗立，遣左監軍高忠建、禮部侍郎張景仁來告登位，並從議和，時邁守尚書左司員外郎兼權行在檢詳，舉正文書之稽失，詔以邁爲接伴使，知閤門張掄副之。同入對，高宗謂宰執：「朕料此事終歸於和，……在朕所見，當以土地人民爲上，若名份則非所先也。」雖然，邁仍奏接伴變更舊例，凡十有四事，〔註 12〕茲列如下：一、舊於淮河中流取接，今於虹縣北虞姬墓首。二、舊接伴使副先一日發遠迎狀，人使不答，今來不與。三、舊只傳廟諱御名，今彼此不傳。四、舊接伴使問大金皇帝聖躬萬福，北使只問宋帝清躬萬福，今彼此不問。五、舊相見之初，對立已定，接伴出班，就北使立位敘致，今彼此稍前。六、舊上中節公參時，接伴公服出笏，迎於幕外，舉之揖。今只著紫衫，而彼冠服如儀。上節先一翻參，接伴稍起，不還揖；中節來，則坐受其禮。七、舊北使引接初傳語時，賂以金十兩，銀二十兩，今不與。八、舊與北使語，稱上國下國，今稱貴朝本朝。九、舊北使口稱本朝爲宋國，今改稱宋朝。十、舊對使人稱皇帝爲主上，今稱本朝皇帝。

〔註 12〕其目具見《要錄》卷一九八。

十一、舊賜御筵，中使讀口宣，低稱有旨，今抗聲言有敕。十二、舊中使與北使相揖，北使引接請中使稍前，今只揖平揖。十三、舊御筵勸酒，傳語稱帝恩隆厚，今稱聖恩隆厚。十四、舊私覿接伴用御位姓名申狀，人使回狀押字不書名，今彼此用目子。全以爭取名分上平等待遇，蓋自渡江以來，屈己含忍多過禮，至是一切殺之，用敵國禮，亦爲使者之功也。

及金使入國門，改以樞密院都承旨敷文閣待制徐喆，知閤事孟思恭館伴，時以欽宗服制爲辭，罷金使沿路游觀燒香，邁入見，以爲朝廷方接納鄰好，所爭者大，今賜予宴犒，一切均應如舊，游觀小節，似不必略，然終罷之。遂除起居舍人，掌記天子言動，時金使責臣禮及新復諸郡奏聞，邁以爲「土疆實利不可與，禮際虛名不足惜」，惟眾議紛然，久而不決。然邁執此虛實之說，已見洪邁之重視實際狀況，頗中高宗之心。不久朝議錄其接伴之勞，與副使皆轉一官。

金使於是月十六日謁高宗，二十一日陛辭，高宗即詔邁以左朝奉郎守起居舍人假翰林學士左朝議大夫知制誥侍讀充賀金朝登位國信使，張掄副之，以三事爲請，歸欽宗梓宮及天眷一也，還河南故地二也，罷臣禮及歲貢，用敵國禮三也。

四月，邁辭行，以南渡以來，宋金往還，過於屈己，建言書用敵國禮，高宗俯從，並親札賜邁等曰：「祖宗陵寢隔闊三十年，不得以時洒掃祭祀，心實痛之，若彼能以河南地見歸，必欲居尊如故，朕復屈己，亦何所惜？」蓋亦欲以虛文博實利也。邁即奏云：「山東之兵未解，則兩國之好不成。」是亦主和不主戰者。惟邁此行報聘，時人寄以厚望。

時詔書方冗，翰苑獨員，宰相陳康伯以洪遵在近，請召之，而朱倬時亦爲宰相，惡其非出己，即曰：「不可，其弟邁新爲右史，今復召遵，此蘇軾與轍所以變動元祐也。」然高宗終召遵爲翰林學士，不久，高宗有內禪意，朱密緩之，然心不自安，請祠而去。此係插曲，然當時邁兄弟正欲大用，時人多有同感。

五月二十一日過北界，六月十日抵燕山，與金接伴使龐顯忠相約用敵國禮，及館於會同館，金遣兵部侍郎高文昇等館伴，持所與國書及沿路謝表來。文昇等云：「禮數未是，不敢受，請依前來禮例，國書用表，國信稱臣方可，不然，臣下不敢奏知皇帝。」邁堅不肯，文昇去，扃驛門，絕供遣，水漿三日不入，十二日，文昇後來，爭辯良久，又怒去，云：「國書既不可易，國信謝表亦不可易耶？」邁遂與副使議云：「國書既已力爭見聽，如換表，乃吾臣子之辱耳，似可從。」乃署表與之，至十五日乃得入覲金主，故事：使副例不跪，至是皆跪，金主傳論：「國書不如式，不當受。」所請歸欽宗梓宮及天眷，還河南故地，罷臣禮及歲貢用敵國禮等三事均不允，遣還。齎金國書還，內有「使介來庭，緘題越式，固違群議，特往報書。」「尺書侮慢，既匪藩臣，寸地侵陵，又違誓表。」「殊無致賀之辭，繼有難從之請。」（周必大《龍飛錄》）均屬責怪之詞，然終隱有敦好之意。

洪邁於七月二十九日返抵國門，時高宗已行內禪，孝宗即位，朝議上太上皇帝尊號曰「光堯壽聖太上皇帝」，並於八月十四日奉上尊號冊寶，以邁為奏解嚴禮部郎中，使於皇帝在大慶殿行發太行皇帝太行皇后尊號寶冊後，奏解嚴（《宋會要・禮》四十九），不及旬日，九月二十三日，殿中侍御史張震以邁使金辱命論之，坐奉使無狀與副使張掄同遭罷黜，遂歸里。

隆興元年，除知泉州（福建晉江），未赴任，而友人王十朋於次年蒞饒州任，遂相與過從唱和，與王秬（嘉叟）等成《楚東酬唱集》。邁在里凡五年，其間長兄拜相，次兄執政，均為個人政治生涯之最高潮，邁優游鄉里，頗自得，於風土之事，亦留意焉，如饒每歲聖節貢金一千兩，與他郡不等，邁復官後，以此為請，竟得減為七百兩。

又當時監司巡歷郡邑，巡檢、尉必迎於本界首，公裳危立，使者從車內遣謁吏謝之，即揖而退，未嘗以客禮延之也。至有倨橫之人，責橋道不整，驅之車前，使徒步與卒伍齒也。（《容齋三筆》卷三）。殊不合理，然行之已久，莫能改之，及邁復為右史，即奏請「諸路州縣巡尉，今後遇監司知通初到，許量帶兵級出一程防護，若凡值出巡經歷，而在置司五十里內者，許其迎送，過此以外，皆不得出。」（《宋會要・職官》四八）蓋防其濫無節制也，詔從之，斯亦邁閑置於家，而關心地方政治情形也。

四、初修國史、圖籍闕如

乾道二年，伯兄适已罷宰輔，仲兄遵亦罷樞府，邁則除吉州（江西吉安），入對，除起居舍人，尋兼權直學士院，宋代翰林學士院掌制、誥、詔、令撰述之事，置學士一人，凡以他官入院未除學士，謂之直院，學士俱闕，他官暫行院中文書，謂之「權直」。邁既為起居舍人，嘗踵仲兄遺事，奏請另立《祥曦記注》，蓋邁以記注官侍孝宗祥曦殿經筵所得天子語，欲援邇英、延羲二閣記注故事彙而上之也，惟當時修起居注，依例皆據關報，故邁乃以「令講讀官自今各以日所得聖語關送修注官」爲請，詔允之。〔註13〕

又當年十一月二十七日，日曆所修《欽宗日曆》已成，邁以兼國史院編修官，奏《欽宗日曆》已成，請發付國史院修纂實錄，詔從之，免進呈，邁乃奏修《欽宗實錄》申請事項，略以十事：一、以向修實錄則置實錄院，今更不置局，止就國史院修撰。二、行文移字以實錄院爲名，就用國史院印信。三、更不添置官，止就見今國史院兼充。四、乞差提舉實錄院官。五、所有官屬更不添支食錢。六、所有公使錢就國史院錢內支被，更不添支。七、合用參照文字，乃劄下日曆所，盡數發赴本院。八、更有合要臣僚之家照用文字，乞依本院行下搜訪。九、每月提舉官過局，乞用國史院日分，更不別行排辦。十、擇定十二月十九日開院，乞限一年內修纂進呈。詔依之，以魏杞兼提舉官，而以邁爲起居舍人兼國史院同修國史再兼實錄同修撰。

三年，又除起居郎。宋制：起居郎屬門下省，起居舍人屬中書省，即古左、右史之職，合稱爲「兩史」，通記天子起居而不分言動，御殿則分日輪流侍立，行幸則從，元豐以後，許直前奏事，元祐時，於邇英殿講讀罷，有留身奏事者，許侍立。紹興二十八年，洪遵爲起居郎，用其言，許依講讀官奏事，其與皇帝之關係日益親密。

不久，邁奏《哲宗寶訓》已成，請與《玉牒》同時進呈。以修《哲宗寶訓》轉官，更減一年磨勘，遂以起居郎兼權中書舍人，兼國史院修國史。尋除中書舍人兼直學士院，所作謝表云：「父子相承，四上鑾坡之直，兄弟在望，三陪鳳閣之遊。」蓋父子先後兼直學士院，兄弟相繼爲中書舍人也。

中書舍人掌行命令爲制詞，與翰林學士對掌內外制，凡命令皆承制畫旨以授門下省，所謂令宣之，侍郎奉之，舍人行之，留其所得旨爲底，大事奏稟得旨者爲「畫黃」，小事擬進得旨者爲「錄黃」。惟凡事有失當及除授非其人，得論奏封還詞頭，故職權頗大，地位甚爲重要。至於直院，則爲以他官入院未除學士之稱，惟翰林爲應奉之所，其榮寵可知，故邁喜悅溢於言表。

邁掌內外制，所草制均典麗富贍，如〈南郊赦文〉：「皇天后土，監於成命之詩，藝祖太宗，昭我思文之配。」讀者以爲壯。（《容齋三筆》卷八）

邁奉命編修《欽宗實錄》，嘗奏：「除日曆所發到《靖康日曆》及汪藻所

〔註13〕見《宋史》卷三七三洪遵、邁傳，《皇宋中興聖政》卷二九，《宋會要輯稿·職官》二。

編《靖康要錄》並一時野史雜說與故臣家搜訪到文字外，緣歲日久遠，十不存一。雖靖康首尾不過歲餘，然徽宗朝大臣多終於是年，其在今錄，皆當立傳。詢之其家，已不可得，欲訪之故君遺臣，則存者無幾，今有孫覿，在靖康中實爲台諫侍從，親識當時之人，親見當時之事，其年雖老，筆力不衰。乞詔：覿以其所聞見撰爲蔡京、王黼、童貫、蔡攸、梁師成、譚植、朱勔、种師道、何㮚、劉延慶、聶昌、譚世勣等列傳及一朝議論事蹟，凡國史實錄所當書者，皆令條列上送史院，庶幾遺文故事，得以畢集。」孫覿遂上所撰蔡京等事實，云：「臣今被旨，所當書者，皆誤社稷大惡，更無記注、日曆爲根據，而出於一夫之手，他日怨家仇人，襲紹聖之跡，排爲誹謗，吠聲之家，群起而攻之，臣腰不足以薦鈇鉞，奉詔惕然，以樂爲懼。」

次年四月，《欽宗實錄》四十卷成，並《帝紀》一卷進呈，其中多本之孫覿，附耿南仲，惡李綱。蓋孫覿嘗爲李綱所斥罷，而爲黃潛善復引入朝，早期附汪伯彥、黃潛善，詆李綱，後復阿諛万俟卨，謗岳飛，爲人所不齒，其所記多失實，故朱熹舉王允之論，言佞臣不可使執筆，以爲不當取覿所紀云。書進，請合修《四朝國史》，詔《欽錄》發國史院以修《四朝國史》。

五、厠身左省、多所建明

時宋金休戰，邁在右省，亦頗有釐清政務之思想。

先是，邁兼權中書舍人時，見刑部所送詞頭，大抵多是班行小臣過犯降秩，往往因命詞之故，元犯緣由皆隱而不章，若只令吏部以犯由始末，盡載告身書鈔付下，已足懲惡禁姦。又有當訓告而相承則否者，如郡守先前率皆命詞給告，自紹聖以後，獨「帥司、監司、待制以上知州並給告」（《宋史・職官》三），邁遂上箚子，請凡大小使臣之過犯，乞略去讁詞，徑下吏部擬告。而凡除節鎮及上州者，各令詞臣具以郡國風俗民事廢置，載之於絲綸，以紹其行。箚由中書舍人梁克家奏上，請如係特旨者命詞，餘只以錄黃行下；而凡除鎮節守臣，不以庶官，並命詞。詔從之。

孝宗乾道三年二月十三日，以兩省每日行遣錄黃文書，盈於几閣，其中多有常程細故不足以煩朝廷專出命者，邁乃奏請清中書之務，帝嘉之。蓋中書宜奉命令，其政過於冗雜細瑣，必多羈絆，而妨礙政務之推展，非爲政之道，是邁之欲釐而清之，乃合乎時宜者也。（《宋會要・職官》一）

斯時天下政事，向出於中書，審於門下，行於尚書，故當時三省所行事，無鉅細必先經中書畫黃，宰執書押，當制舍人書行，然後過門下，而給事中書讀，如給事舍人有所建明，得封具奏以聽上旨，此乃封駁之制，惟樞密院既得旨即畫黃〔註 14〕過門下，而中書不預，於封繳之職，微有所偏，乾道二年十二月廿八日，邁遂奏請凡以被旨文書，並關中書門下，從之，然樞密院機速事，則不由中書，直關門下，謂之「密白」，時不能改。(《宋會要輯稿・職官》二)

又以北宋三衙軍制，秩秩有序，以功次遞遷，有事，臨時加以總管、鈐轄、都監之名，使各將其所部，事已則復初，故可節制禁軍，而南渡以來，軍制淆亂，雖仍制置三衙，然多虛籍，禁軍終不可復振，先是分行在諸將之軍爲御營五軍，置御營司以總之，宰執爲使，其後又置御前五軍，而罷御營司，及收三大將兵權，收其部直隸樞府，不隸三衙，而擢其裨爲都統制以統之，各帶御前字入銜，而以屯駐州名冠軍額之上。御前諸軍不隸三衙，而禁軍又不振，其「都虞侯以下，不復設置，乃以天子宿衞虎士，而與在位諸軍同其名號，以統制諸軍爲之長，又使遙帶外路總管鈐轄之名」，邁以爲「考之舊制則非法，稽之事體則非是」，遂於乾道四年正月入對時奏箚，請依祖宗之制，正三衙之名，改諸軍爲諸廂，改統制以下爲都虞候、指揮使、宿衞之職，即納各軍於三衙之中，以循名責實。孝宗覽畢甚喜，即批付樞密院，同知劉珙不悅，竟寢不行。(《南宋文錄》三，《容齋三筆》三)

時邁爲中書舍人兼侍講，侍講與侍讀同爲經筵官，爲皇帝講讀書史，品秩雖卑，但能利用進講之機會，藉解說經義向天子陳說政事，影響君主施政，偶亦蒙師傅殊禮相待，爲儒臣之榮選，乃至清顯美之官，時侍讀爲翰林學士劉珙，同除侍講者爲陳良祐，邁初兼此職，正圖大用，然尋以從臣梁克家、莫濟俱求補外，陳俊卿以二人皆賢，其去可惜，謂近列中有以騰口交鬪，致二人之不安者，於是遂與同列劾奏洪邁姦險讒佞，不宜在人主左右。罷斥之(《朱子大全集》九六〈陳正獻公行狀〉)。除集英殿修撰，提舉江州太平興國宮，名爲優寵，實爲閑置，遂還里，治園圃，與二兄唱酬於林壑，意象幽閒。〔註 15〕

〔註 14〕宋制，中書省據皇帝意旨起草詔令，交門下省審復，重大事件面奏，得旨後另以黃紙錄送門下省，稱畫黃。

〔註 15〕《四朝聞見錄》甲集載：「邁以宏博中選，歷官清顯，孝宗有意大用，廉知其子弟不能遵父兄之教，恐居政府，則非所以示天下，故特遲之。洪公每勸上早諭莊文，上爲首肯。閒因左右物色洪公子，正飲娼樓上，亟命快行，宣諭洪公云：『也請學士（原註：時洪爲知制誥）教子。』快行言訖，無他詔。洪驚愕莫知其端，但對使唯唯奉詔。退而研其子所如往，方悟上旨。遂抗章謝罪求去，歸鄱陽，與兄丞相适，酬唱觴詠于林壑甚適。偶得史氏瓊花，種之

六、出知外郡、勇奪州兵

南渡之初，各地用兵，軍事倥傯，武夫習於戰伐，每多驕汰，兵事稍閑，則往往藉故譁變，各地有之，洪邁亦嘗遇之。

乾道六年，起知贛州（江西贛縣），起學宮，造浮梁，士民安之。郡兵素驕，小不如欲，則跋扈。郡歲遣千人戍九江（江西九江），是歲或怵以至則留不復返，眾遂反戈，邁不為所動，但遣一校婉說之，俾歸營，眾皆聽，垂櫜而入，徐詰什伍長，得首倡兩人，械送潯陽，斬於市（《宋史本傳》）。知贛七年，分別於乾道八年二月、十一月、九年二月，三奏獄空。（《宋會要・刑法》四）

孝宗淳熙四年，移知建寧，富民有睚眦殺人，衷刀篡獄者，久拒捕，邁正其罪，黥流嶺外十一年（《宋史本傳》）。七年，解印歸里，編《唐人絕句》。

淳熙十年，以集英殿修撰出知婺州（浙江金華），婺軍素無律，春給衣，欲以緡易帛，吏不可，則群呼嘯聚於郡，將之治，郡將惴恐姑息，如其欲，邁至，眾狃前事，至以飛語牓譙門，邁以計逮捕四十有八人，置之理，當眾相嗾鬨擁邁轎，邁曰：「彼罪人也，汝等何預？」眾逡巡散去，邁戮首惡二人，梟之市，餘黥撻有差，莫敢譁者，事聞，上語輔臣：「不謂書生能臨事達權。」「邁有知慮，今賞邁，諸郡自知勉勵。」（《宋史本傳》、《宋會要・職官》六二）遂除敷文閣待制。邁幼經秀卒之亂，至是兩弭兵變，蓋處置應變有素也。

七、興利除弊、守土有功

邁自乾道六年迄淳熙十二年，在外凡十六年，勤政愛民，建樹不少。

乾道七年，江西歲饑，贛獨中熟，令移粟濟鄰郡。僚屬有諫止者，邁笑曰：「秦越瘠肥，臣子義耶？」（《宋史本傳》），其以天下為意，卓有表現。

九年秋，贛吉連雨，暴漲，邁守贛，方多備土囊，壅諸城門，以杜水入，凡二日乃退。而臺符令禱雨，邁格之不下，但據實報之。（《容齋四筆》卷三）禱雨固係迷信，惟於農業社會，科技不發達，亦屬盡人事聽天命者也，邁恐淫潦為害，不以朝旨為意，是愛民之本也。

淳熙十一年守婺時，負郭金華縣田土多沙，勢不受水，五日不雨，則旱

別墅，名曰『瓊野』（野疑墅），樓曰『瓊樓』，圃曰『瓊圃』。史氏欲祈公異姓恩澤，不從，史氏遂訐公以瓊瑤者天子之所居，非臣子所宜稱。公不為動，則伏闕進詞，詣臺訴事，因為言者所列。」則邁罷歸，罪當不止一端。而其後邁在婺以求瓊花事去官，怨亦結於此時。

及之，故境內阻湖最當繕治。縣丞江士龍，獨能以身任責，深入阡陌，諭使修築，令耕者出力而田主出穀以食之。凡爲官私塘堰及湖，總之爲八百三十七所，以畝計者合萬有九千，用民之力二萬七千有奇，田之被澤者二千餘頃，皆因其故蹤，葺而深之，於官無所費，於民不告勞。邁奏之，曰：「使食君之祿者，皆能如此，豈不大有補於王政，而士龍者，上不因官司之督責，下不因邑民之訴請，自以職所當爲，勇於立事，用意如此，誠爲可嘉。乞加獎激以爲州縣小吏赴功趨事之勤。」詔從之。

同年十一月，以婺州淳熙八年旱欠，支降豐倉米五萬石賑糶，內二千一百餘石，依攬載船梢，盤剝折欠，已納到六千餘貫外，淨欠錢一千九百餘貫，約米五百三十餘石，乞照紹興府體例蠲放。從之。（並見《中興兩朝聖政》卷六一）

同時，洪邁對當時經濟發展，貨幣需求增加，而原料缺乏之現象亦頗關注，尤以其本籍所在之饒州，與虔並爲提舉坑冶鑄錢官置司所在，故向知所仰之銅，多出於信州之鉛山，惟比來已患乏少，錢官苦之，適邁守婺期間，管下永康知縣余瑮嘗以嚴州淳安縣丞被差鉛山體訪坑冶利病，邁乃多所垂詢，備得其說，後邁返行在，備經筵，遂於乾道十二年七月十二日以其說奏進，略以：乞專委提點官就鉛山置局，採訪舊例，興復坑戶，鑿坑取垢（生鐵，宋代以膽礬水，即硫酸銅澆生鐵得銅），增價買銅，冀能增加產量。十一月，召余瑮赴都堂聞其條目，即詔提點官耿延年詳余瑮所陳事理，疾速躬親前去推度利便舉聞。其後耿奉指揮，並戶工部契勘，均以「難行」奏聞，惟檢踏出竹葉塢山巔可以增置淋銅盆槽四十所，於產量之提升，亦非爲無功也。（《宋會要・食貨》三四）

補外期間，其不如意者，間亦有之，淳熙七年五月廿一日，以求瓊花事，罷知建寧府（《宋會要輯稿・職官》七二），然十數年在外，大抵本於勤民，建樹不少。

八、召返行在、聖眷日隆

洪邁於淳熙十二年季春，自婺州召赴臨安（浙江杭州），時見臨安人揭小帖以七百五十錢兌一楮，紙幣已見升值，喜見復行，故入對，時言之，帝謂：「此事惟卿知之，朕以會子之故，幾乎十年睡不著。」（《容齋三筆》卷十四），蓋乾道三年，邁爲侍講之時，孝宗嘗以官會弗便，出庫銀二百萬兩售於市，欲以錢易楮焚棄之，此事惟邁知之，故孝宗乃有此言。即除提舉佑聖觀兼侍講，聖眷日隆。

時經筵進講《陸贄奏議》，蓋自淳熙八年起，日讀五版。孝宗淳熙十三年三月二十七日開講時，奏議猶有三帙，凡三萬五千餘字，詔：「見（現）進讀《陸贄奏議》，可自後講每講進讀半冊，作六講終篇。」時侍讀官為蕭燧，邁為侍講，以單日開講，帝特於四月十八、廿二日以雙日躬御邇英，蓋故事所未有，故五月一日進讀終篇，當時經遜官與修注官同奏請宣付史館，以彰孝宗不矜不伐、執古御今之意。是日宰執進呈，帝甚喜，遂並經筵修注特與轉一官，五月十三日邁等上表，帝賜御筵及硯、金匣、筆格、鞍馬、香茶、筆墨等，並宣付史館。（《宋會要・崇儒》七）

洪氏兄弟以文學見識於孝宗，使草制詔令，往往切合帝意。乾道三年正月二十七日，選德殿成，孝宗顧邁為記，其文載《南宋文錄》。乾道四年正月賜〈春賦〉一首，邁為之跋，有謂：「文首之歌，薰風之辭，湯盤之銘，方策所載，昭然若揭日月。」

至是再起，使為經筵，寵用有加，君臣每多賜和，淳熙十二年三月廿六日，隨駕臨玉津園，時夜有雨，將曉，有晴意，已而，天宇豁然，乃進詩詠其實云：

> 五更猶自雨如麻，無限都人仰翠華，翻手作雲方悵望，舉頭見日共驚嗟。天公的有施生妙，帝力堪同造物誇，上苑春光無盡藏，可須羯鼓正催花。

四月四日，孝宗賜和篇，云：

> 春郊柔綠遍桑麻，小駐芳園覽物華，應信吾心非暇逸，頓回晴意絕咨嗟。每思富庶將同樂，敢務游畋漫自誇。不似華清當日事，五家車騎爛如花。（《容齋五筆》卷五）

同年九月十一日，孝宗又賜手書唐白樂天詩二首，其恩遇如是。

淳熙十三年正月五日，以高宗壽八十恩，文武官悉理三年磨勘，惟禪位前，曾任侍從兩省以上者，各轉一官。時侍從已盡，兩省官三存，史浩自以八十拜太傅，王淮居憂，獨邁轉通奉大夫，中外皆無與此者。（《夷堅・支庚》卷一）

同年三月十七日，召對，賜之酒餚，出御製春晝詩、即事絕句，並以所書蘇軾一詩為寵。淳熙十四年四月四日，召對，賜鮑照舞鶴賦一軸。

乾道三年，邁在右省，孝宗語云：「唐三百年，惟太宗為尚，齋心敬慕，每事取法，宜為朕采貞觀時事，以今日觀之，摭其所近似，求其所至。」邁乃與給事中王曮采貞觀事跡，列爲二十門，曰《同符貞觀錄》，三月二十五日奏上。

及淳熙十三年在經筵，與同僚奏進讀《陸贄奏議》終篇，乞宣付史館，以彰不矜不伐執古御今之意。詔轉一官酬勞。終孝宗朝，邁皆得清顯，不預政冗，遇之有加。及孝宗內禪，光宗紹熙三年以所刻《萬首唐人絕句》百卷，上之重華宮，壽皇獎之「選擇甚精，備見博洽。」賜茶、清馥香、薰香、金銀等。

九、再入史館、續修國史

淳熙十二年六月十八日，邁以通議大夫敷文閣待制提舉佑聖觀兼同修國史。時《四朝國史》仍未修成，除紀志已進呈外，當立傳千三百人，七月九日，奏修列傳事宜，略以當立傳者，其間妃嬪親王公主宗室幾當其半，然家世本末履歷始終不可見者十而七八，「乞下本院，許據只今所有事狀，依倣前代諸史體例，分類載述，不必爲人爲一傳。其內外臣僚，或有官雖顯貴，而無事蹟可書……悉行刪去。乞詔提舉宰臣量立程限，責本院官併力修纂，庶幾累朝信史，早有汗青之期。」十一日，又請本院所修列傳，俟《玉牒》、《會要》奏書日同進呈，詔限一年內修撰投進。次年十月九日，奏四朝史列傳一百三十五卷已成書，請擇日投進。二十日，詔所修《列傳》與《玉牒》同日進呈。廿一日，上《四朝國史列傳》一百三十五卷，凡列傳八百七十。〔註16〕

邁初入史館，預修《四朝帝紀》，及再進爲直學士院講讀官，宿直，上時召入與談論，嘗至夜分，至是年九月拜翰林學士，乃成斯製，厥事偉矣。

惟《四朝國史》之成，史志部分，李燾大有力焉，而邁與仁父之間，似不融洽，蓋以乾道四年，占城入貢，孝宗以大食人有詞爭訟卻之，詔禮部開具紹興二十五年答占城詔書制度送尚書省，宰執進呈〈答占城國詔書〉，時邁兼直學士院，奏宜用崇寧故事，白背金花綾紙匣幞書詔，而燾則引紹興二十五年答詔止用麻紙書敕，邁不悅，以侵官論之，帝卒用燾議（《宋會要・蕃夷》四）。兩人遂有間隙。

是年八月十九日，《四朝國史》將成，邁又請通修《九朝正史》，奏云：「頃嘗奏陳乞俟修纂《四朝國史》了畢日，將九朝三項國史合爲一書，已蒙聖恩開納。……所有元乞接續撰九朝史事，乞先降指揮，容臣俟命下之日，從本院移牒在外州軍搜訪遺書逸事，俟今冬投進現修書畢，然後別取旨擇日開院。」

〔註16〕見《宋會要・職官》十八國史院。

又奏云：「臣所爲區區有請者，蓋以二百年間，典章文物之盛，分見三書，倉卒討究，不相貫屬，乃累代臣僚，名聲相繼，當如前史以子係父之體，類聚歸一。若夫制作之事，則已經先正名臣之手，是非褒貶，皆有據依，不容妄加筆削。乞以此奏下之史院，俾後來史官，知所以編纘之意，無或輒將成書擅行刪改。」

所謂九朝，爲宋朝國史，太祖、太宗、眞宗曰三朝，仁宗、英宗曰兩朝，神宗、哲宗、徽宗、欽宗曰四朝，元豐中，三朝已就，兩朝且成，神宗專以付曾鞏使合之。曾鞏奏言：「五朝舊史，皆累世公卿，道德文學，朝廷宗工所共準裁，既已勒成大典，豈宜輒議損益。」詔不許，始謀纂定，會以憂去，不克成。其後神宗、哲宗，各自爲一史，及紹興初，以其是非褒貶皆失實，廢不用。至是邁成《四朝國史》，遂請合九朝爲一，孝宗亦即以屬之，邁既奉詔開院，亦修成三十餘卷矣，後有思陵攢宮（皇帝暫殯之所）之役，不久出知紹興，尤袤又以《高宗皇帝實錄》爲辭，請權罷史院，於是遂已。（《容齋三筆》卷四）

邁亦深知圖籍蒐羅之重要，缺則尋索，有則珍愛。淳熙十三年，進《欽宗宸翰石刻》於史館。蓋靖康元年十一月，金兵再度南下，欽宗遣康王構爲使臣，刑部尚書王雲副之，赴宗望軍乞和，康王至磁州，磁人以王雲將挾康王入金，遂殺雲，止王勿行，復還相州，當是時，何㮚爲開封尹，首建元帥之議，及在相位，遂擬進蠟書之文。云：「訪知州郡，糾合軍民，共欲起義，此皆祖宗百年涵養忠孝之俗，天地神祇所當佑助。檄到日，康王可充兵馬大元帥，宗澤、汪伯彥充副元帥，同心協謀，以濟大功。」欽宗批云：「依奏施行。」又批云：「康王指揮已黃帛書訖。」又批曰：「康王指揮已付卿，係黃帛書，必已到。」蓋閏十一月十三日所行也。此乃重要史料，關乎南北宋政權交替之密令蠟書，邁奏請曰：

> 欲乞下行何㮚家取索，以彰示萬世，爲炎德復恢之符。〔註17〕

同時洪邁對於獎拔史才，亦不餘其力。

淳熙十四年三月十八日，薦王偁與龔敦頤於朝。

龔敦頤爲龔原之曾孫，原昔爲哲宗實錄院官，故其家多藏書，頤正（即敦頤，避光宗諱改名，見《朝野雜記》甲集卷四）念元祐黨籍諸臣及元符中上書諫等人，多表立名節者，惟經崇寧時之禁錮，靖康後之流離，子孫不能

〔註17〕見《皇宋中興聖政記》卷六三。

盡存，事蹟漸不可考，故慨然屬意，訪求闕遺，遂成《列傳譜述》一百卷，凡名在兩籍者三百九人，而書於篇者三百五人，其不可得而詳者四人而已。

王偁之父賞，在紹興中亦爲實錄修撰，偁承其餘緒，刻意史學，爲《東都事略》一百三十卷，上起太祖，下迄欽宗，上下九朝。先嘗於十三年八月二十六日上之，付國史院，其書頗取野史，約居十一，惟多可信。至是邁併龔敦頤薦之，並云：「臣之成書，實於二者是賴。」

上於是下詔：王偁除直秘閣，龔敦頤特補與上州文學。〔註 18〕

十、擢置翰苑、主持貢舉

淳熙十三年九月，邁修《四朝國史》將成，除翰林學士，知制誥，蓋邁兄弟以文學見用，一時詔令多出其手，因職務關係，於典章制度，尤爲熟諳，頗爲天子親信，其於禮制之建議，天子多言聽計從，爲經筵時，淳熙十三年四月十二日，奏景靈宮國忌陪位行及四孟饗在列之臣，除宰執使相外，其百官從人，帶入宮門號，方得隨入櫺星門，至中門即退，不得踰閾。從其議，蓋以其詳於典禮故也。

翰林學士，清切貴重，應侍從，備顧問，親近莫比，掌制誥詔令撰述之事，唐代學士院在禁中，宋時雖不在禁內，仍在樞密院之北，蓋表其深嚴宥密，時人語：「寧登瀛，不爲卿。」較前則轉爲榮寵華貴之選，每多精擇，苟非工於詞翰，清德美行，皆不得與，邁之登庸，亦用是也。其爲內翰期間，亦卓有表現。

是年冬，王淮以進《國史》，封魯公。邁當制，先曾爲擬進韓國制詞，既播告矣。而刪定官馮震武以爲眞宗故封，不許用，遂貼麻爲魯。此雖著於司封格，然馮亦不知富韓公（弼）已用之矣，有例可循。

是時淮亦以食邑過兩萬戶爲辭，孝宗遣中使至邁所居宣示，令具前此有無體例，及合如何施行事理擬定聞奏。遂以是戶無止法復命，乃竟行下。〔註 19〕

科舉原歸禮部，以翰林學士知貢舉，唐已有之，迄宋爲常例。淳熙十四年正月二十日，邁以翰林學士知貢舉，學士院闕官，薦陳居仁兼領，時權刑部尚書兼侍講兼太子參事葛邲，右諫議大夫陳賈同知貢舉（《宋會要・選舉》一）。二月二十日奉陳峴中博學宏詞科，詔賜同進士出身。省試以湯璹等四百

〔註 18〕見《宋會要輯稿》崇儒五。

〔註 19〕見《容齋續筆》卷十四。

三十五人奏名，時孝宗策士不盡由有司，是舉湯璹第一，帝親擢王容爲榜首，餘賜進士及第出身。

是年二月，以知貢舉奏舉子程文流弊，略謂：祖宗事實，載在國史，而舉子左掠右取，以爲場屋之備，牽強引用，類多訛舛；雖非所當，亦無忌避。其所自稱者，又悉變愚爲吾；或於敘述時事，繼以吾嘗聞之。至其程文，則對失之支離，或墮於怪僻。考之今式，賦限三百六十字，論限五百字。今經義策論一道有至三千言，賦散句長至十五六字，一篇計五六百言。寸晷之下，唯務貪多，累牘連篇，無由精好。所謂怪僻者，如心心有主，喙喙爭鳴，一蹴可到，盥水可致之類，皆異端鄙俗，遽相蹈襲，恬不知悟，而滿場多然，不能勝黜。(《宋會要輯稿・選舉》五)

其考校務嚴，取人求實，由是可見，蓋以一洗考場積弊爲志者。是舉得危稹文，爲之激賞不已，危亦登第。

十一、光堯陵寢、參議儀制

淳熙十四年十月八日，高宗駕崩，邁以翰林學士起草遺詔，並任光堯山陵橋頭頓遞使，參與思陵攢宮之役。十一月十一日，邁以太上皇帝廟號當稱祖爲言，詔有司集議以聞。邁建言大行太上皇帝廟號應稱世祖。禮官顏師魯、尤袤執異，奏云：「在禮，子爲父屈，示有尊也，子雖齊聖，不先父食，大行太上皇帝親爲徽宗之子，子爲祖而父爲宗，則難以正尊卑昭穆之序。今議者（指洪邁）不過以光武爲比，然光武以長沙王之後，起於布衣之中，不與哀平相爲繼承，其稱祖無嫌。大行太上皇帝實繼徽宗之正統，以子繼父，非若光武比也。」乃議定爲聖神文武憲孝皇帝，廟號高宗。邁遂爲撰謚議以進。謚冊交由右丞相周必大撰，哀冊文由左丞相撰。(《宋會要・禮》四九)

時金國賀會慶節使將入見，詔議儀制以聞。乃與同僚議定，以車駕見留德壽宮喪次，百官免上壽，恐難以引見使者，如使者必欲朝見，宜用明道故事，小祥兩日後，於二十三日只就德壽宮素幄引見，庶合典故（《宋會要・儀制》八）。是月二十四日撰〈金國告哀國書〉。

宋朝典故：先帝祔廟之後，即詔國史院修纂實錄，時高宗靈駕發引有日，邁時兼修國史，次年三月十一日，奏乞令本（國史）院候高宗祔廟畢，取指揮，擇日開院，其官吏並乞就國史院官吏爲之，不添置員闕，不增給食錢，修撰《高宗實錄》，以附典故，蒙允，則請就其合行事件，逐一開具，申尚書省施行。帝從其請。(《宋會要・職官》十八)及國史院於同年五月申請時,邁正補外,未能參與是役。

邁又奏稱:大行太上皇帝宜以文武各二臣配享,文臣莫如呂頤浩、趙鼎,武臣莫如張浚、韓世忠。皆一時名臣將相,合於天下公論。乞令侍從議。及從官議之,以禮部尚書宇文价爲議首,奏上報可。而楊萬里奏配享不當,以所議爲欺、爲專、爲私,以邁「先之以本朝之故事,惟翰苑得以發其議,抑不思列聖之廟有九,而廟之有配饗者八,發配饗之議者非一,而出於翰苑者止於三,……今舉其三以自例,不顧其餘之不然,非欺乎?申之以聖諭之所及,惟一己得以定其議,非專乎?終之以止令侍從數人附其議,使廷臣皆不得以預其議,非私乎?」又推崇張浚爲「中興以來一人而已」,故「浚之宜配新廟,又何疑焉?」〔註20〕完全針對洪邁而發,時三月二十日。

二十五日,适壻左拾遺許及之密報:臺諫欲於祔廟後論列配饗事,邁亟入奏,以楊萬里言乞去。帝謂大臣云:「呂頤浩等四人配享,正合公論,楊萬里乃謂洪邁專與私,邁雖是輕率,萬里未免浮薄。」於是二人俱補外。以正奉大夫知鎮江府。

十二、太子參決、壽皇內禪

淳熙十四年,孝宗服喪制,欲引貞觀故事,令太子參決政事,密詢於邁。

十月二十五日有旨召對,與吏部尚書蕭燧同引。中使先諭旨曰:「教內翰留身。」既對,乃旋於東華門內行廊下夾一素幄御榻後出一紙,錄唐貞觀中太子承乾監國事以相示。蕭先退,孝宗語邁,欲令皇太子參決萬機,使條具合行事宜。仍戒云:「進入文字須是密。」邁乞俟檢索典故了日,再乞對面納。於是七日間三得從容,其事機密如此。(《容齋三筆》卷十)

十一月初一,遂擬太子參決庶務之詔,次日詔下,〔註21〕在太子參決政事期間,固不能事事洽於上意,孝宗亦嘗夜召語於邁,〔註22〕然孝宗終有內

〔註20〕見楊萬里〈駁配饗不當疏〉,《誠齋集》卷六二。

〔註21〕周必大《思陵錄》:「初議鎖院,又恐張皇,上只令擬指揮,而邁恐不能道曲折,遂草四六以進。」。

〔註22〕張世南嘗從親戚馬建家,見洪邁內簡一幅,與族伯提刑云:「正月十九日晚間宣召,從容聖語云:『近日郡守辭見,並詣議事堂,太子封箚子來。但思之,甚有未盡處。蓋全不見語話,如何得識其賢否?朕於選引郡守,自有見處,幾於不傳之妙。』遂笑云:『所謂父不能以傳之子也。』」(《游宦紀聞》卷九)。

禪之意，淳熙十六年二月，遂行內禪，孝宗以太上皇帝居重華宮，時邁以守太平州在外，後乞祠歸里，刻《唐人絕句》成，乃上之重華宮，蒙壽皇多賜。

十三、暫守大郡、奉祠歸里

淳熙十五年，邁以議配享乞去，以正奉大夫知鎮江府，國史院亦以修《高宗實錄》，停修《九朝國史》，九月十七日，改知太平州，到任上謝表云：「李廣數奇，徒羨侯於校尉，汲黯妄發，取嘆薄於淮陽。」（《容齋四筆》卷一四）心中仍不免嘆恨，引李廣自況，亦壯心不已也。

邁在太平任內，政尚寬簡，民皆向化，時光宗已登大位，紹熙元年二月，進煥章閣學士，移知紹興府，過闕奏事，帝訓以：「浙東民困於和市，卿往爲朕正之。」蓋先時預買令下，前守無遠慮，一路州縣所不受者悉受之，故紹興受額特重。以匹計者，居浙東之半，人戶或詭爲下戶以規免，乃有畝頭均科之法，而有司亟於集事，不暇覆實，一以詭戶科之，至有物力自百文以上，均不免於和買，貧民受害尤深，光宗亦以爲害，遂詔下戶和買二萬五十七匹停催一年，又減原額四萬四千匹，至均敷一節，詔守臣從長計議施行。邁乃定均敷之法上之，詔依所措置推行，於是紹興下戶貧民稍寬緩，事畢，乃將施行次第撰成《會稽和買事宜錄》七卷。〔註23〕

邁處理紹興和買事，雖屬杯水車薪，於民不無小益。

是冬，邁即除提舉隆興府玉隆萬壽宮，自會稽解印西歸，方大雪塞途，千里路遙，返抵閭門，凍倦交加，自是不復遠行。

十四、潛心著述、備福全歸

洪邁在光宗紹熙以後，深居無事，遂潛心於著述一途，著述之豐，雄於一時。

邁於會稽解綬之前，即刻《唐人絕句》百卷於蓬萊閣，歸里，又賡續斯事，以滿萬數，上之重華。

是時兩部鉅著，《容齋》僅成《隨筆》十六卷，《夷堅》諸志亦止於〈庚志〉，未如今日之浩繁，邁以家居清閒，諸子游宦在外，〔註24〕故晚年惟二書是事。

〔註23〕見《宋史・食貨志》三，《直齋書錄解題》卷五。

〔註24〕長子梓通判信州、福州，仲子某簽書峽州，大孫後亦赴南昌漕事。

《容齋隨筆》至於《五筆》，而《夷堅》諸志至於四乙，十二年間隨手而成，雖非精審，厥功亦偉，自序《容齋四筆》引稚子櫰語：「《隨筆》、《夷堅》皆大人素所遊戲，今《隨筆》不加益，不應厚於彼而薄於此也。」是見邁晚年雖志於二書，而篇帙自亦有厚薄之嘆。

邁以淳熙十四年四月七日予郡補外，六月十八日國史院即以修《高宗實錄》，停修邁所請之《九朝國史》，而所謂《高宗實錄》，迄寧宗慶元元年，仍「功緒悠悠、汗青無日」，先前，中書舍人陳傅良即有專官之嘆，於紹熙中請置史官，「俟有勞績，雖就遷次，對如李燾洪邁兼領可也」（《宋會要・職官》一八）可見當時史才難求，後人乃有此去後之思。

紹熙五年六月太上皇薨，七月，光宗禪位於寧宗，邁推恩轉官，後以耆齡，上章告老，進龍圖閣學士，以端明殿學士致仕。及寧宗慶元五年春，議者欲起洪邁及陸放翁付以史筆，置局湖山，以就閒曠，以當路有忌之者，遂寢，時友人殆盡，韓侂冑當權，政局有所轉變，而邁以嘉泰二年壬戌（1202）卒，年八十，以端明殿學士光祿大夫贈開府儀同三司，謚「文敏」。葬於鄱陽縣西北三十里龍吼山。〔註 25〕

《宋史本傳》云：「邁兄弟皆以文學取盛名，躋貴顯，邁尤以博洽受知。孝宗謂其文備眾體。邁考閱典故，漁獵經史，極鬼神之變。」後者就其著作言之，前者方之景盧生平，亦寫實也。蓋以文學受知，位居清顯，不居要津，不樹黨羽，備福全歸，著述滿屋，其亦榮矣。

妻張氏，太常博士張宗元（淵道）之女。卒於紹熙元年洪邁帥越以前。〔註 26〕

長子梓，字莘之，紹熙間為信州通判，慶元元年移倅福州。

次子口，嘗簽書峽州。

稚子櫰，邁自會稽解印歸里，隨侍在側，於《夷堅》、《隨書》之續作，有促成之功。慶元三年九月二十四日，邁序《容齋四筆》時，謂其「年且弱

〔註 25〕本節洪邁生平繫年，多據王德毅〈洪邁年譜〉，不敢掠美，其月日偶見手民誤植處，隨手更改，不勞考辯。

〔註 26〕《談藪》：「洪文惠、文敏兄弟皆畏內，少年貴達，家有聲妓，往往不能快意。王宣子知饒州，景伯家居喪偶，宣子弔焉。主人受弔已，延客至內齋，甫舉杯，群妾坌出，素粧靜態，謔浪笑語，酒行無算。景伯半酣曰：「不圖今日有此樂。」賓主相顧一笑。後二十年，宣子歸越。景盧來為守，時已鰥居。暇日宣子造郡齋，景盧出家姬侑席，笑謂王曰：『家兄有言：「不圖今日有此樂。」』王為絕倒。」此固談助，然洪邁畏內，當有所本，而張卒於紹熙以前，所本在此。

冠」，則櫰當生於淳熙四年以後，《隨筆》卷十六：「淳熙六年，予以大禮恩澤改奏一歲兒。」此一歲兒當即櫰也。慶元三年，櫰年十九，將以任子授官也。

大孫偃，洪邁嘗謂：「偃孫頗留意曆學。」（《四筆》卷十二治曆明時條），《四筆》成於慶元三年，時亦將成人也。而何異之序《容齋隨筆》云：「僕頃備數憲幕，留贛二年，至之日，文敏去才旬月。……後十五年，文敏爲翰苑，出鎮浙東，僕適後至，濫叨朝列，相隔又旬月，竟不及識，而與其子太社梓，其孫參軍偃相從甚密。」邁去贛在淳熙四年，移知紹興在紹熙元年，其間相去未十五年，此當爲誤記，然紹熙二年梓已在信州通判位上，何異與之游，當在此二年間，時偃已有官，及慶元四年，偃則赴南昌漕事，表明其年齡仍在櫰之上。作品有《五朝史述論》八卷，《宋志》史類別史類著錄，註云：「洪邁孫。」

據此情形，洪邁子孫亦將有大作爲也，然何異又云：「願（洪汲，邁姪孫）……他日有餘力，則經紀文敏之家，子孫未振，家集大全，恐馴致散失。」何氏序《隨筆》時在嘉定十二年，去邁卒正十年，而言其「子孫未振」，是否十年間子孫有大變故，已不得而知。

第三節　親族姻黨

洪适嘗述其先世，謂：「當元豐乙丑，伯祖給事中，始以進士起家，又三十年，政和乙未，忠宣公繼之，又二十七年，紹興壬戌，某同元弟遵中博學宏詞科，後三年乙丑，仲弟邁繼之。給事之後，官者七，今一人存，忠宣之弟姪官者九，今兩人存，子孫、曾孫官者二十六，今二十二人存，皆高門澤也。忠宣在南荒常歎曰：『秦氏置我死地，曾祖潛德槀後，隧章無因賷恨泉下矣。』」（《盤洲文集》卷三三〈盤洲老人小傳〉）。洪氏自歙徙饒，數世蕃衍，宗支繁庶，至彥昇、晧以進士起家，适、遵、邁相繼以詞科起家，三入翰苑，一拜宰相，一爲執政，珠璧聯輝，遭遇極矣，是爲高門巨族。

（一）洪邦直

邦直，字應賢，小字元穎，小名秀兒，母爲宣和間上猶縣丞鄱陽董璞之女，饒州樂平人，洪邁族叔，居洪源。年三十六，中紹興十八年三甲第五名進士，紹興二十三年，授婺源縣尉（《夷堅・甲志》卷十三〈婺源蛇卵〉條），陞知縣事，值時饑，荒政大舉，民賴以活，乃有邑尊之稱（洪适《盤洲文集》

卷七〈戲應賢〉)。當路交薦，除御史，上察其廉貧，進官二秩，賜白金，出守永嘉，入爲國子監丞遷太常寺丞，卒。有《癡軒集》十卷，《柳文註》三十卷。妻婺源張氏女，次子仲堪(《支丁》卷四〈書吏江佐〉條)，壻余持國，領紹熙三年鄉貢(《支戊》卷八〈陸道姑〉條)。

邦直於紹興十五年赴省試，時邁應詞科在臨安，試畢同遊於抱劍街，是舉邁捷而邦直不利(《支景》卷八〈小樓燭花詞〉條)，紹興三十二年，洪邁使金回，邦直嘗客於邁之官舍(《盤洲文集》卷四〈聞應賢景高文特少張景孫同客景盧官舍〉)，是邦直與洪邁兄弟頗親近也。

(二)洪昭

洪昭，字號不詳，爲洪邁伯父，妻王氏，官桂林郡通守。子一：江西部使者屬壽卿。(《盤洲文集》卷七十五〈趙孺人墓銘〉)

(三)洪昕

洪昕，字光佐，彥昇子，洪邁族叔，以蔭授承務郎，監在京草場，故淮寧府工曹，以父憂去，終喪，監洪州苗倉、歷江寧府司錄、京東制置司幹辦公事，密州、江州通判，未行，丁母憂，終喪，主管江州太平觀、台州崇道觀，秩滿，又通判鄂州，未赴，擢提舉兩浙市舶，遷提舉福建常平茶事，攝行憲事，爲右朝奉郎，紹興十九年卒，年六十。

昕自少棲心禪宗，在建康，日從南遁餘公遊，三娶皆王氏，前者眞定府路安撫使王本女，通佛典，自號寂照道人，後二者皆爲提點江西刑獄王汝舟女。男一：逸，女五：次適左迪功郎建州州學教授李綺。(《盤洲文集》卷七十五〈叔父常平墓誌銘〉)

(四)洪曦

(五)洪曄

洪适先君述謂：「使虜得修職郎四人，時有天子，獨适預名，三以官弟姪，且乞以一弟曄奉甘旨，故曄起布衣，奪哀，爲秀州判官。」(《盤洲文集》卷七四)

(六)洪�

(七)洪暉

(八)洪曜

（九）洪杲

按：以上（四）至（九）爲洪邁諸叔，其餘見於邁兄弟著作中者，如洪适〈通天巖記〉中同遊之叔光晦（《盤洲文集》卷三十）、五言律詩〈酬光吉叔用前韻見寄〉（卷四），《夷堅・乙志》卷十八天〈寧行者〉、〈趙不他〉兩條之提供者光吉叔，及《支庚》卷七〈黃解元田僕〉條之提供者光贊叔，同書卷六〈金神七殺〉條所謂：「予叔父中造牛欄於空園」者，是皆邁之諸叔也。

（十）洪爟

爟，邁之族弟，紹興十八年，爲坑冶司檢踏官，自鄱陽往信州（《夷堅・乙志》卷九二〈盜自死〉條），二十二年，爲江西漕屬，寓居洪州升平坊（《甲志》卷十六〈升平坊官舍〉條）

（十一）洪仲堪

仲堪，應賢次子，居洪源。

邁有弟元仲者，能持湯火呪，爲人拯疾（《夷堅・支丁》卷四〈治湯火呪〉條），疑即仲堪，蓋當時里人向侍制之次子名仲堪者，亦字元仲（洪适《盤洲文集》卷七六〈向通判墓誌〉）。

（十二）洪壽卿

壽卿，昭之獨子，爲江西部使者屬，妻爲宗室湖南部使者趙士鵬之第五女，年十八嫁壽卿，十三年而壽卿卒，趙氏死於紹興二十八年，時年三十八，則壽卿之卒年，當在紹興二十一年。子二：槦、鏘，鏘爲庶出。女一：嫁右承務郎汪德輶。（洪适《盤洲文集》卷七五〈趙孺人墓銘〉）

邁有從兄曰難老者，洪适《盤洲文集》卷七二有〈代難老祭景楊文〉及〈祭從兄難老文〉，後篇目錄題作「祭從兄運屬文」，是知難老嘗官運屬，篇中謂：「自大王父（洪炳），遂分兩支，夕拜（洪彥昇）之後，別駕、繡衣。繡衣父子，繼踵九泉；別駕早殞，兄又不延，三房孤嫠，衰絰參同。」所謂「三房孤嫠」者，謂彥昇之孫輩，僅有三房，「各爲單子，旁無它昆」。（〈代難老祭景楊文〉），景楊死於難老之前，故有「衰絰參同」之說，所謂繡衣父子，或即洪昕、洪逸，而別駕者，即爲難老之父。

今案漢代於諸州置別駕從事史，以爲刺史之佐吏，宋時亦於諸州置通判，相當於古別駕之職，故沿稱通判爲別駕，洪邁從伯叔之官通判以卒官者，可知者有伯父洪昭，爲桂林郡通守（判），其子壽卿爲江西部使者屬，正合目錄所稱運屬（轉運使屬官）者，故難老當為壽卿之子，蓋難老正有壽之意在焉，當無疑也。洪适稱昭為伯父，稱昕為叔父，亦即「別駕、繡衣」先後之次序也。

（十三）洪逸

逸，昕之子，紹興十九年遭父喪時，官右從政郎鑄錢司檢踏官，倩洪适為墓銘，有子三：楢、檬、棚，女四。（《盤洲文集》卷七五〈叔父常平墓誌銘〉）

（十四）洪景楊

景楊，邁之從祖兄弟，洪适《盤洲文集》卷七二有〈祭從祖弟景楊文〉及〈代難老祭景楊文〉，後者謂：「給事之後，四子三孫，各為單子，旁無它昆。」又謂「弟有四男，黃口之鷇。」是知景楊系出彥昇，為彥昇之孫，遺有幼子四人。前者謂：「景楊君旅食而枕疾兮，不克謁醫而問砭；竟委骨于它邦兮，櫬莫憑而視歛；復遠葬於異縣兮，阻臨穴而送窆。」是猝死他鄉、葬異縣者。又後者謂：「叔近下世，弟復不存。」前者謂：「我方哭季父於往秋兮，君又遡三泉而奄奄。」是與父相繼亡也。按之《盤洲文集》同卷〈祭從兄難老文〉有謂：「自大王父（炳）遂分兩支，夕拜（給事之美稱，此指彥昇）之後，別駕（通判之美稱）、繡衣，繡衣父子繼踵九泉。」則所謂繼踵九泉之繡衣父子，或即景楊父子，蓋彥昇既有四子三孫，別駕父子各居其一，繡衣父子又各居其一，而洪昕父子又各居其一，則已有三子三孫矣，倘景楊父子又居其一，則子合四數而孫過其一，是知繡衣之子或即景楊也。又繡衣者，原為御史之美稱，洪适詩〈用景廬諸公詩軸韻招監司太守〉有句：「風振繡衣須命駕。」（《盤洲文集》卷七）是繡衣當又係監司之美稱，邁之從叔昕，以提舉福建常平茶事卒，正為監司也，适文之繡衣，其叔昕也歟？若然景楊則當為洪逸之字也。姑存其疑。

（十五）洪景高

景高，适、邁之從兄，其妻與諸司副使東南正將婺源胡宏休為兄弟（《夷堅・支庚》卷六〈胡宏休東山〉條），隆興元年為常州晉陵宰，時洪适總領淮東，攜幼弟迅在官，載詣於常州（《夷堅・支乙》卷七〈姚將仕〉條）。

景高與邁兄弟過從頗近。洪适（《盤洲文集》卷四）有〈謝景高兄惠魚蟹〉、〈聞應賢景高文特少張景孫同客景廬官舍〉二詩，皆酬酢者也。

子一：欅

（十六）洪述

述，字景韋，號厚齋，洪适《盤洲文集》卷六有詩〈答景韋赴調還家見寄〉，篇末小註謂：「韋弟乘車頻有可笑，故云。」是幼於适也，然洪邁以兄謂之，則長於邁也。逑於乾道二年分差糧料院，三月二十八日以言者論其爲宰臣洪适親黨，故放罷（《宋會要輯稿・職官》七），紹熙二年，在臨江軍通判職，爲漕使所劾，與邁壻知軍錢鏊同日罷（《夷堅・支乙》卷七〈臨江二異〉條）。

馬廷鸞《碧梧玩芳集》卷十三有〈題洪厚齋行狀後〉，謂：

> 余家與洪氏有連，從曾伯祖老山翁客惠敏二公門，晚歲與文敏公相與尤厚，故二公文字，余家藏略備。厚齋又余所舊識，其歿也，能中以鄉貢進士李君之狀，扳余一言，余病眊，不能言，竊嘗讀野處之誌景韋也，首以重厚目之，而銘之曰：「犖犖其質，盹盹其仁，橳也修飾，保家之珍。」景韋者，郢倅君名逑，而橳者，景韋之子也。然則厚齋之爲厚也，久矣，誠能增而高，浚而深，犖犖盹盹者，累世如一日，則厚齋已無愧於景韋，而能中可以爲橳矣。洪氏之澤未艾也，文敏豈欺我哉？

是景韋以郢州通判終任，其卒年早於邁，邁爲撰行狀銘誌，而馬廷鸞則應景韋子橳之請，爲書其後云。

（十七）洪迷

迷，紹興二十五年，以右宣義郎徽州婺源縣丞丁父憂去（洪适《盤洲文集》卷七四〈先君述〉），隆興元年爲右承議郎鑄錢司主管文字（《盤洲文集》卷七七〈慈塋石表〉）。

（十八）洪遜

遜，紹興二十五年，以右承務郎僉書連州判官事，丁父憂去（〈先君述〉），隆興元年爲右宣義郎浙西安撫司准備差使（〈慈塋石表〉）。

（十九）洪邈

邈，字景何，紹興二十五年以右承奉郎江西安撫司准備差使丁父憂去（〈先君述〉），邈爲庶出，非沈氏所生，少時讀書甚精勤，晝夜不釋卷，不幸有心疾，以至夭逝（《容齋五筆》卷六〈漢書多敍谷永〉條），卒於隆興元年以前（〈慈塋石表〉）。

（二十）洪邃

邃，紹興二十五年未仕（〈先君述〉），隆興元年官右承奉郎（〈慈塋石表〉）。

（二一）洪迅

迅，字景徐，邁之季弟，紹興二十五年未仕（〈先君述〉），隆興元年爲右承奉郎（〈慈塋石表〉）。

迅於邁諸兄弟爲最幼，且爲庶出，紹興十七年，晧安置英州，迅隨侍在側，時無祿粟以食，日糴於市，以郡人謂去城七十里曰東鄉，有良田。遂空旅裝買田畝，令景徐往驗校（《夷堅・支乙》卷六〈英州野橋〉條）。紹興二十一年，适來英州，嘗與共遊附近通天巖（洪适《盤洲文集》卷三〇〈通天巖記〉）。晧卒後，适總領淮東軍馬錢糧，攜之在官，迅母病，時從兄景高爲常州晉陵宰，乃載詣之，畏其傳染，使住節級范安家，乃不起，殯於僧舍，明年，以家人被疾焚其柩（《支乙》卷七〈姚將仕〉條）。适有詩〈喜景徐作小圃因懷東閣二絕句〉（《盤洲文集》卷四）贈之。

案：以上（一七）～（二一）爲洪邁諸弟。惟就适、邁等著述中所見，其諸弟中有字景裴、景孫及景陳者。今考邈字景何、迅字景徐外，逖、遜、邃之字均無考，但以洪适明〈戲孫陳二弟四絕句〉（《盤洲文集》卷五）知孫長於陳，則逖必不字景陳，邃亦不字景孫也。茲以「遜」字古作「孫」，疑景孫爲遜之字，若然，則逖字景裴，邃字景陳也。

景裴，爲秀州方子張壻（《夷堅支乙》卷五〈南陵蜂王〉條），乾道淳熙間，在襄陽，官帥府幕職（《丁志》卷十三〈邢舜舉〉及《支景》卷二〈孫儔擊鬼〉條），淳熙十一年爲建康府通判（《支丁》卷一〈建康太和古墓〉條）。

諸弟中，裴與适、邁往來較密，隆興元年，适遷司農少卿，裴以詩賀之，适遂有〈次韻景裴贊喜農扈之除〉之作，《盤洲文集》中尚有〈小雨裴弟深甫堅上人登新亭次韻〉（卷四）、〈流杯同景裴韻〉、〈次景裴席上韻〉、〈答景裴〉二首（卷七）等詩，及〈鷓鴣天席上賞牡丹用景裴韻〉、〈又十九孫入學因作小集景裴有作次其韻〉、〈南歌子雪中和景裴韻〉、〈又示景裴弟時葉憲明日眞率〉、〈又示裴弟〉、〈好事近席上用景裴詠黃海棠韻〉等詞（卷八十）。

景孫，邁之《夷堅》幾未提及景孫，适之《盤洲文集》則多贈遺之作，如〈聞應賢景高文特少張景孫同客景廬官舍〉（卷四）、〈憶城東來禽〉、〈戲孫陳二弟〉、〈景孫以婦病稽賞甘嘗蟹之約景廬以詩詰之〉（卷五），手足情深，溢於言表。

景陳者，兄适嘗賦〈憶古城柿〉及〈戲孫陳二弟四絕句〉（《盤洲文集》卷五）贈之。長子曰拱。

（二二）洪圭

洪圭，字子錫，邁之族姪（《夷堅支甲》卷六〈西湖女子〉條）。

（二三）洪槦

（二四）洪槳

案：槦爲壽卿長子，槳爲壽卿庶子（〈趙孺人墓銘〉）。

（二五）洪榗

榗，字晉之，與饒州東湖薦湖長老子奭住持相善，紹熙三年見其託生於郡士鄒侃家（《夷堅支癸》卷九〈鄒氏小兒〉條）。

（二六）洪檬

（二七）洪棚

案：以上（二五）～（二七）均洪逸之子（〈叔父常平墓誌銘〉）。

（二八）洪橉

橉，字橉之（《夷堅》〈三辛〉卷十五），景高子，邁從姪，隆興二年，隨父官常州晉陵宰，方十齡，正月望夜觀燈於東嶽行廟，歸而被疾（《支乙》卷七〈姚將仕〉條）。

（二九）洪橓

橓，字能中，述子。述亡，橓以鄉貢進士李某之狀，嘗求樂平人馬廷鸞一言（《碧梧玩芳集》卷一三〈題洪厚齋行狀後〉）。

（三〇）洪槻（1137～1199）

槻，适長子，初名格，字成之，後改名槻，字規之，以祖晧使金，補將仕郎（《周必大文忠公文集》卷七七〈贛州洪使君墓碣〉），紹興二十五年右迪功郎江南東路轉運司准備差遣（〈先君述〉），隆興元年右迪功郎湖廣等路總領財賦所幹辦公事（〈慈塋石表〉），分司九江，乾道元年循右從政郎，三年改宣教郎，七年知德安縣，居三載，邑大治，淳熙四年賜服緋銀（〈洪槻墓碣〉），淳熙六年承議郎通判德安府（《盤洲文集》卷七七〈萊國墓銘〉），淳熙九年以朝奉郎通判興州，十一年，丁父憂去（《盤洲文集》附錄許及之〈宋尚書右僕射觀文殿學士正義大夫贈特進洪公行狀〉），終喪，除洋州通判（〈洪槻墓碣〉），紹熙三年權發遣西和州，緣利路運判楊王休係槻堉父，乞行迴避，故與新知茂州喻久然兩易其任，時二月五日（《宋會要輯稿・職官》六一），徙西川提刑，求主管華州雲臺觀以歸（〈洪槻墓碣〉）。慶元二年，起知滁州，三年正月，以通判王光國每遇國忌聖節，皆託疾不曾趍赴，奏之（《宋會要輯稿・職官》七三），慶元五年，以朝請大夫知贛州江南西路兵馬鈐轄（《盤洲文集》附錄，周必大〈宋宰相贈太師魏國洪文惠公神道碑銘〉）赴任，以七月十三日卒於汝州東流縣，年六十三（〈洪槻墓碣〉）。

槻，娶黃、劉氏、周氏，俱封宜人，子四：儼、俌、傳、伉，女二，適修職郎前無爲軍巢縣主簿權當國，次許嫁進士黃浚，皆劉出也（〈洪槻墓碣〉）。

（三一）洪柲（1139～1209）

柲，字必之，适次子。以祖遇郊霈補官，初監潭州南嶽廟，繼調湖南茶鹽司幹辦公事，改秩知紹興山陰縣（魏了翁《鶴山先生大全文集》卷七一〈知南劍州洪公柲墓誌銘〉），淳熙六年以母疾辭官，尋以奉議郎調江西安撫司主管機宜文字（〈萊國墓銘〉、〈洪柲墓誌銘〉），母病革，侍膳藥，衣不解帶，執喪，幾毀，既除，不忍去适左右，不得已調官，擇期戌之遠者，以承議郎待光州通判闕，期至弗果往，淳熙十一年，适薨，柲實專喪事（〈文惠公行狀〉、〈洪柲墓誌銘〉），終喪，就吏部銓簽書桂陽軍判官事，後通判郢州，當攝守事，郡以大治，遂差知武岡軍，後韓侂胄當國，朝請大夫差知南劍州（〈文惠公神道碑銘〉），不赴，自請奉祠，以主管武夷山沖佑觀里居，嘉定二年正月卒，年七十一，官奉直大夫，祿不過二千石，爵鄱陽縣男，邑戶三百。

柲，娶魏氏，爲左奉請大夫直敷文閣魏安行之女，男三：口、偲、儋，女六，歸奉議郎知衢州西安縣楊汝明、從政郎南恩州陽江縣廖公輔、朝請郎新知連州張履信、鄉貢進士程洋、迪功郎荊門軍錄事參運邢諤、宜教郎知湖州長興縣王元春（〈洪柲墓誌銘〉）。

（三二）洪槢（1140～7）

槢，字習之，适三子，生於紹興十年九月六日，五歲，齒二兄從師，即加巾不肯丱�爲小兒狀，誦書酬對，必欲偕仲氏（洪柲）。紹興十七年，适罷佐台州，聞晧謫英州，理裝亟行，時槢病創甫痂落，至婺州，适妻病急，諸子奉母還鄉，旋槢即以創毒未蕩治病危告，适歸視，不久而卒，時八月六日，年僅八歲。（《盤洲文集》卷七五〈弟三子墓銘〉）

（三三）洪椭

椭，字脩之，适四子，隆興元年以將仕郎，與柲、槇同監南嶽廟（〈慈塋石表〉），淳熙六年官文林郎江東茶鹽司幹辦公事（〈萊國墓銘〉），十一年以文林郎爲池州建德縣丞（〈洪适行狀〉），十四年，擢知歙縣事（《夷堅支庚》卷六〈歙廳呂明〉條），嘉泰時，爲朝請郎權發長寧軍（〈洪适神道碑銘〉）。

（三四）洪樌

樌，字貫之，适五子，隆興元年將仕郎（〈慈塋石表〉），淳熙八年，宣教郎主管仙都觀（〈萊國墓銘〉），淳熙十一年，以宣教郎知隆興府武寧縣，丁父憂去（〈洪适行狀〉），後爲朝請郎軍器監主簿（〈洪适神道碑銘〉），慶元四年四月二十五日，以殿中侍御史張釜，言樌人物鄙猥，居家無行，醜聲外聞，人所不齒，詔放罷。（《宋會要輯稿・職官》七三）嘗赴官台州、洋州（李時珍《本草綱目》卷十二下引《夷堅志》）。

（三五）洪桴

桴，适六子，淳熙六年爲承事郎（〈萊國墓銘〉），〈洪适行狀〉及〈神道碑銘〉皆謂之「故承事郎」，似未起家者也。

（三六）洪楹

楹，字盈之，适七子，淳熙六年爲承奉郎監泉州市舶務（〈萊國墓銘〉），淳熙十一年以承奉郎監漢陽軍酒稅，丁父憂去（〈洪适行狀〉），慶元間，嘗爲閩茶幹官（《夷堅支丁》卷八〈宋提舉侍姬〉條），嘉泰元年，以朝奉郎調知慶元府定海縣（〈洪适神道碑銘〉）。

（三七）洪槺

槺，适八子，早卒（〈洪公行狀〉）。

（三八）洪槨

槨，适幼子，或作梠（《宋史》卷三七三）、或作椙（〈洪适神道碑銘〉），淳熙六年爲承奉郎（〈萊國墓銘〉），十一年以承奉郎監台州商稅務（〈洪适行狀〉），後爲通直郎權簽書荊門軍判官廳公事（〈洪适神道碑銘〉）

（三九）洪槇

槇，字禹之，遵長子，隆興元年右從事郎監南嶽廟（〈慈塋石表〉），淳熙間爲武陵通判，淳熙十五年，秩滿，時周益公（必大）爲相，往謁之，得其畫，就吏部銓通判贛州（《丁志》卷五〈潘見鬼卜〉條），紹熙三年冬，自贛倅受代造朝（同上〈夏巨源〉條），調守復州，慶元四年任滿赴臨安，或論梮酣酒度日，惟聽婦言，專爲營私，詔日下令出國門（《宋會要輯稿・職官》七四），嘉泰三年，以奉直大夫知峽州（周必大《文忠公集》卷七〇〈同知樞密院事贈太師洪文安公遵神道碑〉），開禧二年，以知夔州程驥言其貪聲粃政，老而益肆，降兩官放罷（《宋會要輯稿・職官》七四）。

（四〇）洪椐

椐，遵次子，早逝（〈洪遵神道碑〉）。

（四一）洪槔

槔，字皐之，遵三子，隆興元年右承奉郎（〈慈塋石表〉），淳熙間攝筠州新昌縣事（《三壬》卷五〈醉客賦詩〉條），淳熙末在臨安（《志補》卷八〈鄭主簿〉條），紹興（熙？）四年，簽書復州判官（《支甲》卷十〈復州菜圃〉條），嘉泰三年爲奉議郎新兩浙轉運司幹辦公事賜緋魚袋（〈洪遵神道碑〉）。

（四二）洪梓

梓，字莘之，邁長子，淳熙九年，監隆興府倉（《志補》卷三〈趙善弌夢警〉條），淳熙十四年，邁在翰林，梓自鄉里攜妻子來省（《支丁》卷五〈蚢蟆瘟〉條），紹熙二年，通判信州，時辛稼軒爲守，嘗賦「瑞鶴仙壽上饒倅洪莘之，時攝邑事，且將赴漕舉」贈之（鄧廣銘《辛稼軒先生年譜》），紹熙五年，除福州通判，受覃霈遷秩之命，轉朝散郎（《支景》卷五〈呂德卿夢〉條）；慶元二年冬，寓居福州城內大中寺法堂，以俟解印（《支癸》卷十〈林秀才雞〉條），三年在太常寺，爲大社令（《三辛》卷三〈何同叔游羅浮〉條），迄嘉定五年，何異總序《容齋五筆》時，乃稱之「太社梓」，似終任於是，以至於「子孫未振」（何序語）？

（四三）洪□

□，邁仲子，佚其名，嘗簽書峽州判官，時當紹熙三、四年間（《支乙》卷六〈夷陵嬰兒〉條）

（四四）洪櫰

櫰，邁幼子，邁自會稽解印歸里，隨侍在側，於《夷堅》，《隨筆》之續作，有促成之功，慶元三年九月二十四日，邁序《容齋四筆》時，謂其「年且弱冠」，則櫰當生於淳熙四年以後，《隨筆》卷十六：「淳熙六年，予以大禮恩澤改奏一歲兒。」此一歲兒當即櫰也。慶元三年，櫰年十九，將以任子授官也。

（四五）洪梂

疑即洪櫃。

（四六）洪櫫

疑為洪㮨。

（四七）洪橚

（四八）洪棞

（四九）洪椿

（五〇）洪機

（五一）洪楠

案：以上（四五）～（五一）為洪邁諸姪，梂、櫫、橚、棞之名見於洪适〈先君述〉，棞、椿、機、楠之名見於洪适〈慈塋石表〉，其中惟棞為兩見，是适記諸姪之名不甚的。

（五二）洪棋

棋（原作拱），景陳之子，七歲時脅間生腫毒，為德興古城村外科醫洪豆腐治癒（《支戊》卷五〈鼇癥〉）。

（五三）洪畢

畢（疑作櫸），邁姪（《三辛》卷八〈岳州河伯〉條）。

（五四）洪榼

榼，邁姪，淳熙元年冬，嘗自鄱陽往四明（《支丁》卷五〈義烏孫道〉條）。

（五五）洪櫸

櫸，邁從姪，紹熙慶元間，為清江尉，暫攝錄曹，卒於任（《支乙》卷七〈臨江二異〉條）。

（五六）洪栻

栻，邁弟某之嗣子，蓋鄱陽洪氏源自於歙，而栻則處州所出，以邁弟某無子，遂以之爲嗣。魏了翁〈洪柲墓銘〉謂：「君（柲）將易簀，遺令曰：『處州之族與忠宣同曾祖，奕世種德，此其後且大，文惠之母弟某府君無子，其以處州從弟栻爲之子，以遺澤官之。』君之令人與二子弗替先志。」柲既以遺澤官栻，故柲之喪也，栻之姊丈趙成公爲撰行狀。

（五七）洪倬

倬，适孫，淳熙六年爲承務郎（〈萊國墓銘〉），十一年爲承務郎監筠州新晶縣酒稅（〈洪适行狀〉），慶元間，爲宣城丞，嘗作〈題名記〉，並勒石以示洪邁（《容齋四筆》卷五〈藍田丞壁記〉），嘉泰元年爲承議郎江南西路提點刑獄司幹辦公事（〈洪适神道碑銘〉）。

（五八）洪儼

儼，槻長子，淳熙六年爲承務郎（〈萊國墓銘〉），慶元元年，爲常德府（鼎州）龍陽縣丞，素抱血疾，自是益甚，次年二月卒（《支戊》卷八〈龍陽章令〉條），終承事郎（〈洪适神道碑銘〉及〈洪槻墓碣〉）。

（五九）洪偱

偱，字子翼（《支丁》卷五），槻次子，嘉泰元年以承事郎提領建康府戶部瞻軍酒庫所幹辦公事（〈洪适神道碑銘〉及〈洪槻墓碣〉）。

（六〇）洪傳

傳，槻三子，慶元五年爲將仕郎（〈洪槻墓碣〉）。

（六一）洪伉

伉，槻四子，守父喪時仍未仕。

（六二）洪口

口，柲長子，嘗以朝散大夫知容州（〈洪柲墓誌銘〉），若然，依〈萊國墓銘〉、〈洪适行狀及神道碑銘》諸孫排列次序，此子當爲倬、伋二人之一，而以伋最爲可能，則倬實不知誰出也。

（六三）洪偲

偲，柲次子，慶元間爲銅陵縣丞（《三壬》卷五〈黃子由魁夢〉條），嘉泰元年爲承事郎待知江州瑞昌縣事（〈洪适神道碑銘〉），嘉定間以承議郎權發遣嘉定軍府（〈洪柲墓誌銘〉），七年，以監察御史黃序言其性根貪鄙，前任重慶，凡事任情，詔與祠祿，其後知眞州，嘉定十年，又從江淮制置使李珏之請，言其識見卑猥，惟事遊宴，詔與宮觀（《宋會要輯稿・職官》七五）。

（六四）洪儋

儋，柲三子，早逝（〈洪柲墓誌銘〉）。

（六五）洪伋

伋，字子中，适孫，淳熙十一年爲承務郎監舒州山口鎮（〈洪适行狀〉），紹熙間，嘗部臨川米，經蕪湖長風沙（《支庚》卷二〈慈湖夾怪〉條），紹熙三年，爲荊門軍簽書判官，時臨川陸九淵爲守，歲末盡十日，九淵感疾不起，伋被帥檄攝軍事（《支乙》卷七〈陸荊門〉條），率僚屬祭之（《象山先生全集》卷三六〈年譜〉），五年春以奔母喪去職（《支景》卷一〈員一郎馬〉條）。嘉泰元年爲奉議郎荊湖南路提舉茶鹽司幹辦公事（〈洪适神道碑銘〉），開禧間，以朝散郎行大社令授大理寺簿（衛涇《後樂集》卷一），嘉定五年，知贛州，嘗取洪邁《容齋隨筆》一至五筆刻之於郡齋，請寶謨閣直學士何異爲之總序（何異〈容齋隨筆總序〉）。其後知廣州，嘉定七年，以摧鋒軍統制陰明御軍無律，退縮怯懦，不能任事，伋遂以爲請，詔放罷之；八年九月二十三日，以監察御史劉棠言其前任廣帥，攔截蕃舶，脅取民財，遂放罷；其後又以淮東提刑兼知揚州，嘉定十二年十月二十九日，以右正言胡衛言其自爲譸張，舉措失宜，始至既已退縮，稍久必誤國事，遂別與州郡差遣（《宋會要輯稿・職官》七五），後知隆興府。

妻張會卿待制女，隨伋赴官荊門，疾卒（《支癸》卷一〈董氏籠鞋〉條）。

（六六）洪傃

傃，适孫，嘉泰元年爲承事郎（〈洪适神道碑銘〉）。

（六七）洪僑

（六八）洪佺

（六九）洪俁

（七〇）洪侃

侃，嘉泰元年，承務郎新監建康府戶部大軍庫門（〈洪适神道碑銘〉）。

（七一）洪傒

傒，嘉泰元年，承事郎新權僉書漢陽軍判官廳公事（〈洪适神道碑銘〉）。

（七二）洪佃

（七三）洪僩

僩，理宗時官宜興令（劉宰《漫塘文集》卷二二〈宜興周孝公廟記〉）。

（七四）洪仔

（七五）洪俅

（七六）洪儉

（七七）洪儔

儔，嘉泰元年，承事郎新監無爲軍崑山鎭（〈洪适神道碑銘〉）。

（七八）洪伉

疑即槻之四子伉，蓋二字形近也。

案：以上（六五）～（七八）爲适之諸孫，除（六八）洪佺不見於〈洪适神道碑銘〉外，餘均同見於〈萊國墓銘〉、〈洪适行狀〉及〈神道碑銘〉，排行次序亦相同。

（七九）洪俊

（八〇）洪仁

（八一）洪俶

俶，嘉泰元年爲承事郎（〈洪适神道碑銘〉）。

（八二）洪佑

（八三）洪儆

案：以上（七九）～（八三）亦爲适之諸孫，僅見於（〈洪适神道碑銘〉），行狀中謂有孫一未名，當即俊也；此外尚有名倓者爲殿，惟倓當爲遵之孫，誤入於此。

（八四）洪价

价，原名恢，遵長子，〈萊國墓銘〉誤以爲适孫，《夷堅支戊》卷十〈梁執中〉條腳註云：「价孫錄來」，似又爲邁孫，實則爲偶長子，紹熙三年冬，偶自贛倅受代造朝，子价侍行（《支丁》卷五〈夏巨源〉條）。嘉泰三年，爲奉議郎淮東常平司幹辦公事（〈洪遵神道碑〉）。

（八五）洪悅

悅，遵次孫，官承奉郎，早亡（〈洪遵神道碑〉）。孫輩名原皆從豎心旁，如〈慈塋石表〉中一孫名忱是也，後乃改從人旁，悅乃未及改而亡，故仍從「心」旁。

（八六）洪佃

（八七）洪僖

（八八）洪侹

（八九）洪仲

（九〇）洪倓

案：以上（八四）～（九〇）皆遵之孫，並見〈洪遵神道碑〉，佃，嘉泰三年爲通仕郎，僖爲承奉郎，侹、仲、倓時均未仕，〈洪适神道碑銘〉誤倓爲适孫。

（九一）洪偃

偃，邁大孫，洪邁嘗謂：「偃孫頗留意曆學」（《四筆》卷十二〈治曆明時〉條），《四筆》成於慶元三年，時偃或將成人矣。而何異之序《容齋隨筆》云：「僕頃備數憲幕，留贛二年，至之日，文敏去才旬月。……後十五年，文敏爲翰苑，出鎮浙東，僕適後至，濫叨朝列，相隔又旬月，竟不及識，而與其子太社櫄，其孫參軍偃相從甚密。」邁去贛在淳熙四年，移知紹興府在紹熙元年，其間相去未十五年，此當爲誤記，然紹熙二年櫄已在信州通判任上，何異與之游，當在此二年間，時偃未必在幕職爲參軍，慶元四年，偃赴試南昌漕台（《三壬》卷六〈滕王閣火〉條），其年齡或在櫰之上。作品有：《五朝史述論》八卷，《宋志》史類別史類著錄，註云：「洪邁孫。」

（九二）洪傪

傪，櫄之次子，紹熙間，與偃隨父在福州（《支癸》卷十〈劉自虛斬鬼〉條）。

（九三）洪份

份，不詳所出，見於《夷堅支戊》卷七〈鼴鼠蟻虎〉條。

（九四）洪簡

簡，字子斐，《宋元學案》卷七四：「忠宣公晧曾孫也，以任子知茶陵縣。

慈湖先生稱之曰：「子斐於道有覺，若在孔門，曾晢父子之儔也。」

（九五）洪子言

子言，邁之姪孫，見《夷堅支庚》卷三〈張通判〉條腳註。

（九六）洪芾

（九七）洪蘊

案：以上（九六）～（九七）均洪槻孫（〈洪槻墓碣〉），嘉泰元年皆爲將仕郎（〈洪适神道碑銘〉）。

（九八）洪藺

（九九）洪荀

（一〇〇）洪萬

（一〇一）洪芮

案：以上（九八）～（一〇一）均係柲孫，藺、荀、萬皆補將仕郎（〈洪柲墓誌銘〉）。

（一〇二）洪蘧

适之曾孫（〈洪适神道碑銘〉）。

（一〇三）洪芹

芹，适之曾孫，以大父澤入官，甫更調，登進士第，自南平司法改欽州教授，部使者愛其才，先後並薦之，入主省架閣，遷太學博士，擢國子博士，出通判南劍，入爲太常博士，累遷將作少監，丞相程元鳳薦之，兼翰林兼直秘書少監，開慶元年，升直學士院，繼權禮部侍郎、中書舍人。丁大全罷相，出典鄉郡，芹繳奏請追官遠竄。沈炎乘上怒攻丞相吳潛，芹獨繳奏，天下義之，遷禮部侍郎，後以論去，退寓永嘉，怡然自適。咸淳初，起知寧國，卒，有文集（《宋史》卷四二五）

（一〇四）洪艾

（一〇五）洪蔚

（一〇六）洪著

案：以上（一〇四）～（一〇六）均係遵之曾孫。艾，將仕郎；蔚，登仕郎；著，將仕郎（〈洪遵神道碑〉）。

（一〇七）張宗元

宗元，字淵道，康州方城縣麥陂村人，政和末爲河中府教授（《夷堅丁志》卷十四〈郭提刑妾〉條），宣和中，爲峽州宜都令（《丙志》卷十四〈宜都宋仙〉條），靖康之難，避地自京師南下，經南陽，挈母田夫人至揚州，寓居龍興寺（《己志》卷六〈趙七俠〉條），建炎二年冬渡江，寓溧陽（《丙志》卷十四〈張五姑〉條）。建炎三年，爲太常博士，時禮寺典籍散佚亡幾，而京師未陷，言於宰相，謂：「宜遣官往訪故府，取現存圖籍，悉輦而來，以備掌故。」宰相不能用，其後劉豫竊據，鞠爲煨燼（《容齋隨筆》卷十三〈國朝會要〉條）。紹興初，宗元以工部員外郎，爲川陝京西諸路宣撫處置使張浚辟爲幕客，主管機宜文字，遂攜家入蜀，寓居達州江外景氏宅（《丙志》卷四〈景氏宅〉條），居二月，母田氏卒（《丙志》卷十四〈張五姑〉條），紹興二年九月，浚遣兄滉與宗元、孫道夫至行在奏事，詔進其秩（李心傳《建炎以來繫年要錄》卷五八，胡寅《斐然集》卷十二〈張宗元轉官制〉），並賜五品服（《要錄》卷五九），五年二月以直徽猷閣湖南制置大使司參議官守員外郎（《要錄》八五），五年十一月爲中書門下省檢正諸房公事（《要錄》九五），六年五月，兼都督行府諮議參軍（《要錄》一〇一），六月浚遣來行在奏事（《要錄》一〇二），九月，奉命撫問江東淮西宣撫司諸軍家屬之在金陵當塗者（《要錄》一〇五），留家建康（《丙志》卷十四〈錫盆冰花〉條），七年四月，權兵部侍郎陞都督府參議軍事，時朝廷主和議，解岳飛兵權，遂使宗元權湖北京西判官，往鄂州監岳飛軍（《要錄》一一〇），及岳飛復任，召還宗元，命爲徽猷閣待制樞密都承旨（李彌遜《筠谿集》卷四〈張宗元樞密都承旨制〉），同年八月酈瓊殺兵部尚書呂祉叛，帝遣宗元往招廬州叛卒（《要錄》一一三），張浚罷，宗元亦落職，以殿中侍御史石公揆言其本唐之一富人，初無材能，張浚喜其便佞，獎借提挈，亟躋從班，今當深引，不能贊佐之咎，自爲去計可也，而乃隨眾詬罵，力詆其非。故絀之，以之爲提舉江州太平觀（《要錄》卷一一四，《要錄》引趙甡之《遺史》，謂其上表請斬浚，恐係過論。）九年三月，復右朝請大夫秘閣修撰，差遣如故（《要錄》一二七，《宋會要輯稿・職官》五四），寓居常州無錫縣南禪寺，時洪邁兄弟守母喪亦在無錫，十年三月，復徽猷閣待制（《要錄》卷一三四），六月除都大提舉川陝茶馬公事，赴任，渡淮而北，至鄧陽，遇敵而歸，改提舉醴泉觀兼詳定一司敕令（《要錄》卷一三六）。冬十月，試尚書兵部侍郎（《要錄》卷一三八），十二月二十五日，以權吏部侍郎，乞命有司以續降朝旨便人合理者，裒爲一書以進（《宋會要輯稿》刑法一），十一年七月，充寶文閣直學士知平江府兼浙西沿海制置使，以代仇悆也（《要錄》一四一），紹興十五年，以敷文閣直學士知靜江軍府事兼廣南西路經略安撫使（張擴《東窗集》卷十三〈宗元知靜江府制〉），時丞相趙鼎責授清遠軍節度使，在吉陽三年，故吏門人皆不敢通問，宗元爲廣西經略使，時遣使自雷州渡海以藥石、醪酒饋之（《要錄》一五六，《乙志》卷十九〈海中紅旗〉條），鼎答書云：「鼎之爲己爲人，一至於此。」手札存於張氏（《續筆》卷一〈李衛公帖〉條）。十八年，從其請，以龍圖閣直學士提舉江州太平興國宮（《要錄》一五七），二十年知福州（《要錄》一六三，《甲志》卷六〈福州兩院燈〉條），二十三年知洪州（《要錄》一六四，周麟之《海陵集》卷十三〈張宗元知洪州制〉），張浚雖責永州居住，秦檜忌之尤甚，每台諫官劾疏必及之，紹興二十五年，殿中侍御史徐嘉言：今陰邪逆黨，交結尙爾，宗元天資陰狡，書問往來，健步絡繹，無一日無之。檜使江西運判張常亦箋注宗元與浚壽詩，右宣教郎添差安撫司主管機宜文字徐樗又疏宗元之短，宗元遂罷（《要錄》卷一六九），邁謂：「張淵道以張和公生日詩幾責抑而幸脫。」（《三筆》卷四〈禍福有命〉條）即謂此也。二十九年八月二十八日己卯卒，時官龍圖閣直學士提舉江州太平興國宮（《要錄》一八三）。另循王張浚孫亦有名宗元者，以會卿爲字，父子厚，以祖恩補右承奉郎出身，歷官大宗正、駕部郎中、司農少卿、將作監、秘閣修撰江南西路轉運副使，淳熙二年，以敷文閣待制知紹興府，與此實爲二人，頗滋混淆。

宗元生辰在十二月十五日（《丙志》卷十四），叔渥，死於兵間（《乙志》卷五張女對冥事條），父張澤，於宗元鎮桂州時，朝廷特賜右奉直大夫，母田氏贈碩人，妻劉氏亦賜碩人（《東窗集》卷七）。宗元有弟二人：宗正、宗一，宗正性好弋獵，紹興九年隨兄居無錫，時以彈射自娛，感疾，病數月，小愈，厭厭如癡人，後十年乃卒（《甲志》卷十六二〈兔索命〉條）；宗一，字貫道。女弟曰宗淑，行五，初適襄陽董二十八秀才，靖康之冬，董死於賊，建炎二年改嫁閤門宣贊舍人席某，是年冬，席死於盜，次年丹瘤生頰而亡（《丙志》卷十四）。宗元有子女數人，長曰通，自幼多病，不解事，次女嫁梁元明，紹興九年寓無錫時來歸寧，一女嫁洪邁（《乙志》卷五〈張女對冥事〉條），另有兄弟之女嫁岳州平江令吉撝之爲繼室（《丁志》卷十二）。另妻弟劉滓，字穆仲，少年時從道士學法籙，宗元守姑蘇時，隨之於任所（《乙志》卷十九〈秦奴花精〉條）。

宗元於紹興九年自兵部侍郎奉祠，寓居無錫縣南禪寺，時洪邁年方十七，奉母喪來無錫，當無娶於張女之理，紹興二十年，宗元守福州，而邁爲州學教授，倘當時已爲翁壻，自當引避，是知邁婚應在此後，惟時年已二十八，可謂晚婚矣。

第四節　交游考

洪邁方四歲時，逢靖康之亂，二聖北狩，北方淪陷，高宗以徽宗子即位於應天，中興宋室，是爲南宋，傳祚百五十年有奇，而邁以八十高齡，生活於高、光、孝、寧四朝，經南宋前半期，而其交遊，前期諸公，多與周旋，令舉其要者，跡其麟爪，或可考其思想於一二。

（一）周必大（1126～1204）

周必大，吉州廬陵人，字子充，又字弘道，自號省齋居士，晚號平園老叟。紹興二十一年進士，授徽州司戶參軍。孝宗即位，除起居郎，應詔上十事，皆切時弊，遷權中書舍人。權給事中，繳駁不避權幸，時曾覿、龍大淵得幸，並遷知閤門事，必大不書黃，旬日申前命，格之不行，遂請祠去。後除秘書少監，張說再除簽書樞密院，必大又不具草，遂予宮觀。任樞密使，創諸軍點試法，整肅軍政。淳熙十四年（1187），拜右丞相，進左丞相。光宗時，封益國公。後爲諫官何澹彈刻，出判潭州，寧宗慶元初，以少傅致仕，嘉泰四年卒，年七十九，謚文忠。工文詞，著有《省齋集》、《平園集》、《玉堂類稿》、《玉堂雜記》等八十一種，後人彙成《周文忠公集》二百卷行世，《四庫全書》著錄。

紹興末，邁在館，即與周必大、王十朋等次韻相唱和，及邁奉使賀金主登位，必大有詩贈之，云：「嘗記揮毫草檄初，必知鳴鏑集單于；由來筆下三千牘，可勝軍中十萬夫。已許乞盟朝渭上，不妨持節過幽都；吾君甚是仁皇帝，宜有韓公贊廟謨。」（《省齋文藁》卷二）對邁之出使，期望甚高。及邁遭斥，出守贛州，必大亦遣詩問候，〔註 27〕其間亦有詩文往來，酒餌饋遺，

〔註 27〕均見周必大《省齋文稿》。

相從甚密，後周亦以疾乞祠在里，然不時傳遞消息。

淳熙二年，邁之仲兄遵卒，必大爲文祭之，及葬，又爲撰〈神道碑〉，〔註28〕而淳熙十一年，邁之長兄适卒，周必大亦爲之撰〈神道碑〉，〔註29〕是必大與三洪交往之深，可知也。

寧宗嘉泰初，兩人均已致仕，周必大又題詩於所作〈松風閣記〉:「小松風颼颼，長松風冽冽，遙知蒙溪上，餘韻兩清絕，宦遊正可樂，歸夢未應切，待生丁固腹，徐化莊周蝶。」(《平園續集》卷三)

周、洪之年齒相當，均受知於孝宗，〔註30〕惟邁晚年清閒，而周幾遇大用，惜寧宗急於進取，重用韓侂胄，必大以保守持重見斥，爲入慶元僞黨之中，後世毀譽相半，不若洪邁之清高。

（二）虞允文（1110～1174）

虞允文，字并甫，一字彬父，隆州仁壽人，以父蔭入官，紹興二十四年進士，紹興三十年使金，見運糧造船者多，還奏所見，請備戰，次年金主亮南下，允文以中書舍人參謀軍事，犒師采石，適主將王權罷職，宋軍無主，遂招集諸將，勉以忠義，督師潰金兵，劉錡執其手曰:「朝廷養兵三十年，今日大功乃出儒者。」三十二年，出爲川陝宣諭使，與吳璘共謀進取，收復失土，旋以朝議主和，力爭不果，孝宗乾道元年召返，任參知政事兼知樞密院事，旋復出爲四川宣撫使，五年，拜右相兼樞密使，遷左丞相兼樞密使，封雍國公，其後再宣撫四川，在蜀一年，病卒，時淳熙元年二月，謚忠肅。

允文少懷大志，出將入相垂二十年，尤留心搜羅人才，置翹材館，延四方賢士，懷袖間有方冊曰材館錄，聞一善人必書，所薦胡銓、周必大、王十朋等均一代名臣。

紹興二十八年三月，洪邁除秘書省校書郎入館，時虞允文爲秘書丞，及次年邁除吏部郎官，去館職，二人同舍達一年餘，三十年正月，與虞允文等奏尚書司封員外郎鮑彪可以表縉紳，請予表彰。

〔註28〕周必大〈祭洪景嚴樞密〉文，見(《周文忠公集》卷三八)；〈同知樞密院事贈太師洪文安公遵神道碑〉，見《文集》卷七〇。

〔註29〕文見《盤洲文集》附錄。

〔註30〕《鶴林玉露》:「周益公、洪容齋嘗侍壽皇宴，因談肴核，上問容齋鄉里所產，對曰:『沙地馬蹄鱉，雪天牛尾貍。』又問益公，對曰:『金柑玉版筍，銀杏水晶蔥。』上吟賞。又問一侍從，浙人也，對曰:『螺頭新婦臂，龜腳老婆牙。』四者皆海鮮也。上爲一笑。」君臣之相得如此。

紹興三十一年金主亮南下，十月十九日，詔以知樞密院事葉義問督視江淮荊襄軍馬，允文時以中書舍人參謀軍事，而邁則主管機宜文字，繼而朝廷從義問之請，邁與兵部郎中馮方改爲參議軍事，二十二日起程，二十九日至京口，次月初五至建康，蓋洪、虞均嘗同塗共事，而虞對國難較積極，初六，命允文往蕪湖，且犒師采石，卒立奇功，〔註 31〕成就固不可相提並論，邁作《夷堅》諸志，得之於允文不少，其交情亦非泛泛。

（三）王十朋（1112～1171）

王十朋，字龜齡，號梅溪，溫州樂清人。初講學授徒，後入太學。紹興二十七年進士，廷對忠鯁，高宗親擢第一，任秘書郎、王府教授、著作郎。數次建議整頓朝政，起用抗金將領。孝宗立，力陳抗敵恢復大計，歷官國史院編修、起居舍人、侍御史等職，隆興元年，張浚北伐失敗，主和派非議蜂起，上疏稱恢復大業不當以一敗而動搖。出知饒、夔、湖、泉等四郡，布上恩，恤民隱，所至人繪象而祠之，救災除弊，有治績，累官至太子詹事，以龍圖閣學士致仕，乾道七年卒，年六十，謚忠文。詩文剛健曉暢，著有《梅溪集》，《春秋尚書論語解》，《會稽三賦》，《東坡詩集注》等。

十朋四十六歲爲狀元，而洪邁抑於秦檜而復用，時在紹興二十七、八年間，邁得館職，而十朋則於三十年初入館，〔註 32〕二人相交殆此時乎？

次年正月，邁爲樞密編修，賦館中紅梅，王十朋與次韻唱和。五月，十朋罷著作郎，十八日去國，邁餞之，並贈以詩，〔註 33〕不久十朋即折簡來候：

〔註 31〕岳柯《桯史》：「虞雍公既卻逆亮於采石，亮懲前衂，將改圖瓜州，葉樞密義問留鑰金陵，時張忠定燾，及幕屬馮校書方，洪檢詳邁在座，相與問勞畢，天風欲雪，因留卯飲。酒方行，警報沓至，坐上皆恐。葉四顧久之，酌卮醪以前曰：『馮、洪二君，雖參帷幄，實未履行陣，舍人威名方新，士卒想望，勉爲國家竟此勛業。』雍公受卮起立曰：『某卻去不妨，然記得一小話，敢爲都督誦之。昔有人得一鼈，欲烹而食之，不忍當殺生之名，乃熾火使釜百沸，橫篠爲橋，與鼈約曰：「能渡此則活汝。」鼈知主人以計取之，勉力爬沙，僅能一渡，主人曰：「汝能渡橋甚善，更爲渡一遭，我欲觀之。」僕之此行，無乃類是乎？』席上皆笑。已而雍公竟如鎮江，亮不渡而殺。」（卷九）蓋允文時亦無勝算，勉強成行，幸金兵自退，卒保威名。至於采石之役，亦因緣際遇耳。

〔註 32〕十朋初授建康軍簽判，旋添差紹興府簽判，「己卯臘月七日，解官離越，十九日至家，明年正月二日被命除秘書省校書郎。」（《梅溪王先生文集》後集卷五）。

〔註 33〕《容齋五筆》卷六：「建炎南渡，稍置館職，紹興初，始定制，除監、少丞外，

「比獲識檢詳難兄弟於朝，讀雄偉之文，聞正大之論，知天下士，在一門也。又辱爲檢詳同舍之末，荷知良不淺，臨行既勤餞送，仍寵以詩章，歸橐有光，感激無已，違去數日，斗仰不忘，需次弊鄉，偶成見闕，雖貧居急祿，而臥病未能遽行，復申祠請，實非獲已，儻蒙台念，見廟堂諸公，曲賜一言，俾遂所求，不勝至幸。」（《梅溪集》卷二四）時十朋待次鄉里，急於援手之情，溢於言表。

及邁奉使歸，以辱國被斥，退居鄉里，次年除知泉州而不赴，又明年則王十朋來蒞饒州任，往來遂勤，詩文酬唱，甚相得也。乾道元年二月朔日，十朋偕木待問蘊之、王秬嘉叟往訪於別墅，即席唱和，各有詩作。望日邁和十朋長篇，十朋用其韻以謝。是月邁又贈十朋人面竹杖，十朋乃贈詩以謝。

時何麒子應亦按部在饒，爲洪州憲司，屢以蜀中文房四寶饋贈，與十朋、嘉叟、景盧詩歌往來，遂同洪帥陳阜卿共結楚東詩社，成《楚東酬唱集》。〔註34〕後張孝祥安國過之，讀《酬唱集》，乃有「平生我亦詩成癖，卻悔來遲不與編」之句，十朋遂有編後集之意，爲「楚東詩社」之光。及張去，邁與十朋、嘉叟餞之於薦福，坐間各賦詩記事，時何麒已逝。

及七月九日，十朋由饒赴夔州任，讀《酬唱集》，寄詩洪、王云：「預恐吾儕有別離，急忙刊得倡酬詩，江東渭北何曾隔，開卷無非見面時。」（《梅溪文集後集》卷十一）語雖壯，然彼時相得優游之日，隨而中絕。

後十朋在泉，提舶示觀《楚東集》，因思與唱五人，亦有詩作記之。（《梅溪文集後集》卷十七）

十朋與洪邁以詩文論交於館中，當時館中唱和最盛，〔註35〕洪被斥歸饒，而王蒞饒任，共續故事，豈非緣和，論其交情，固超乎倫類矣。

（四）辛棄疾（1140～1207）

辛棄疾，原字坦夫，後字幼安，濟南歷城人，號稼軒居士，紹興三十一年，聚眾二千隸耿京共圖恢復，爲掌書記，奉京命奏事建康，聞京爲張安國所殺，歸擒安國，次年率部渡淮南歸。

以著作郎、佐郎、秘書郎二員，校書、正字通十二員爲額，倣唐瀛州十八學士之數，其遷出它司，非郎官即御史。惟林之奇以疾，王十朋以論事，皆徙越府大宗正丞。」。

〔註34〕《宋史・藝文志》集類總集類有之，作一卷。

〔註35〕王十朋詩：「賡酬往事詩蓬島。」自註：「辛卯春，館中唱和最盛。」（《梅溪文集後集》卷八）王次韻和邁館中紅梅詩亦在當時。

乾道元年，奏美芹十論，分析宋金形勢，提出抗金主張。六年，奏請練民兵以守兩淮，並獻九議。八年，出知滁州，寬征賦、招流散、教民兵、議屯田。淳熙二年提點江西刑獄，後知潭州兼湖南安撫使，上疏言民乃國本，貪瀆之吏迫之爲盜，爲政當以養民爲意。又整頓鄉社，創置飛虎軍。八年，提點兩浙西路刑獄，旋以諫官王藺論劾落職，寓居上饒十年。紹熙二年，起提點福州刑獄，後召赴行在，奏論荊襄爲東南重地，當妥爲備禦，出知福州兼福建安撫使，復爲諫官所劾，主管武夷山沖佑觀，居鉛山，嘉泰三年，起知紹興府兼浙東安撫使，次年召對，以數年諜知金國情況上聞，歷知鎮江、隆興府，開禧二年，復爲言者所劾落職，三年進樞密院都承旨，未受命而卒，年六十八。進謚忠敏。

稼軒一生以恢復爲志，以功業自許，工詞，風格悲壯激烈，有《稼軒長短句》。

淳熙中，邁以求瓊花事罷官在里，八年春，有南昌之行，伯兄适填滿庭芳詞、惜別兼簡司馬漢章（倬），時辛棄疾於帶湖建新居，以稼名軒，請邁爲作記，是以稼軒乃和洪适韻呈邁致謝，其第二闋云：「柳外尋春，花邊得句，怪公喜氣軒眉。陽春白雪，清唱古今稀。曾是金鑾舊客，記鳳凰，獨遶天池。揮毫罷，天顏有喜，催賜上方彝。（原註：公在詞掖，嘗拜尚方寶鼎之賜。）只今江海上，鈞天夢覺，清淚如絲。算除非，痛把酒療花治。明日五湖佳興，扁舟去，一笑誰知。溪堂好，且拚一醉，倚仗讀韓碑（原註：堂記，公所製。）」

辛棄疾亦有席間和洪舍人滿庭芳兼簡司馬漢章之作，蓋二人非止於文字交也。

紹熙三年，邁七十壽，稼軒作〈最高樓・爲洪內翰慶七十〉詞：「金閨彥，眉壽正如川。七十且華筵。樂天詩句香山裏。杜陵酒債曲江邊。問何如，歌窈窕，舞嬋娟。更十歲，武公才入相。留盛事，看明年。直須腰下添金印，莫教頭上次貂蟬。向人問，長富貴，地行僊。」

不獨此也，邁長子紹熙二年通判信州，稼軒亦有〈瑞鶴仙・上洪倅壽〉呈之，下闋云：「知否？風流別駕，近日人呼，文章太守。天長地久，歲歲上，酒翁壽。記從來人道，相門出相，金印纍纍儘有。但直須，周公拜前，魯公拜後。」對洪父子揄揚極矣。

（五）范成大（1126～1193）

范成大，字致能，號石湖居士，蘇州吳縣人，紹興二十四年進士，孝宗初，知處州，修復通濟堰，民得灌溉之利。官禮部員外郎兼崇政殿說書假資政殿大學士，乾道六年，充國信使使金，不畏強暴，幾被害，不辱命而返，後爲靜江知府兼廣西安撫使、四川制置使，皆有政績。淳熙四年爲參知政事，僅二月，被劾罷，奉祠，後因病退居故里石湖，終資政殿大學士通議大夫，紹熙四年卒，年六十八，贈少師，追封崇國公，謚文穆。成大有文名，尤工詩，爲南宋著名詩人，其詩注意社會生活，關心國家安危，同情民間疾苦。有《石湖集》、《攬轡錄》、《驂鸞錄》、《吳郡志》、《吳船錄》、《桂海虞衡志》等，俱傳世。

成大少有大志，金主亮無端啓釁，被弒而亡，金人遂北，共商和議，而以邁爲使，成大寄之以厚望，故其往也餞送之，且贈詩二首，所謂「戰伐和親決此行」，可見此行責任重大，並以「國有威靈雙節重，家傳忠義一身輕，平生海內文章伯，今日胸中武庫兵」，期之甚高。

及邁使還，入境，成大又以詩迓之，所謂「玉帛干戈洶並馳，孤臣叱馭觸危機」，對其履險寄以關心，「國人渴望公顏色，爲報褰帷入帝畿」，對其使命，亦同時急於瞭解。

（六）湯思退（？～1164）

湯思退，字進之，處州青田人，紹興十五年魁博學宏詞科，除秘書院正字，累擢至端明殿學士，依附秦檜，官至簽書樞密院事兼權參知政事，檜死，由尚書同中書門下平章事進左僕射，三十年，劾罷，隆興元年，符離師潰，復相，力主和議，許割海泗唐鄧四州，並令孫造諭敵以重兵脅和，復爲言者所論，責居永州，太學生張觀等上書論其奸邪誤國，乞斬之，憂悸死。

紹興十五年，邁登詞科，再至臨安，寓於三橋西沈亮功主簿之館。沈以買飯於外，謂爲不便，自取家饌日相供，時湯思退以同年來訪，扣旅食大概，具爲言之。湯笑曰：「主人亦賢矣。」因戲出一語曰：「哀王孫而進食，豈望報乎？」良久，邁應之曰：「爲長者而折枝，非不能也。」湯大激賞而去。（《容齋四筆》卷十五）

湯思退相高宗，邁嘗請以鎮江劉寶錢賞其軍，面湯白事，湯不用，紹興三十一年以煩言罷，洪遵在翰林當直，例作平語，諫官隨而擊之，以祠去。孝宗朝再相，隆興二年復罷，洪适適視草，又作平語，侍御史晁公武亦擊之，蓋其相兩朝，再罷相，而累洪氏兄弟，若出一轍。（《桯史》）

洪邁與湯思退爲同年，思退附檜，而三洪與父皓俱爲檜所斥，則湯、洪之間當如水火，而時人反以爲思退之黨，其關係如何？實不可知。

（七）陳俊卿（1113～1186）

陳俊卿，字應求，興化莆田人。紹興進士，授泉州觀察推官，因不附秦檜，爲睦宗院教授，檜死，召爲校書郎，任普安郡王（即孝宗）王府教授，及孝宗即位，言治國之要有三：用人、賞功、罰罪，當以至公行之，遷中書舍人，出知泉州。乾道元年，除吏部侍郎同修國史，論人才當以氣節爲主。四年，授尚書右僕射，同中書門下平章事兼樞密使。以用人爲己任，獎廉退，抑奔競，薦虞允文才堪宰相，六年，以觀文殿大學士知福州，後請祠，以少保魏國公致仕。

邁與俊卿俱抑於檜，而檜死後又同入館，時有同舍之情，乾道二年十一月，薛孚益以權工部侍郎使金，侍從共餞之於吏部尚書廳，與會者凡十有二人，陳俊卿主席，薛在部位最下，應求揖之爲客，辭不就，邁時爲右史居末座，邁引孟子語使之就客坐，諸公皆稱善。（《容齋五筆》卷十）

時陳覿、龍大淵以舊恩節寵，邁得訊息，乃謁陳俊卿，問曰：「人言鄭聞當除右史，某當除某官，信乎？」陳曰：「不知也，公獨何自得之。」乃以曾覿、龍大淵語告，明日，陳在漏舍，語諸公云：「前時頗傳二人漏洩省中語而不得實狀，故前此言者雖多，而不能入，今幸得此，不可以不聞。」遂入奏，曾、龍二人遂出，中外稱快。然則，先前龍欲謁陳而不得其門，邁反而從之得訊息，彼此似已道不同矣。故次年陳與同列劾邁使罷去，〔註 36〕然當時雖不合，陳入相時，仍處以名藩大郡。〔註 37〕

（八）汪　澈（1109～1171）

江澈，字明遠，饒州浮梁人，第進士，爲衡州、沅州教授，歷監察御史、殿中侍御史，時和議已久，邊防寖弛，力主養兵嚴備，振奮士氣，遷御史中丞，尋爲湖北、京西宣諭使。紹興三十一年，金主亮被弒，澈力主出兵淮甸，與荊襄軍夾擊金人歸路，次年，拜參知政事，孝宗朝督所荊襄，乾道元年，拜樞密使，先後薦知名士達一百十八人，後以知福州福建安撫使致仕。

洪澈亦爲洪邁館中同舍，洪嘗作古風一首寄之，見《野處類稾》卷下，乾道七年八日，澈卒，洪爲撰其歷官行事，刻之墓。（《省齋文稿》卷三十〈汪

〔註 36〕見上節。
〔註 37〕見《朱文公全集》卷九六〈陳正獻公行狀〉。

公神道碑〉)

(九)陳　亮(1143～1194)

陳亮，字同甫，婺州永康人，學者稱龍川先生，才氣超邁，喜談兵，乾道五年，上〈中興五論〉，不報。淳熙五年，復詣闕上書，極論時事，反對和議，力主抗金，兩度入獄。淳熙十五年，第三度上書，建議太子監軍，駐節建康，以示銳意恢復，人以爲狂。紹興二年，被誣，第三度下獄，次年出獄，四年，中進士第一，授簽書建康府判官公事，未行而卒。

亮平生倡導經世濟民之事功之學，指謫理學家空談道德性命，與朱熹友，論事則不合。著有《龍川文集》《龍川詞》等書。

邁以淳熙十年守婺，十二年返回行在，洪、陳交往，或於此時，亮滿懷抱負，不得伸展，其無內援，更見支絀，十三年，洪拜內相，恩寵極矣，亮致啓相賀，所謂「眷意方隆，登庸所屬。嘉言善話，固已久沃於聖聰；至今血誠，行且獨開於天步。」(《龍川文集》卷十八)邁雖固寵，然或職務關係，似未予陳亮以大援手。

(十)朱　熹(1130～1200)

朱熹，字元晦，一字仲晦，號晦庵，又號晦翁，別稱紫陽，生於南劍州猶溪，後徙建陽考亭，紹興十八年進士，任泉州同安縣主簿。淳熙時，知南康軍，改提舉浙東茶鹽公事。光宗時，歷知漳州，秘閣修撰，時浙東大饑，單車按行境內，救荒革弊。寧宗時，以宰相趙汝愚援引，起煥章閣待制，旋以本職提舉南京鴻慶宮，慶元二年，落職罷祠。後致仕，卒諡文。

朱子早年主張抗金，中年以後則趨於保守。受業於李侗，得二程之傳，兼采周、張學說，集北宋以來理學之大成，韓侂胄乃以「僞學」黜之。著作特豐，有《四書章句集注》、《伊洛淵源錄》、《名臣言行錄》、《資治通鑑綱目》、《楚辭集注》、《詩集傳》、《韓文考異》等，後人纂集而成之《朱子語錄》、《朱文公集》尤著名。

朱子登第甚早，而仕途屢滯，雖朝廷重臣交口薦之，然以道德性命爲說，終不見大用，及其講學立說，名著士林，側身朝列，而洪邁已奉祠在里，故其交往未深也。

淳熙十五年四月，邁以高宗配享事乞去，以正奉大夫知鎮江府，六月與朱熹邂逅於玉山，朱借得所修國史，見其中濂溪、二程、橫溪均得列傳，以爲「作史者於此爲有功矣。」然傳中盡載《太極圖說》，首句云：「自無極而爲太極。」蓋於原文：「無極而太極」自增二字，故朱子撰〈記濂溪傳〉乙文以糾之。〔註 38〕

（十一）陳居仁（1129～1197）

陳居仁，字安行，紹興進士，孝宗即位，建言當確立對金方針，知徽州時，革除稅弊，知鄂州及鎮江任內，與修長江水利，保持漕運暢通，官至華文閣直學士。

乾道九年，洪邁爲贛守，陳居仁攝禮部郎中，嘗言台閣宜多用明習典故之士，因奏薦邁爲知名之士，久在禁林，明習典故。（《攻媿集》卷八九〈陳公行狀〉）

及淳熙十四年正月，邁以翰林學士知制誥典是年貢舉，適直學院斯時正闕官，乃薦陳居仁兼領。

觀乎洪陳之相薦，各適其材用，非但無標榜固寵之嫌，且可見彼此相知之至。

（十二）王　信（1137～1194）

王信，字誠之，處州麗水人，紹興進士，歷官權考功郎官，升左司員外郎，論收攬逃卒，遴選官吏，練兵及屯田利害等，均爲孝宗采納，嘗以太常少卿權中書舍人假禮部尚書使金，歸言金人必衰，提出防禦計畫。信遇事剛果，論事不避權貴，爲人所嫉，後知紹興府，徙知鄂州、池州，以通議大夫致仕。

信於淳熙十二年十二月使金，邁時爲侍講兼修國史，贈以詩。其中「中朝第一人，沙漠今宣威，朔廷天驕子，應覺眼前希。」（《事文類聚》遺集卷九〈送王誠之舍人使北方得揮字〉）推崇備至，及淳熙十四年冬，王信除給事，論不當用宦者甘昇，太上皇后以宮中事異於向時，小黃門多不曉事，惟昇可任責分憂，邁內引，孝宗以太上皇后語告之，並言：「以是駁疏不欲行，卿見王給事可道此意。」信聞之乃已。（見《宋史・王信傳》）信以剛果，而邁必有以說之，使息初衷，由是可見洪內翰能調和也。

洪邁閱歷寬廣，交遊必多，上舉十有二人，均爲一時名公，湯思退爲同年，附秦檜而得志於前，對洪邁之影響，固不大矣。而虞允文、陳俊卿、江澈、史浩、王淮等爲館中同舍，其後出將入相，顯赫一時，而陳與不合，史

〔註 38〕見前同書卷七一〈記濂溪傳〉。

則至於陷構，虞、王雖相好，亦未特予超擢特薦，汪雖薦之，而未全其功。故洪邁平生仕路，除父兄外，本身長於文學，習於典故，自力致之也。

三洪貴盛，門高祿厚，且先後歷翰苑，人多重之，其相與周旋從容者，亦多鴻圖之士，然邁先在館職，繼爲右史，後修國史，置身詞掖，其中亦多守郡在外，雖嘗知一舉，薦拔或有，稱揄或有，然非大有力者。

是以就其交遊狀況而觀，邁處世態度，可得下列數端：

一、獨善其身，不樹黨羽　　無求於人，不爲人所求，即在父兄亦然，故文安爲相，文惠參政，均不久而去，而邁所薦，如鮑彪、王稱、龔敦頤之流，均屬功在史志者，難成黨羽。

二、博涉書史，潛心典故　　既以文學見用，且預史職，既鮮廟堂之謀，又無幄帷之功，熟於典章制度，乃有可卓爾自立者。

三、希迎旨意，無多建明　　邁遇知於孝宗，孝宗早歲頗思恢復，符離敗後，朝議戰、守、和三策，爭議不休，邁似無所參與，所交遊如朱熹先亦主戰守，而范成大、周必大、江澈、陳俊卿亦戰守之間，至於虞允文、王十朋、辛棄疾、陳亮則一意主戰，於洪邁似無所動，至於財政經濟之策亦然。

綜上觀之，邁修史甚力，下筆尤勤，考辨亦精，捨此，不過旅進旅退，不樹教化之典型官僚，在政治上，貢獻不多，其有功於後者，其著述乎。

第五節　著述考

洪邁讀書甚多，著述亦豐，茲就其內容及成書始末，依經史子集四部略言之。

一、經　部

（一）《春秋左氏傳法語》

《宋志》著錄（子類類事類），作六卷，佚。

洪邁此類作品甚多，或曰「法語」，或曰「精語」，詳後。

現存另作《經子法語》二十四卷，其中《易》、《詩》、《書》、《三禮》、《公》、《穀》具備，獨缺左氏，此書或係卷帙稍多故而離析以出者，亦未可知。

（二）《次李翰蒙求》

《宋史・藝文志》經類小學類有之，作十五卷，今佚。

李翰《蒙求》爲童蒙之著，纂經傳善惡事實類者，兩兩相比爲韻語，以易蒙卦童蒙求我之義名其書。蓋以教學童（《文獻通考》卷一九〇引晁氏曰）。《直齋書錄》云：「本無義例信手肆意，雜襲成章，取其韻語，易於訓誦而已，今舉世誦之，以爲小學發蒙之事。」

二、史　部

（一）《欽宗實錄》

《宋志》著錄、《直齋書錄解題》，《文獻通考》均著錄，作四十卷，佚。

據李心傳《建炎以來朝野雜記》，此書乃因龔實之所補《日曆》而修（〈甲集〉卷四），乾道二年十一月二十七日，欽宗日曆成，奏免進呈，發付國史院，依例修撰《實錄》，十二月十四日，邁奏申請事項，乞差提舉實錄官，並擇十二月十九日開院，詔以魏杞提舉實錄院，洪邁兼實錄院同修撰。並依限兩年內修纂進呈。乾道四年四月二十三日，并《帝紀》一卷進呈。〔註39〕

是書文直而事該，然頗用孫覿所上蔡京等事實，故朱熹舉王允之論，言佞臣不可使執筆，以爲不當取覿所紀云。〔註40〕

（二）《節資治通鑑》

《宋志》著錄（史類編年類），作一百五十卷，佚。

《宋史・洪邁傳》：「（邁）手書《資正通鑑》凡三。」蓋此書乃景盧手自節鈔者。

（三）《太祖太宗本紀》

《宋志》著錄（史類編年類），作三十五卷，今佚。

淳熙十三年，洪邁修《四朝國史》將竣，遂以接續編撰《九朝國史》爲請，〔註41〕據邁言：「既奉詔開院，亦修成三十餘卷矣，而有永思攢宮纔役，才歸即去國，尤袤以《高宗皇帝實錄》爲辭，請權罷史院，於是遂已。」（《容齋三筆》卷四九〈朝國史〉）所成之三十餘卷，當即《太祖太宗本紀》三十五卷，蓋《九朝國史》未成，而以此書傳世，惟亦早佚。

〔註39〕有關《欽宗實錄》編修之經過，詳見《宋會要輯稿・職官》一八實錄院及本章第二節。

〔註40〕見《宋史・洪邁傳》，《朱子語錄》逕以「沒意思」斥之（卷一三〇）。

〔註41〕其經過詳見《宋會要輯稿・職官》一八國史院及本章第二節。

（四）《四朝國史》

《直齋書錄解題》、《通考》著錄，作二百五十卷，佚。

四朝者，神、哲、徽、欽也，此書修纂經過，《書錄解題》載：「紹興二十八年置修國史院修《三朝正史》，三十一年提舉陳康伯奏紀成，乞選日進呈，至乾道二年閏九月，始與《太上聖政》同上。淳熙五年，同修史李燾言：『修《四朝正史》，開院已十七年，乞責以近限。』七年十月修史王希呂奏志成，十二月進呈，至十三年修史洪邁奏：『昨得旨限，十年內修成《列傳》，今已書成』，十二月與《會要》同進，蓋首尾三十年，所歷史官不知凡幾矣。」敘述雖明，然細節尚有出入。蓋邁修《欽錄》并紀將成，乃有通修《四朝國史》之請，及詔以《欽宗實錄》發國史院，乃有修《四朝正史》之可能，否則欽宗部分，付諸闕如。

《中興藝文志》：「紹興末，始修《神哲徽三朝正史》，越三年紀成，乾道初進時，洪邁已出，李燾未入館，史官遷易無常，莫知誰筆，後又進《欽宗本紀》，詔通爲《四朝國史》，乃修諸志，未進而燾去國，淳熙初，志成，燾之力爲多，召修列傳垂成，而燾卒。」（《文獻通考》一九二引）是此書原修三朝，後益欽廟乃得四朝，非但歷時甚久，且歷史官亦多，乾道二年，《三朝正史帝紀》已成，邁旋於乾道四年，進《欽宗實錄》并《帝紀》，去國期間，李燾修成史志部分，及淳熙十二年邁以通議大夫兼同修國史，乃奏修列傳事宜，中謂：「臣自到局，約略稽考，據院吏所具，除紀志已進呈外，當立傳千三百人。」（《宋會要輯稿・職官》十八國史院）蓋紀實也。是以此書列傳部分，全出邁手，淳熙十三年十二月二十一日，上《四朝國史列傳》一百三十五卷，凡列傳八百七十。於是全書遂成，共二百五十卷。〔註42〕

周必大云：「此書洪邁用功爲多，邁號博雅，緣出眾手，無由盡正其誤也。」（《二老堂雜記》卷三）的然。

（五）《四朝史紀》

《宋志》著錄，作三十卷，今佚。

是書疑即《四朝國史》帝紀部分。邁以紹興二十九年爲秘校而兼國史院編修官，時即參與三朝國史帝紀之修，及再入史院，適其書成，邁爲撰表進，至於《欽紀》則全出其手，其於四朝帝紀，自有融裁之功在焉，故自言：「四

〔註42〕《容齋三筆》云：「四朝國史……惟志二百卷，多出李燾之手，其彙次整理，殊爲有功。」（卷十三）以全書二百五十卷計，史志部分不當有如是之多。

朝國史本紀，皆邁爲編修官日所作，至於淳熙乙巳、丙午，又成列傳百三十五卷。」（《容齋三筆》卷一三）掩爲已有，亦無可非。

（六）《四朝列傳》

《宋志》著錄，作一百三十五卷。佚。

此即《四朝國史》列傳部分，然《四朝史》乃置局編撰者，不當分行也。

（七）《紀紹興以來所見》

見《宋志》著錄，作二卷，在史類史鈔類，佚。

（八）《哲宗寶訓》

見《宋志》著錄，作六十卷，佚。

此書爲洪邁所集，《玉海》卷四九乾道哲宗實錄條：「乾道三年三月二十二日（《宋會要輯稿・職官》一八之五八作「二十五日」），同修史洪邁言：修纂《哲宗寶訓》已成，五月戊戌上之，凡一百門六十卷，并目錄二卷。」

與邁同修者，尙有許翰等，及此書與《玉牒》同時進呈，國史院奏修哲宗寶訓轉官，得旨，例辭，於是邁遂制〈批執政辭經修哲宗寶訓轉官〉一文，其中有云：「念疊矩重規，當賢聖之君七作；而立經陳紀，在謨訓之文百篇。」蓋謂哲廟爲第七主，而寶訓有百卷也（見《容齋三筆》卷八〈吾家四六〉條），是書爲邁在史院所上，此制又確爲邁所撰，必無誤也，乃書家以百門作百卷也。

許翰有〈謝脩哲宗寶訓成書轉官回授表〉，云：「惟泰陵之御極，紹寧考之圖休，澹然天淵之藏，發爲金玉之振，是休大訓，用詔萬年。而臣以備官，繆分汗簡，但仰蕩蕩巍巍之盛，莫知灝灝之宜，僅於六七年，與定二三策，弗圖序績，亦至薄躬。」蓋言其預修經過。末云：「顧雖引疾而離朝，猶使蒙榮於衰緒。」是不克終而去也，故此書繫之洪邁也。

（九）《翰苑群書》

《宋志》著錄，作三卷（史類故事類）。是書收在《知不足齋叢書》第十三集，題洪遵輯，作二卷，上卷收有李肇《翰林志》等七書，下卷收錄蘇易簡《續翰林志》等五書，其中《翰苑遺事》爲洪遵所作，翰苑題名至王淮乾道九年除中書舍人兼直院止。

洪适、遵、邁兄弟，均曾爲詞臣，遵在高宗朝，而适、邁在孝宗朝，其中遵兩任且加承旨，在院凡三年最久，而邁兩年次之，适則逾月而已，邁固詳於翰林典故，〔註 43〕然遵亦有《翰院遺事》之作，故此書當係洪遵所輯，修史者誤入。

《直齋書錄解題》云：「學士承旨番易洪遵景嚴，自李肇而下十一家，及年表中興後題名，共爲一書，而以其所錄遺事附其末，總爲三卷，錄諸書所未及者。」

（十）《會稽和買事宜錄》

《宋志》著錄，作二卷。《直齋書錄》、《通考》作七卷，無「錄」字，今佚。

《直齋書錄解題》：「浙東帥番易洪邁景盧提舉常平，三山鄭湜補之集。初承平時，預買令下，守越者無遠慮，凡一路州縣所不受之數，悉受之故，越之額特重。以匹計者，十四萬六千九百，居浙東之半，人戶百計規免，皆詭爲第五等戶，而四等以上戶之害，日益甚。於是有爲畝頭均科之說者，帥鄭丙少嘉、憲邱（丘）寙宗卿、張詔君卿，頗主之。由淳熙十一年以後，略施行。而議者多以搠科五等戶爲不便，參政李彥穎秀叔、尙書王希呂仲行，先後帥越，皆言之，而王畫八事尤力。會光廟亦以爲貽窮貧之害，戶部尙書葉翥叔羽，奏乞先減四萬四千餘匹，止以十萬爲額，而後均敷。詔從之。仍令侍從集議，皆乞關併詭挾，遂詔邁湜措置。既畢，以施行次弟，類成此書。時紹熙元年也。」

（十一）《皇族登科題名》

《宋志》著錄，作一卷（史部傳記類），今佚。

近人劉兆佑以爲：紹興三十年，洪邁爲吏（禮）部員外郎兼國史院編修官，嘗撰《禮部郎官題名記》、《禮部長貳題名記》，《皇族登科記》當作於是時。〔註 44〕

伯兄洪适有《五代登科記》一卷、《宋登科記》二十一卷，邁或踵其事也。

（十二）《洪邁贅藁》

《宋志》著錄，作三十八卷，佚。

《贅藁》者，當係洪邁之文集，然《宋志》集部・別集類，已著錄《野

〔註 43〕《容齋隨筆》卷四〈翰苑親近〉、卷九〈翰苑故事〉，《三筆》卷九〈學士中丞〉、卷十二〈侍從兩制〉，《四筆》卷十二〈詞臣益輕〉等條，均詳述翰林典故者。

〔註 44〕《事文類聚》新集卷十三收有洪邁〈禮部郎官廳壁記〉（作於紹興三十年七月八日）、〈禮部長貳壁記〉（作於紹興三十年九月初一），是時邁爲禮部員外郎，《皇族登科題名》作於此時，亦有可能。

處猥稿》、《瓊野錄》等書，則此書之內容，無由書題知之矣。今從《宋志》繫之史類傳記類，以爲傳記之書。

（十三）《詞科進卷》

《宋志》著錄，作六卷，今佚。

洪氏三兄弟均登詞科，故對詞科有特殊情感在焉。《容齋三筆》載：

> 熙寧罷詩賦，元祐復之，至紹聖又罷，於是學者不復習爲應用之文。紹聖二年，始立宏詞科，除詔、誥、制、敕不試外，其章表、露布、檄書、頌、箴、銘、序、記、誡諭凡九種，以四題作兩場引試，惟進士得預，而專用國朝及時事爲題，每取不得過五人，大觀四年，改立詞學兼茂科，增試制誥，内二篇以歷代史故事，每歲一試，所取不得過三人。紹興三年，工部侍郎李擢又乞取兩科裁訂，別立一科，遂增爲十二體：曰制、曰誥、曰詔、曰表、曰露布、曰檄、曰箴、曰銘、曰記、曰贊、曰頌、曰序。凡三場，試六篇，每場一古一今，而許卿大夫之任子亦就試，爲博學宏詞科，所取不得過五人。任子中選者，賜進士第，雖用唐時科目，而所試文則非也。自乙卯（案：紹興五年）至於紹熙癸丑（四年），二十牓，或三人，或二人，或一人，并之三十三人，而紹熙庚戌（元年）闕不取。（卷十〈詞學科目〉條）

自 1135 至 1193 年，近六十年間，所取纔三十三人，不可謂多，此書有六卷，此或其進卷，惟不知起終年若何？

又淳熙十四年春，邁知貢舉，奏陳峴中博學宏詞科，詔賜同進士出身。

（十四）《蘇黃押韻》

《宋志》著錄，作三十二卷（史類傳記類），佚。

洪邁糾蘇黃押韻之謬，《容齋五筆》載：

> 騫騫二字，音義訓釋不同。以字書正之，騫，去乾切，注云：「馬腹縶，又虧也。」今列於《禮部韻略》下平聲二仙中，騫，虛言切，注云：「飛貌。」今列於上平聲二十二元中。文人相承，以騫虧之騫爲軒昂掀舉之義，非也。其字之下從馬，馬豈能掀舉哉？……其下從鳥，則於掀飛之訓爲得。此字殆廢於今，故東坡、山谷亦皆押騫字入元韻，如「時來或作鵬騫飛」，「傳非其人恐飛騫」之類，特不暇毛舉深考耳。（《五筆》卷七〈騫騫二字義訓〉條）

又：

> 黃庭堅〈寺齋睡起絕句〉云：「人言九事八爲律，儻有江船吾欲東。」……（律）字當作去聲讀，今魯直似以爲平聲，恐亦誤也。（《隨筆》卷一二〈虎夔潘〉條）

蓋邁諳於詩韻，嘗充省試參詳官，惟恐舉子落韻，特請破例揭榜示眾，〔註45〕此書疑亦討論蘇、黃詩之用韻者，然作三十二卷，何其多也。且繫之史類傳記類，亦甚無道理。

（十五）《史記法語》

《宋志》《書錄解題》（子類類書類）、《四庫提要》（史部史鈔類存目）著錄，《宋志》、《四庫》作八卷，《書錄解題》作十八卷。今存，收在《說郛》（涵芬樓本）第五十九卷。

《四庫提要》云：「是編於《史記》百三十篇內，有二字以上句法古雋者，依次標出，亦間錄舊註，蓋與《經子法語》等編，同以備修詞之用。《書錄解題》，載之類書類，稱十八卷。此本乃止八卷，似非完書，然卷末有題識一行云：『淳熙十二年二月，刊於婺州。』是當時刊本，實止八卷。《書錄題解》所載，衍一『十』字明矣。」（卷十三）

近人昌彼得云：「此書淳熙十二年原刻於婺州，元明以降，迄未翻刻，傳者僅有鈔本，皆自宋本輾轉傳錄。」〔註46〕

（十六）《前漢法語》

（十七）《後漢精語》

（十八）《三國志精語》

（十九）《晉書精語》

《宋志》（子類類事類）著錄，前漢二十卷、後漢十六卷、三國六卷、晉書五卷，今均佚。

（二〇）《南朝史精語》

《宋志》、《四庫》著錄，現存，收在《對雨樓叢書》、《擇是居叢書》（初集），均作十卷，《宋志》作「南史精語六卷」（子類類事類），書名與卷數均

〔註45〕事見（《容齋五筆》卷八〈禮部韻略非理〉條及本章二節。
〔註46〕見昌彼得〈說郛考〉。

誤，蓋是書摘自宋、齊、梁、陳等四朝正史，而非李延壽之《南史》也。

《四庫提要》云：「邁於諸書多有節本，其所纂輯，自經子至前漢，皆曰『法語』；自《後漢》至《唐書》，皆曰『精語』。此所摘宋、齊、梁、陳四朝史中之語也。凡《宋書》四卷、《齊書》三卷、《梁書》二卷、《陳書》一卷，其去取多不可解。……蓋南宋最重詞科，士大夫多節錄古書，以備遣用。其排比成編者，則有王應麟《玉海》、章俊卿《山堂考索》之流，巾箱祕本，本非著書，不幸而爲人所傳者，則有如此類。後人以其名重，存之，實非其志也，以流傳已久，姑存其目，實則無可採錄。惟其中所錄《宋書》：《本紀》第一，《列傳》第二、第三，《志》第四，《志》反在《列傳》之後。考劉知幾《史通》曰：『舊史以表志之帙，分於紀傳之間，降及蔚宗，肇加釐革，沈魏繼作，相與因循』。今北監版《魏書》，志在列傳後，是其顯證，與《史通》合；而《宋書》則移其次第，列於紀傳之間。觀邁所序，猶從古本，知幾之言不妄，是則可資考證之一端。十卷之中，惟此一節足取耳。」（卷十三史鈔類存目）

淳熙十四年洪邁知貢舉，嘗奏云：「竊見舉子程文流弊日甚，然漸漬已久，未能遽然化成。祖宗事實，載在國史，而舉子左掠右取，以爲場屋之備，牽強引用，類多訛舛，雖非所當，亦無避忌。」（《宋會要輯稿・選舉》五）蓋舉子程文，掠取古書，本無義例可言，取其適用而已，又南朝四史舊均無註，故此書所錄無及也。

（二一）《唐書精語》

《宋志》子類類事類作一卷，佚。

《唐書》有新、舊之分，不知所摘者何，且僅止一卷，當係不克終篇者。

（二二）《容齋逸史》

《容齋逸史》見爲方勺《青溪寇軌》所附載。《青溪寇軌》一卷，今收在《古今說海》（說纂甲集逸事家）、《學海類編》（集餘二）、《廣百川學海》（戊集）、《說郛》（宛委山堂本）弓二十九、《金華叢書》中。記宣和二年，青溪妖寇方臘作亂，童貫、譚稹等討平之事。《四庫提要》著錄史部雜史類存目；稱：「原載方勺《泊宅編》中，曹溶摘入《學海類編》，因改題此名。所述睦州之陷，及譚稹之爲兩浙制置使，劉延慶、王稟、王渙、楊維忠之功，皆與《宋史》不合，蓋傳聞異詞」（卷十一）。然則是書在明人陸楫《古今說海》中已有收錄，正與今本同，故絕非曹溶所摘錄，曹或據《古今說海》編入《學海類編》，或別有所據，並非關鍵所在，要則陸楫編入《古今說海》時，其書情形爲何。

今見《青溪寇軌》收錄關於方臘事蹟四則，前二則出自方勺《泊宅編》，另二則除署「《容齋逸史》曰」一則外，尚有一則係追述魔教之始，不署姓名，無從考其所從出，然則方勺之作僅佔二分之一，題曰《青溪寇軌》爲方勺撰，蓋以方勺爲主，而以其餘兩篇爲副也，然名之「青溪寇軌」者，於義甚不適，青溪是其舉事之地，「寇軌」兩字，蓋取《容齋逸史》中：「泊宅翁之志寇軌也」一句，原謂識其寇亂之軌迹，編者誤以爲書名，遂題作《青溪寇軌》，近人吳企明〈青溪寇軌非曹溶改題〉乙文中有考證，可參見。

所錄《容齋逸史》一段，追敘致亂之故甚詳，併載韓世忠時爲王淵裨將，度重險，搗其穴，格殺數十人，擒臘以出，與史載韓世忠平方臘之功相合，爲方臘之亂重要史料，篇末述其撰述之由，云：

> 泊宅翁之志寇軌也，蘄王猶未知名，故略之，且時宰猶多在朝，臘等陰謀，語多忌諱，亦削不載，吾故表而出之，以戒後世司民者。

是此篇之撰，一表蘄王之功，二表致亂之由，爲司民者戒，與方勺所處時代背景異，故無所忌諱也。《四庫提要》稱：「容齋爲洪邁之號，疑或邁所附題歟，《宋史》韓世忠傳載其平青溪之功，與此所載合，當據此載入也。」蓋此篇針對方勺所隱諱不敢言者而作，是可能爲邁之附題，近人吳企明就以下三點予以補證：（一）洪邁和父兄都是史官，出入宮庭，熟稔本朝掌故，見聞極廣，且有條件見到國史館的材料。（二）方臘起義時，曾借助魔教（又名摩尼教）以組織群眾，南宋時期研究魔教并有文字著錄的，就目前所知，爲洪邁和陸游二人。宋僧志磐著《佛祖統紀》，就引證過洪邁的《夷堅志》中一段關於魔教起源的文字。（三）洪邁的著作，散佚甚夥，署名爲《容齋逸史》的一條記載，或許就是他許多散佚著作中的文字，而《青溪寇軌》的輯錄者當時還能見到，所以把它附入書中（吳企明〈容齋逸史補證〉）。若然，則邁修《四朝國史》，所得窺探之史料甚夥，何必祗據元人所修之《宋史・韓世忠傳》載入耶？

又《四庫提要》另著錄《清（青）溪弄兵錄》二卷，亦記方臘事蹟，題宋王彌大編，今存《函海》本。是書分前後二篇，前篇即方勺《泊宅編》文，即《青溪寇軌》所錄者，其跋尾云：

> 方勺仁聲作《泊宅編》，此事載在第五卷。嘉泰元年四月十日，王彌大約父命表姪陳知新錄出，時在金陵。

其後篇跋尾云：

> 青溪方臘事迹，余既於方勺《泊宅編》錄出，今觀《國朝續會要》二百五十三卷出師門，專載方臘事，則又錄出以參考前書。嘉泰改元夏至日，王彌大約父書。

其書雖亦錄諸《泊宅編》，其性質與《青溪寇軌》相似，而未提及《青溪寇軌》一書，且亦不錄《容齋逸史》之文。考其書編於嘉泰元年夏，次年洪邁卒，《容齋逸史》是否作於嘉泰元年之前，已不可知，然是時圖書資訊豈如今日便捷？以洪邁之博洽，其於劉知幾《史通》則未嘗寓目（李慈銘《荀學齋日記》），若是，又何必令王彌大必覩《容齋逸史》耶，是不足證明洪邁必無此書之作。

惟是篇頗錄方臘語，其末雖以「前後所戕人命數百萬，江南由是凋瘵不復昔日之十一」爲嘆，然臘語之振振，一似其告教徒檄文，讀之，誠亦有其辭也，篇中固亦言方臘「生而數有妖異」，並言其「遂託左道以惑眾」，言其「召惡少之尤者百餘人」，然於方臘之叛亂行動，未加深責，其亦同情臘黨者歟？

三、子　部

（一）《容齋隨筆》

其書陸續完成，共凡《五筆》，《四筆》以前均十六卷，《五筆》則僅十卷，共計七十四卷，《宋志》著錄七十四卷，合言之也，此書現存，爲洪邁著作中最爲人推譽者，故刊本甚夥，隨手可得，不一一註明。

是書《五筆》部分不足十六之數，據邁從孫知贛州寺簿伋言，乃爲絕筆之書（見何異《容齋隨筆》序引），書名《隨筆》者，自謂：「予老去習懶，讀書不多，意之所之，隨即紀錄，因其後先，無復詮次，故目之爲《隨筆》。」（自序）雖名《隨筆》，然內容精審博洽，自來書家以與沈括《夢溪筆談》、王應麟《困學紀聞》並稱。

《四庫提要》云：「其書先成《隨筆》十六卷，刻於婺州，淳熙間傳入禁中，孝宗稱其有議論。邁因重編爲《續筆》、《三筆》、《四筆》、《五筆》，《續筆》有隆興三年自序，《三筆》有慶元二年自序，《四筆》有慶元三年自序，亦各十六卷，而《五筆》止十卷，蓋未成而邁遂沒矣。其中自經史諸子百家，以及醫卜星算之屬，凡意有所得，即隨手札記，辯證考據，頗爲精確。……尤熟於宋代掌故，……惟自序稱：作《一筆》首尾十八年，《二筆》十三年，

《三筆》五年，《四筆》不費一歲。蓋其晚年撰《夷堅志》，於此書不甚關意，草創促速，未免少有牴牾。……如史家本末，及小學字體，皆無所發明，而綴爲一條，徒取速成，不復別擇。然其大致自爲精博，南宋說部，終當以此爲首焉。前有嘉定壬申何異序，明李瀚、馬元調，先後刊行之，考《永樂大典》所載應俊合輯《琴堂諭俗編》，中有引《容齋隨筆》所論服制一條，而今本無之，豈尚有所脫佚歟？明人傳刻古書，無不竄亂脫漏者，此亦一證矣。」（卷二三子部雜家類）

考《續筆》自序作於紹熙三年三月十日，《提要》作隆興者，誤也。

又據《四筆》序：「始予作《容齋隨筆》，首尾十八年。」《隨筆》成於淳熙七年（1180），逆推十八年，當係紹三十二年（1162），時邁奉使金國，無功而返，罷歸鄉里，《隨筆》之作，殆始於斯時乎？《續筆》之作，緣於孝宗之稱道，〔註47〕晚歲致力《夷堅志》，自謂「於議論雌黃，不復關抱」，《四筆》之作，乃係「稚子櫰，每見《夷堅》滿紙，輒曰：『《隨筆》、《夷堅》，皆大人素所遊戲，今《隨筆》不加益，不應厚於彼而薄於此也。』日日立案旁，必俟草一則乃退，重逆其意，則裒所憶而書之。」（《四筆序》）如此態度撰書，固有「徒取速成」之弊，然終無愧於博洽之名。子孫亦特重此書，故嘉定五年，從孫伋刻于贛，及十六年，又刻於建寧。〔註48〕

李慈銘《荀學齋日記》云：「洪氏最留心官制，其考核年月，辨正俗說，於唐人事跡史冊傳僞極爲有功，所記見聞，多足裨掌故，資談柄，宋人說部中最爲可觀，世以與《困學記聞》並稱，非其倫也。」

（二）《經子法語》

《宋志》（子類類事類）、《四庫》均作二十四卷，現有《擇是居叢書》（初集）本、《說郛》（涵芬樓）本。

《四庫提要》稱：「邁兄弟並以詞科起家，此書蓋即摘經子新穎字句，以備程試之用者。凡《易》一卷，《書》二卷，《詩》三卷，《周禮》二卷，《禮記》四卷，《儀禮》、《公羊傳》、《穀梁傳》、《孟子》、《荀子》、《列子》、《國語》、

〔註47〕洪邁《容齋續筆》序云：「是書先已成十六卷，淳熙十四年八月在禁林日，入侍至尊壽皇聖帝清閑之燕，聖語忽云：『近見甚齋《隨筆》。』邁竦而對曰：『是臣所著《容齋隨筆》，無足采者。』上曰：『曒有好議論。』邁對此書甚自得，云「書生遭遇，可謂至榮」，於是乃有《續筆》之作。

〔註48〕見錢大昕《十駕齋養新錄》卷十四〈容齋隨筆〉條。

《太元經》各一卷，《莊子》四卷，體例略如類書，但不分門目，與經義絕不相涉。朱彝尊以《易法語》一卷、《詩法語》一卷之類，散入《經義考》各門之中，題曰未見，未免失考矣。」（卷二五子部雜家類存目）

容齋洪氏於九經諸子及正史均有摘句之書，此屬經子部分，《春秋左氏傳法語》六卷另行，考之《史記法語》頗錄舊注，則此書當亦錄注文，然今所見者，但摘字句，而無注文，當係又一本也，張宗祥曰：「一本有注，他本無。」商務本《說郛》從無注本。

（三）《夷堅志》

詳後章。

（四）《對雨編》

林邊水下，《說郛》（宛委山堂本）弓七四、《五朝小說》（《宋人百家小說》偏錄家）、《五朝小說大觀》（《宋人百家小說》偏錄家）均有收錄，均作一卷。

是書除首尾一篇外，其餘十九篇均見於《容齋五筆》之中，標題仍舊，是可見明代書賈割裂剽竊刊以成書之惡風。今依序標其出處：

雨聲孤寺	未見
長歌之哀	《隨筆》卷二
西極化人	《四筆》卷一
鈷𬭁滄浪	《三筆》卷九
畏人索報書	《五筆》卷九
白公奉祿	《五筆》卷八
士之處世	《隨筆》卷一四
人生五計	《五筆》卷三
盛衰不可常	《五筆》卷七
治生從宦	《隨筆》卷八
孫馬兩生所言	《五筆》卷二
世事不可料	《隨筆》卷一五
眞假皆妄	《隨筆》卷一六
白公感石	《五筆》卷八
東坡三詩	《三筆》卷一一
東坡和陶詩	《三筆》卷三

東坡慕樂天	《三筆》卷五
李益盧綸詩	《隨筆》卷九
問故居	《五筆》卷一
唐人草堂詩句	《三筆》卷十
周孔醒醉	未見

（五）《糖霜譜》

《說郛》（宛委山堂本）卷九五收錄，作一卷。

此書（篇）全襲自《容齋五筆》卷六〈糖霜譜〉條，亦書賈剽竊欺世售錢者，篇末云：「遂寧王灼作《糖霜譜》七篇，具載其說，予采最之以廣聞見。」是別有王灼《糖霜譜》一書，久佚，《宋志》不錄，洪取其意以入《隨筆》中，竟爲書賈刊以成書。

（六）《隨筆兆》

此書諸書志不錄，今收在《百陵學山》及《叢書集成初編》（哲學類）中，作一卷，百陵學山本書口作「隨筆兆紀」。

是書蓋取自《容齋五筆》卷一〇〈丙午丁未〉條，謂：

> 丙午丁未之歲，中國遇此，輒有變故，非禍生於內，則夷狄外侮，三代遠矣，姑摭漢以來言之。

篇中歷舉歷史上逢丙午、丁未之災禍，自漢高祖崩至淳熙丁未高宗上仙，末云：

> 總而言之，大抵丁未之災又慘於丙午，昭昭天象，見於運行，非人力之所能爲也。

而《隨筆兆》一書全錄其文，並於高宗上仙之後，添入：「理宗淳祐丙午，元兵侵京湖江淮州縣」乙段，並續舉丙午丁未之禍事數則，至「隆慶丙午，奄答僞降，封順義王，營建切近大同，安論河套之遠，且馬市之開，甚費財也」爲止，可見此書乃隆慶以後人所增添而成者。

另《寶顏堂秘笈》（廣集）中有《丙丁龜鑑》五卷續一卷，題宋柴望所作，亦廣洪邁丙午丁未之說者，至淳祐六年元兵入寇止。

（七）《俗考》

據《叢書子目類編》：「居家必備，藝學」收有此書，不分卷。

（八）《夷堅志陰德》

收在《說郛》（涵芬樓本）卷九七，作《夷堅志》，下註《陰德》十卷。今《說郛》止錄六則，並無子題。

考《新編分類夷堅志》乙集卷一有陰德門，其中收錄故事十三則，並無十卷之多，今《說郛》所錄六則，僅〈林積陰德〉、〈許叔微〉二條在陰德門中，則此書或當別有所據，今將所錄六則出處分析如下：

篇　名	《夷堅志》	《新編分類夷堅志》
林積陰德	《甲志》卷一二	乙集卷一陰德門
衛達可再生	《甲志》卷一六	癸集卷五入冥門還魂類
蔣員外	《甲志》卷七	癸集卷三善惡門爲善報應類
許叔微	《甲志》卷七	乙集卷一陰德門
張成憲	《乙志》卷一七	無
張文規	《乙志》卷四	無

觀此，是書與《分類夷堅》之關連較小，而次序依原書甲乙之次，則與原志關係，有待探討。

（九）《海外怪洋記》

《五朝小說》（《宋人百家小說》傳奇家）、《五朝小說大觀》（《宋人百家小說》傳奇家）收錄，一卷，題洪芻撰。

考今《新編分類夷堅志》（〈壬集〉卷一）有〈海外怪洋〉一條，與此書內容正同，蓋書賈錄自《夷堅志》者，誤題爲洪芻所作。

（十）《鬼國記》

（十一）《鬼國續記》

（十二）《鳴鶴山記》

（十三）《福州猴王神記》

《五朝小說》（《宋人百家小說》傳奇家）、《五朝小說大觀》（《宋人百家小說》傳奇家）均有收錄，各一卷。而《鬼國記》、《鬼國續記》另收在《說郛》（宛委山堂本）弓一一八，亦各一卷。

以上四書均採自《夷堅志》，《鬼國記》即《夷堅志補》卷二十一之〈鬼國母〉，〔註 49〕《鬼國續記》在《夷堅・支癸》卷三，《鳴鶴山記》即《夷堅

〔註49〕據《鬼國續記》，此篇原當在《夷堅・支壬》。

志補》卷二十二之〈嗚鶴山〉，《福州猴王神記》即《夷堅甲志》卷六〈宗演去猴妖〉。

惟《鬼國記》、《鬼國續記》，今亦見在《新編分類夷堅志・壬集》卷一奇異門異域類首二條，《嗚鶴山記》、《福州猴王神記》今亦見在《新編分類夷堅志・壬集》卷四精怪門禽獸爲怪類之末，題作〈嗚鶴山〉、〈猴妖〉；是書賈當係據此改竄標題爲之也。

四、集　部

（一）《野處猥稿》

《宋志》集類別集類著錄，作一百四卷，今佚。

是書過百卷，當係洪邁之詩文集，惟其書稀有傳者，嘉定五年（1212）十一月，何異序贛刻《容齋隨筆》稱：

> 寺簿（洪伋，邁從孫）方以課最就持憲節，威行溪洞，折其萌芽，民實陰受其賜。願少留於此，他日有餘力，則經紀文敏之家，子孫未振，家集大全，恐馴致散失，再爲收拾實難。今《盤洲》、《小隱》二集，士夫珍藏墨本已久，獨野處未焉，寺簿推廣《隨筆》之用心，願有以亟圖之可也。

時去邁卒（1202）纔十年，門戶衰落，全集未克收輯，《直齋書錄題解》著錄《野處類藁》一卷，而云：「其（洪邁）全集未見。」其全集罕覯若是。

然《祕書省續編到四庫闕書目》著錄：「《洪邁集》七卷。」《明內閣藏書書目》有：「《野處內外集》九冊。」或其殘本也。

孝宗嘗稱洪邁「文備眾體」，而其全集竟不得見，悲夫！今欲裒其遺文者，當於《宋會要輯稿》、《皇宋中興聖政記》、《三朝北盟會編》、《建炎以來繫年要錄》、《南宋文錄》及《新編古今事文類聚》等書中檢出，庶可得其一二也。

（二）《野處類藁》

《宋志》未見，《書錄解題》作一卷，《通考》及《四庫》著錄，均作二卷，今存，有《四庫全書》（文淵閣本）、《兩宋名賢小集》本，而《豫章叢書》亦收之，附《集外詩》一卷、《校勘記》二卷。

《四庫提要》：「《宋史・藝文志》載：邁《野處猥稾》一百四卷，《瓊野錄》三卷。而陳振孫《書錄解題》祇載有此集二卷，且云：『前（全）集未見。』

則當時傳播已稀。觀馬端臨《經籍考》，以別集詩集分類，而收此稾於別集中，不知其爲詩集，則亦未見其本，而循名誤載者矣。惟《內閣書目》有《野處內外集》九冊，不著卷數，當即猥稾之殘本，今亦未見有傳錄者。世所行《邁集》，獨有此本而已。集前有邁自序，稱甲戌之春，家居臥病，作詩若干首，以自當緩憂之一物，遂取曩時所存而未棄者，錄爲二卷。甲戌爲高宗紹興二十四年，蓋邁退居鄱陽時所作，而集中〈謁普照塔詩〉，又有庚戌紀年，當在建時，正在甲戌之前，而集中竝未載，疑本就篋笥所貯，偶然裒輯，故所錄闕略如此。然其生平韻語，惟藉此以考見大概，則零珪斷璧，未嘗不足珍惜也。（卷三一集部・別集類）

《提要》逕以此書爲洪邁作，錢大昕則深以爲疑。

> 細讀此集，似不出文敏之手，如〈庚戌正月謁普照塔〉云：「重來得寓目，歸枕尾殘汴。」當謂泗州大聖塔也。公生于宣和癸卯（1123），至庚戌（1130）僅八歲，即早慧能詩，不應有重來寓目之句。又有〈呈元聲、如愚、起華三兄〉及〈懷舍弟逢年時歸婺源〉詩，與文敏兩兄弟全別，益可疑矣。（《十駕齋養新錄》卷十四）

至於洪汝奎則逕以爲僞本，云：「惟卷首二詩眞贋莫辨，餘皆朱松《韋齋集》中詩。松，朱子之父也，序語殆亦書賈僞撰。」近人胡玉縉再進一步提供確證，則此書之僞，殆無疑也。

> 陸氏儀顧堂有〈書後〉一篇云：「余偶讀朱《韋齋集》，乃知此書之所出，卷上各詩，見《韋齋集》卷一，卷下各詩，見《韋齋集》卷二，題目皆同，惟上卷無題一首，乃《韋齋集》中〈陳伯辨爲張氏求醉賓軒詩〉也，集外詩皆文敏之作，亦襲取《宋詩紀事》，不能別有增益，蓋文敏《野處猥藁》一百四卷散佚已久，《野處類藁》二卷，《文獻通考》列入別集類，是文集而非詩集，嗣後亦未見著錄，此本當是乾隆中葉書估所作僞，故轉以《宋詩紀事》所錄列爲集外詩也。」（《四庫全書總目提要補正》卷四九，別集類）

（三）《瓊野錄》

《宋志》（集類別集類）作三卷，《書錄解題》、《通考》集部・總集類作一卷，今佚。

名瓊野者，蓋乾道五年〔註50〕邁「抗章謝罪求去，歸番陽，與兄丞相适，酬唱觴詠于林壑甚適。偶得史氏瓊花，種之別墅，名曰『瓊野』，樓曰『瓊樓』，圃曰『瓊圃』。」（《四朝聞見錄》甲集）時伯兄适爲林安宅所攻，罷相帥越還里，閑居達十六年，故有此園林之樂，《書錄解題》、《通考》著錄有「《盤洲編》二卷」，陳氏曰：「洪丞相适兄弟子姪所賦園池詩也。」今《盤洲集》卷八、九有〈盤洲雜韻〉、〈雜詠〉，詠盤洲亭台花木之盛，凡二百三首，或即是編，而《瓊野錄》之性質，當近是也。

此《瓊野錄》今佚，其內容據《書錄解題》卷十五所云，當係：

> 學士洪邁園池記述題詠，其曰瓊野者，從維揚得瓊花種之而生，遂以名圃。

（四）《容齋題跋》

各書志未著錄，今收在《津逮秘書》（汲古閣本）第十三集、《叢書集成初編》總類中，作二卷。

其書卷一所跋爲經史子書，卷二則跋詩文碑帖，毛晉爲之校訂，並親爲跋尾，云：

> 題跋似屬小品文，非具翻海射雕手莫敢道隻字，自坡仙涪翁聯鑣樹幟，一時無不效顰，鄱陽洪容齋升蘇黃之堂而嚌其胾者也，恨未見其全集，己卯秋，從長干里獲其《題跋》二卷，尾有匏庵吳氏印記，較之《隨筆》所載，互有異同，予珍之不異木難，遂與六一居士《集古錄》並付梓人，嘗憶數年前，眉公與予論題跋一派，惟宋人當家，惜未有拈出示人者。予乃援《容齋》自序云：「『寬閑寂寞之濱，窮勝樂之暇，時時捉筆據几，隨所趣而志之。』雖無甚奇論，然意到即就，亦殊自喜，此獨非拈出示人者耶？」眉公點頭撫掌曰：「禨村今䇿於子矣。」

然則是書實乃剽竊《容齋》諸筆而成者，今亦依次標舉於下，以見其大概：

卷之一

1. 跋秘閣書目	《五筆》卷七國初文集
2. 跋易舉正	《隨筆》卷五易舉正

〔註50〕王德毅〈洪邁年譜〉繫之乾道五年。蓋紹興三十二年洪邁退居鄉里，二兄均在行在，及紹熙二年奉祠西歸，适已卒，故繫之於此爲是。

3. 跋孔安國尚書註　《續筆》卷一泰誓四語
4. 跋韓嬰詩外傳　《續筆》卷八韓嬰詩
5. 跋白虎通德論　《五筆》卷六經解之名
6. 跋方言　《三筆》卷十五別國方言
7. 跋說文解字　《三筆》卷六說文與經傳不同
8. 跋資治通鑑　《續筆》卷四資治通鑑
9. 跋眞宗實錄　《隨筆》卷四謗書
10. 跋汲冢周書　《續筆》卷十三汲冢周書
11. 跋大唐說纂　《四筆》卷八雙陸不勝
12. 跋開元天寶遺事　《隨筆》卷一淺妄書
13. 跋續會要　《隨書》卷一三國朝會要
14. 跋蔣魏公逸史　《四筆》卷九蔣魏公逸史
15. 跋皇朝百族譜〔註 51〕　《四筆》卷九姓源韻譜
16. 跋列子　《續筆》卷一二列子書事
17. 跋尹子　《續筆》卷一四尹文子
18. 跋隨巢子胡非子　《三筆》卷十五隨巢胡非子
19. 跋戰國策　《四筆》卷一戰國策、高似孫子略卷三戰國策
20. 跋范子計然　《續筆》入十六計然意林（前段）
21. 跋意林　《續筆》卷十六計然意林（後段）
22. 跋續樹萱錄　《隨筆》卷十六續樹萱錄
23. 跋孔氏野史　《隨筆》卷十五孔氏野史
24. 跋後山談叢　《隨筆》卷八談叢失實
25. 跋漢志類占十八家　《續筆》卷十五古人占夢
26. 跋漢志兵技考　《四筆》卷八項韓兵書
27. 跋冊府元龜　《四筆》卷一一冊府元龜
28. 跋晉代名臣文集　《五筆》卷四晉代遺文
29. 跋薛許昌集　《隨筆》卷七薛能詩
30. 跋駱賓王集　《四筆》卷五王勃文章
31. 跋元子　《隨筆》卷一四元次山元子

〔註 51〕《皇朝百族譜》四卷，丁維臯撰，《書錄解題》、《通考》著錄，其書作於紹興末（陳振孫氏說），故毛氏襲其名，以爲其書久佚，張冠李戴，或可魚目混珠也。

32. 跋皇甫持正集　　《隨筆》卷八皇甫湜詩
33. 跋張鷟龍筋鳳髓判　　《續筆》卷一二龍筋鳳髓判
34. 跋文與可丹淵集　　《四筆》卷十一文與可樂府

卷之二

1. 跋歐陽率更帖　　《隨筆》卷一歐率更帖
2. 跋蔡君謨帖　　《隨筆》卷三蔡君謨帖
3. 跋蔡謨帖語　　《隨筆》卷一五蔡君謨帖語
4. 蔡君謨書碑　　《三筆》卷一六蔡君謨書碑
5. 顏魯公帖　　《四筆》卷二顏魯公帖
6. 趟德甫金石錄　　《四筆》入五趙德甫金石錄
7. 跋黃魯直詩　　《隨筆》卷一黃魯直詩
8. 跋白樂天詩　　《隨筆》卷一樂天侍兒
9. 又　　《隨筆》卷一白公詠史
10. 跋歐陽公牡丹釋名　　《隨筆》卷二唐重牡丹
11. 跋韋蘇州集　　《隨筆》卷二韋蘇州
12. 跋李頎詩　　《隨筆》卷四李頎詩
13. 跋杜甫詩　　《隨筆》卷四詩中用茱萸字
14. 跋張祐詩　　《隨筆》卷九張祐詩
15. 跋李益盧綸詩　　《隨筆》卷九李益盧綸詩
16. 跋玉蕊杜鵑　　《隨筆》卷十玉蘂杜鵑
17. 跋梅花詩　　《隨筆》卷十梅花橫參
18. 跋司空表聖詩　　《隨筆》卷十司空表聖詩
19. 跋黃魯直詩　　《隨筆》卷十二虎夔藩
20. 跋俞似詩　　《隨筆》卷一三俞似詩
21. 跋吳激小詞　　《隨筆》卷三一吳激小詞
22. 跋東坡詞　　《隨筆》卷一四絕唱不可和
23. 跋李陵詩　　《隨筆》卷一四李陵詩
24. 跋張文潛詩　　《隨筆》卷一五張文潛哦蘇黃詩

卷一或全文照錄，或取首尾，或一而爲二，改頭換面，頗費心機，卷二自跋魯直詩後，但取《隨筆》順序依題作某某詩詞者即錄之，不復加意，《容齋隨筆》本非題跋之作，而毛晉必欲以題跋加之，其中多妄，甚者雜入高似孫《子略》一段，而〈跋駱賓王集〉一篇，原為盛讚王勃文章之作，竟挪以繫駱，誠風馬牛不相及者。

（五）《容齋詩話》

是書今有《學海類編》（集餘三）本，《叢書集成初編》（文學類）本，均作六卷。

關於此書之著錄情形，《四庫提要》云：「此編諸家書目皆不載其名，惟《文淵閣書目》有之，《永樂大典》亦於詩字韻下全部收入，則自宋元以來，已有此編。今核其文，蓋於邁《容齋五筆》之內，各掇其論詩之語，裒為一編。猶於《玉壺清話》之中，別鈔為《玉壺詩話》耳。以流傳已久，姑存其目於此，以備參考焉。」（卷四〇集部詩文評類存目）

將邁此書比之《玉壺詩話》，近人郭紹虞有不同之意見，認為「情況不同」，蓋「《玉壺清話》或是曹溶受書賈之欺，未及覺察」，而《容齋詩話》「即據昔人所輯本而刊行之耳」。

同時郭氏進而懷疑鄧邦述《群碧樓善本書錄》卷六之《容齋詩話》抄本，既稱「鈔手極舊，惜無藏印」，故「亦不知是否即曹溶所見本也」。〔註52〕

（六）《容齋四六談叢》

此書現收在《學海類編》（集餘三）、《叢書集成初編》（文學類）中，均作一卷。

《四庫提要》云：「亦於《容齋五筆》中，掇其論四六之言，別為一卷，疑與《容齋詩話》為一手所輯。所論較王銍《四六話》、謝伋《四六麈談》，特為精核。蓋邁初習詞科，晚更內制，於駢偶之文，用力獨深，故不同於勦說也。」（卷四十集部詩文評類存目）

《容齋詩話》與《容齋四六談叢》均自《隨筆》中輯出，本為便利學者運用也，與《容齋題跋》《對雨編》之為書賈改竄題目，偽造書序以炫鬻圖利者不同，故不一一擿其出處，學者自明。

（七）《三洪制藁》

《宋志》（子類總集類）著錄，作六十二卷，今佚。

三洪詞科中選，以文學受知，自紹興末以後，先後入翰苑，並掌內外兩制，三洪於此甚為自負，故有「父子相承，四上鑾坡之直；弟兄在望，三陪

〔註52〕郭紹虞《宋詩話考》中卷之下〈容齋隨筆〉，頁174。

鳳閣之遊」之句。洪邁《容齋三筆》卷八，有〈吾家四六〉乙條，歷舉父兄及自身之作，亦沾沾自喜也。

是書今佚，今《盤洲集》之內外制，卷帙頗豐，以三洪在翰苑及兩省之久，彼時輯錄，當時有六十二卷之數，惜今《小隱集》、《野處猥稿》未見，無從全窺其文學之美。

（八）《萬首唐人絕句詩》

《宋志》、《書錄解題》、《通考》、《四庫》著錄。今有《文淵閣四庫全書》本，九十一卷。《提要》稱：「是書原本一百卷，每卷以百首為率，而卷十九至卷二十二，皆不滿百首。又五言止十六卷，合之七言七十五卷，亦不滿百卷。目錄後載嘉定間紹興守吳格跋，謂原書歲久蠹闕，因修補以永其傳，此本當是修補之後，復又散佚也。」（卷三八集部・總集類）

是書《宋志》作《唐一千家詩》，《書錄解題》、《通考》作《唐人絕句詩集》，均有百卷之數，蓋書先後刻之，未有定稱也。

淳熙庚子（七年）秋，洪邁罷知建寧府歸里，「身入老境，眼意倦罷，不復觀書，惟時時教稺兒誦唐人絕句，則取諸家遺集，一切整彙，凡五七言五千四百首，手書為六帙。（淳熙十年）起家守婺，齎以自隨，踰年（十二年），再還朝，侍壽皇清燕，偶及宮中書扇事，聖語云：『比使人集錄唐詩，得數百首。』邁因以昔所編具奏。天旨驚其多，且令以元本進入，蒙置諸復古殿書院，又四年（紹熙元年），來守會稽，閑公事餘，分又討理向所未盡者。」惟《唐書藝文志》集部著錄幾百家，而時僅及半，且或有失眞，「然不暇正，又取郭茂倩《樂府》與稗官小說所載僊鬼諸詩，撮其可讀者，合為百卷。」（自序）是書以公使庫錢鏤板，刻於蓬萊閣，「未及了畢，奉祠西歸，（次年）家居無事，又復探討文集，傍有傳紀小說，遂得滿萬，分為百卷。」所謂「未及了畢」者，非婺刻未刊，乃書尚有待續輯也，否則紹熙元年十二月邁歸里，則將載板以行，焉有是理。

其紹熙二年刻於饒者，乃裝褫一部，上之重華宮，孝宗時為太上，獎之「選擇甚精，備見博洽。」賜茶香金銀，自其兩蒙壽皇御覽觀之，可謂異寵。然是書洪氏自己有「不暇正」之嘆，且其雜取稗官小說仙鬼詩，固原不覺欠當，然時人攻之者夥矣。

> 孝宗從容清燕，洪公邁侍，上語以宮中無事，則編唐人絕句以自娛，今已得六百餘首。公對曰：「以臣記憶，恐不止此。」上問以有幾？

公以五千首對，上大驚曰：「若是多耶？煩卿爲朕編集。」洪歸搜閱，凡踰年，僅得十之一二，至于稗官小説神仙怪鬼婦人女子之詩，皆括而湊之，迺以進御。上固知不迨所對數，然頗嘉其敏贍，亦轉秩賜金帛。（葉紹翁《四朝聞見錄》乙集〈洪景盧編唐絕句〉）

洪邁景盧編七言七十五卷，五言六言二十五卷，卷各百首，凡萬首，上之重華宮，可謂博矣。而多有本朝人詩在其中，如李九齡、郭震、滕白、王喦、王初之屬，其尤不深考者，梁何仲言（遜）也。（《直齋書錄解題》）

野處洪公編《唐人絕句》僅萬首，有一家數百首並取不遺者，亦有複出者，疑其但取唐人文集雜説，令人抄類而成書，非必有所去取也。（《後村大全集》卷九四）

雜入其它時代之作品，考證欠精，亦一病也，然是書洪邁自言手書爲六帙，則非「令人抄類」者。然則此書既以搜錄全唐絕句爲志，其宗旨當在患遺不患多，實無可非議者，故紀昀爲之解云：「蓋當時瑣屑摭拾，以足萬首之數，其不能精審，勢所必然，無怪後人之排詆，至程珌《洺水集》，〔註53〕責邁不應以此書進御，則與張栻詆呂祖謙不應編《文鑑》，同一偏見。論雖正而實迂矣。」（卷三八《集部・總集類》）

〔註53〕見程珌《洺水集》卷九，〈書唐人萬首絕句編後〉。

第二章　《夷堅志》之撰述動機及態度

第一節　《夷堅志》之名稱

一、釋夷堅

田汝成序《夷堅志》云：

> 夷堅之名，昉於莊子，其言大鵬寥濶而無當，故託徵於夷堅之志。

夷堅之名，始見《列子．湯問》：

> 終北之北，有溟海者，天池也。有魚焉，其廣數千里，其長稱焉，其名爲鯤。有鳥焉，其名爲鵬，翼若垂天之雲，其體稱焉。世豈知有此物哉？大禹行而見之，伯益知而名之，夷堅聞而志之。

張湛注云：

> 夫奇見異聞，衆之所疑。禹益堅豈直空言譎怪以駭一世？……夷堅，未聞，亦古博物者也。

以列子所謂溟海、天池、鯤與鵬，均取自《莊子》一書，故田氏誤以爲「昉於莊子」。夷堅之名，除此而外，不見傳記。洪邁是書，蓋取古博物者之名以名篇。然是書既傳，仍有望文生義者。

> 是書也，或謂夷姓堅名，實創此志，宋鄱陽洪邁，特踵而增之。（沈屺瞻《夷堅志》序）

其實取「夷堅」爲書名者，唐代已有之，不待洪邁也。

> 昔以「夷堅」志吾書，謂與前人諸書不相襲，後得唐華原尉張愼素

《夷堅錄》，亦取《列子》之說，喜其與己合。(《賓退錄》卷八引己志)

邁嘗考夷堅爲臯陶別名。

《四志甲》辨「夷堅」爲皋陶別名。(《賓退錄》卷八)

〈四志甲序〉今并內文早佚，無由考其說，然於它書仍得窺其一斑。

此二字出列子「夷堅聞而志之」一句，謂未嘗見其事而記之耳。「夷堅」即《左傳》中所謂庭堅，即臯陶也。(陳櫟勤《有堂隨筆》)

庭堅見於《左傳》，爲皋陶之字。

昔高陽氏有才子八人，蒼舒、隤敳、檮戭、大臨、尨降、庭堅、仲容、叔達。(文公十八年傳)

杜預注：

庭堅，即皋陶字。

至於陳櫟所云，取名夷堅乃「謂未嘗見其事而記之耳。」今其書親見固有，但百不見一，或有可能，姑存其說。

二、釋　志

《周禮·春官小史》：

掌邦國之志。

鄭玄注云：

志，謂記也，《春秋傳》所謂《周志》，《國語》所謂《鄭書》之屬是也。

志者，記載之書。後世以爲諸史所掌，不以史名書，而以志名史，自班固始，紀傳之史有書志；而地方之史，則有方志。

《莊子·逍遙遊》：

《齊諧》者，志怪者也。

志爲動詞，作「記」解，非以名書。以「志」名志怪之書，昉乎晉代。

晉人志怪如傳史，其書率以史傳體出，故以志名書。

晉祖台之、曹毗、孔氏各有《志怪》若干卷，而張華撰《博物志》，荀氏撰《靈鬼志》，及顏之推撰《冤魂志》(一名《還冤志》)，則逕以志名書。

至唐代博異志、異物志、獨異志等，一以異名志，非惟益滋混淆，且乏創意。及張讀撰《宣室志》，內容雖乏善可陳，然書名「取漢文帝宣室受釐，召賈誼問鬼神事」(《四庫提要》)之意，倍覺可喜，而鄱陽洪邁之取「夷堅聞而志之」，書名三字在一句中，則更見巧心也。

三、續志爲支

《夷堅》初作，頗欲仿段氏《酉陽雜俎》之體裁名其書。

> 初著書時，欲倣段成式《諾皋記》，名以《容齋諾皋》，後惡其沿襲，且不堪讀者輒問，乃更今名。(《賓退錄》卷八引〈辛志序〉)

及十志成，原以老邁，天年難假，不欲續作。

> 九志成，年七十有一，擬綴輯癸編，稚子櫰復云：「更須從子至亥接續之，乃成書。」予拊之曰：「天假吾年，雖倍此可也。人生未可料，惡知吾不能及是乎？」(《賓退錄》卷八引〈癸志序〉)

然習性所溺，乃成續志，以支爲名，終亦取段成式之體裁。

> 初，予欲取稚兒請，用十二辰續未來篇帙。又以段柯古《雜俎》謂其類相從四支；如《支諾臯》、《支植》，體尤崛奇。於是名此志甲支甲，是於前志附庸，故降殺爲十卷。(〈支甲序〉)

支爲附庸，故卷數有所降殺，《三支》、《四支》亦然，均爲十卷。

四、諱丙作景

《夷堅》有丙志，而續作支甲乙後，則繼之以景，蓋家諱故也。

> 昔我曾大父少保諱，與天干甲乙下一字同音，而左畔從火，故再世以來，用唐人所借，但稱爲景。當《夷堅》第三書出，或見驚曰：「禮不諱嫌名，私門所避若爲家至户曉，徒費詞說耳。」乃直名之。今是書萌芽，稚兒力請曰：「大人自作稗官說，與他所論著及通官文書不侔，雖過於私無嫌，避之宜矣。」於是目之曰《支景》，懼同志觀者以前後矛盾致疑，故識其語。(〈支景序〉)

洪邁之曾祖諱炳，以嫌名故改爲景，三景志亦然，而丙志以不及改，仍舊。

五、結　語

《夷堅》諸志，篇名奇特，然亦有迹可尋，其初欲名《容齋諾臯》，後定爲《夷堅志》，尋乃知唐亦有《夷堅》名書者，續書出乃甲乙其次，而終於癸，本欲不作，作則稚子以十二辰為請，後乃以支為繼，𠀤帙為殺，及丙而猛省家諱，改而為景，遂成定式，終於四乙，而邁棄世，此由名稱而知所終始，昭然若此。

第二節　《夷堅志》之撰述動機

洪邁以文學見用，預修國史，固當以金匱石室、風雨名山為志，或者以其詳於典章，諳於故實，倘得細加考辨，彙以成書，亦可成一家之言，其所以晚年孳孳於志怪之作，其必有說乎？今自其撰述動機探討之。

一、鳩異崇怪

洪邁《夷堅志》乃志怪之作，其撰述動機，自以鳩異崇怪為初志，自言：

> 始予萃《夷堅》一書，顓以鳩異崇怪，本無意於纂述人事及稱人之惡也。(〈丙志序〉)

故方其書成甲乙兩志，便覺「天下之怪怪奇奇盡萃於是矣。」(〈乙志序〉)

洪邁之所以鳩異崇怪，自言與其個性「好奇尚異」(〈乙志序〉語)有關。此一個性，至老猶然。

> 老矣！不復著意觀書，獨愛奇習氣猶與壯等。(〈支乙序〉)

既個性如此，而天地間足資取材者，自覺無所不在，無時不有，故遂以「鳩異崇怪」為志矣。

> 神奇詭異之事，無時不有，姑即《夷堅》諸志考之，上焉假諸正夢，騰薄穹霄，次焉猶涉蓬壺，期汗漫，不幸而死，死矣幸而復生，見九地之下，溟漲之海，以至島鬼淵祇，蛇妖牛魃之類，何翅累千萬百。所遇非一人，所更非一事，所歷非一境，而莫有同者焉。(《賓退錄》八引〈支己序〉)

既云「無時不有」，則信其有，既云「何翅累千萬百」，則又信其多，有而且多，故其著述，遂鳩異崇怪矣。

二、追越前賢

洪邁自知《夷堅志》乃稗官小說之流，嘗歷述小說家之流變，並斷其優劣。

> 劉向父子彙群書《七略》，班孟堅采以爲《藝文志》，其小說類，定著十五家，自《黃帝》、《天乙》、《伊尹》、《鬻子說》、《青史》、《務成子》咸在。蓋以迂誕淺薄，假託聖賢，故卑其書。最後虞（初）《周說》九百四十五篇，出於稗官街談巷語道聽途說者之所造。當武帝世，以方士侍郎稱黃車使者，張子平實書之〈西京賦〉中。噫！今亡矣。唐史所標百餘家，六百三十五卷，班班其傳，整齊可翫者，若牛奇章、李復言之《玄怪》，陳翰之《異聞》，胡璩之《談賓》，溫庭筠之《乾𦠆》，段成式之《酉陽雜俎》，張讀之《宣室志》，盧子之《逸史》，薛漁思之《河東記》耳，餘多不足讀。然探賾幽隱，可資談暇，《太平廣記》率取之不棄也。惟柳祥《瀟湘錄》，大謬極陋，污人耳目，與李隱《大唐奇事》只一書而妄名兩人作。《唐志》隨而兼列之，則失矣。（〈支癸序〉）

對於前代小說家及其作品，貶多於褒，故其於作《夷堅》，於其良者，當所取法，至於劣者，自當引以爲戒，故其於既畢初志十志之後，乃以「不大拙」論其所作。

> 予既畢《夷堅》十志，又支而廣之，通三百篇，凡四千事，不能滿者才十有一，遂半《唐志》所云。《支癸》成于三十日間，世之所謂拙速，度無過此矣。況乃不大拙者哉！（〈癸志序〉）

邁於此謂「拙速」，固謂其成書速度，然觀其歷斥前代之作，「迂誕淺薄」、「大謬極陋」，則似無有過其「不大拙」者，是《夷堅志》追越前賢之志，益加明顯。

洪邁亦嘗列舉前人作品，以較其著述之敏捷，卷帙之豐富。

> 櫰子偃孫，羅前人所著稗說來示，如徐鼎臣《稽神錄》、張文定公《洛陽舊聞記》、錢希白《洞微志》、張君房《乘異》、呂灌園《測幽》、張師正《述異志》、畢仲荀《幕府燕閒錄》七書，多歷年二十，而所就卷帙，皆不能多。《三志甲》才五十日而成，不謂之速不可也。（《賓退錄》卷八引〈三志甲序〉）

以上所列前人稗說，未嘗斥其筆拙，然一則以其「多歷年二十」，一則以其「所就卷帙，皆不能多」。

以前人「多歷年二十」之著述速度，與邁《支癸》「成于三十日間」、「《三志甲》才五十日而成」相較，遲速之別，不容洪邁不沾沾自喜者。

再以前人「所就卷帙不能多」之情形，與洪邁《支癸》成已三百卷，遂半《唐志》所錄，其卷帙之豐富，亦不容洪邁不洋洋自得。

蓋多而速爲洪邁晚年著作《夷堅》所追求之目標，其所以汲汲爭取時間，是以其年已老長，恐來日無多。

> 九志成，年七十有一，擬綴輯癸編，稚子櫰復云：「更須從子至亥接續之，乃成書。」予拊之曰：「天假吾年，雖倍此可也。人生未可料，惡知吾不能及是乎！」（《賓退錄》卷八引〈癸志序〉）

天之假年與否，既不可料，至其本身著述時間，則可盡力爭取，故其最終目標，仍在卷帙之多也，多至何等程度，邁未明言，想是多多益善，或虞初〈周說〉九百四十三篇，或《唐志》六百三十五卷，或《太平廣記》五百卷，惜天不假年，否則《夷堅》必不僅於四百二十卷。

三、史筆自勉

洪邁既畢《夷堅》四志，或有認爲其書爲無用，邁遂於〈丁志序〉中設答問辭以辯之。

> 有觀而笑者曰：「《詩》、《書》、《易》、《春秋》，通不贏十萬言，司馬氏《史記》上下數千載，多纔八十萬言。子不能玩心聖經，啓瞷門戶，顧以三十年之久，勞動心口耳目，瑣瑣從事於神奇荒怪，索墨費紙，殆半太史公書。曼澶支離，連犿叢釀，聖人所不語，揚子雲所不讀。有是書不能爲益毫毛，無是書於世何所欠？……」予亦笑曰：「六經經聖人手，議論安敢到？若太史公之說，吾請即子之言而印焉。彼記秦穆公、趙簡子，不神奇乎？長陵神君、圯下黃石，不荒怪乎？書荊軻事證侍醫夏無且，書留侯容貌證畫工；侍醫、畫工，與前所謂寒人、巫隸何以異？善學太史公，宜未有如吾者。子持此舌歸，姑閟其笑。」（〈丁志序〉）

洪氏前修國史，於史筆必有所自負，而此所謂「善學太史公，宜未有如吾者」，亦有所自得也。

洪既以史筆視之，人雖視之爲荒誕，彼尚以爲於史有大稗益也。

> 郡邑必有圖志，鄱陽獨無，而《夷堅》自甲施于三景，所稡州里異聞，乃至五百有五十，它時有好事君子，采以爲志，斯過半矣。（《賓退錄》卷八引〈三志景序〉）

圖志雖不比國史，然終爲史志之類，邁以一嘗修國史之長者身分，言《夷堅》

可以「采以爲志」，絕非信口而言，無稽之談；姑不論其書是否足登圖志，然其以史筆自期，宛然可見。

四、親友影響

《夷堅志》之初作，本無意於巧速，但記平日親友所談奇怪事，屬茶餘飯後所爲，由於是親友居閑所談，故有親友之影響在焉。

洪邁之初草《夷堅》，卷首即頗錄其父晧之談鬼怪者，如《甲志》卷一之〈冰龜〉、〈阿保機射龍〉、〈冷山龍〉、〈熙州龍〉、〈犬異〉等數則，均見於洪晧《松漠紀聞》中，此洪邁受父親之影響，《夷堅》之始作，亦大略在其父歸國之時。

至於其書故事來源，大多得之於親友姻從。

> 親從姻黨，宦游峴、蜀、湘、桂，得一異聞，輒相告語。（〈支乙序〉）

親友姻從提供大量資料，使洪邁撰述動機更趨強烈。

《夷堅志》大部分成於邁晚年解官以後，是時稚子櫰在側，對邁著述影響甚大。

邁嘗自言身老，於《容齋隨筆》較少關抱，而稚子則以一言而使之重新操筆。

> 稚子櫰，每見《夷堅》滿紙，輒曰：「《隨筆》、《夷堅》，皆大人素所遊戲。今《隨筆》不加益，不應厚於彼而薄於此。」日日立案旁，必俟草一則乃退。重逆其意，則衰所憶而書之。（《容齋四筆序》）

是則其所著作，乃成稚子督促在側之課業，其所以然，自謂愛憐少子之故。

> 櫰嗜讀書，雖就寢猶置一編枕畔，旦則與之俱興。而天啬其付，年且弱冠，聰明殊未開，以彼其勤，殆必有日。丈夫愛憐少子，此乎見之。（《容齋四筆序》）

舐犢之情，溢於言表，邁晚作惟《隨筆》、《夷堅》而已，櫰是之請，乃爲均衡篇幅而已，非用以勸父輟其志怪之筆也，究其實，《夷堅》續作櫰等亦有推波助瀾之功。

> 九（甲至壬）志成，擬綴輯癸編，稚子櫰復云：「更須從子至亥接續之，乃成書。」（《賓退錄》卷八引〈癸志序〉）
>
> 初予欲取稚子請，用十二辰續未來篇帙。（〈支甲序〉）

用是知其稚子有續書之請，至於〈三志甲序〉謂「櫰子偃孫羅前人所著稗說來示。」(《賓退錄》引）亦滿足邁之著作心理也。

綜上觀之，邁作《夷堅》，得之親友鼓舞不少也。

五、滿足需求

《夷堅》諸志，一續再續，是其書對讀者而言，存在相當之需求，而此一現象，對作品而言，又無寧是大有激厲。

讀者之喜好《夷堅志》，可從其書一再翻刻見之。

> 《夷堅志》志成，士大夫或傳之，今鏤板于閩、于蜀、于婺、于臨安，蓋家有其書。(〈乙志序〉)

此言甲志數刻如此，至於乙志亦然。

> (乾道）八年夏五月，以會稽本別刻于贛，……淳熙七年七月又刻于建安。(〈乙志序〉識語）

其翻刻愈多，益見其受歡迎程度，邁益以此自矜，故著述益勤，至於海外夷狄，亦有讀者以有《續筆》與否相詢。

> 章德懋使虜，掌迓者問：「《夷堅》自丁志後，曾更續否？」(邁）而引樂天、東坡之事以自況。(《賓退錄》引〈庚志序〉)

章德懋（茂），即章森也，嘗於淳熙十一年奉命使金，然不曾過界，次年以少卿充賀金國生辰國信使，遂乞繳回去歲給賜（《宋會要輯稿·職官》五二之三奉使），推斷其出使金國當在十一、二年間，時洪邁自婺召還爲侍講，章語其時，亦當在是時。而《丙志》成於乾道七年（1171），以其「自乙至己或七年，或五六年」推之，《丁志》當在淳熙三至五年成書，《戊志》則當在八至十二年成書，是金國館伴問章森時，《戊志》尚在已成未成之間，而其急於欲知「自《丁志》後，曾更續否？」可見彼書在海外亦受歡迎。其所「引樂天、東坡之事以自況」，大抵亦是以「流傳海外」自衒也。蓋白蘇詩文流傳海外，爲士林美事。

> (白詩）雞林賈人，求市頗切。自云：「本國宰相每以百金換一篇，其甚僞者，宰相輒能辨別之。(元稹〈白氏長慶集序〉)
>
> 某（東坡）頃伴虜使，頗能誦某文字。(蘇軾〈答陳傳道書〉)
>
> 誰將家集過幽都，逢見胡人問大蘇。莫把文章動蠻貊，恐妨談笑臥江湖。(蘇轍〈神水館寄子瞻四絕〉)

白、蘇作品流傳海外是人所共知者，而邁引其事自況，完全出於自信，則對其寫作，有極大之激勵也。

六、著述終老

《夷堅》初作，「用資談助」之遊戲成分或有之，然及其解印還鄉以後，則將此書之作，視爲終老事業。

> 曩自越府歸，謝絕外事，獨弄筆紀述之習，不可掃除。故搜采異聞，但緒《夷堅志》，於議論雌黄，不復關抱。（〈容齋四筆序〉）

其所以不復「議論雌黄」之作，自言爲年齡關係，不復著意觀書矣。而彼時料理簡策，覺尚能爲之者，乃惟志怪而已。

> 紹熙庚戌臘，予從會稽西歸，方大雪塞塗，千里而遙，凍倦交切，息肩過月許，甫收召魂魄，料理策簡。老矣，不復著意觀書，獨愛奇氣習猶與壯等。天惠賜於我，耳力未減，客話尚能欣聽；心力未歇，憶所聞不遺忘，筆力未遽衰，觸事大略能述。（〈支乙序〉）

紹熙庚戌（即元年，1190）以後，成《隨筆》五十八卷，而《夷堅》則超過二百五十卷，其輕重可見。胡應麟謂：

> 第野處（洪邁號）文譽躁一時，《容齋隨筆》等筆力錚錚，而《夷堅》猥薾彌甚。（《少室山房類稿》卷百四）

殊無視於洪邁之年已老邁，更不知邁於此二書輕重有間。《夷堅志》四百二十卷，大多完成於其七、八十歲之間，以其時閒居無其他述作之故，自亦明言著書乃下下之策，此則不得已而爲之也。

> 人年七八十，幸身康寧，當退藏一室，早睡晏起，繙貝多旁行書，與三生結願，否則邀方外雲侶，熊經鴟顧，斯亦可耳。至於著書，蓋出下下策，而此習膠拳不能釋，固嘗悔哂，猛臧去弗視，乃若禁嬰孺之滑甘。未能幾何，留意愈甚，雖有傾河搖山之辯，不復聽矣。（《賓退錄》卷八引〈三志丁序〉）

所謂「雖有傾河搖山之辯，不復聽矣」，其著作《夷堅》，執意如此，老人將以此終老，終老之業，子孫亦不能奪之也。嘗自述因子弟輩勸而輟筆情形。

> 子弟輩皆言，翁既作文不已，而掇錄怪奇，又未嘗少息，殆非老人頤神繕性之福，盍已之。余受其說，未再越日，膳飲爲之失味，步趨爲之局束，方寸爲之不寧，精爽如癡。向之相勸止者，懼不知所

出，於是逌然而笑。豈吾緣法是在，如馳馬下臨千丈坡，欲駐不可。姑從吾志，以竟此生。異時惛不能進，將不攻自縮矣。(《賓退錄》引〈支壬序〉)

一不著書，而至於心神不寧，飲食失味之地步，可見洪邁晚年關抱《夷堅》，至不能相失也。

第三節　《夷堅志》之創作態度

一、積極蒐集，聞異即錄

洪邁個性好奇尚異，其書以鳩異崇怪爲志，故惟博是務，其採錄故事，態度積極，有時至於飛函書求，亦在所不惜。

人以予好奇尚異，每得一說，或千里寄聲，於是五年間又得卷帙多寡與前編（案：指甲志）等。(〈乙志序〉)

此可見其搜集之勤，至於落於文字，彙而成書，亦頗敏捷，蓋以其每聞異事，隨即登錄也。

每聞客語，登輒紀錄，或在酒間不暇，則以翼旦追書之。(〈庚志序〉)

其所以聞異即錄，最大原因在避免遺忘，以至故事不全，貽後日之悔。

一話一首，入耳輒錄，當如捧漏甕以沃焦釜，則纘詞記事，無所遺忘，此手之志然也。而固有因循寬緩而失之者。(〈三志己序〉)

所謂「捧漏沃焦」者，言其謹愼，懼其遺忘也，洪氏於此，亦嘗舉其平素所恨悔者二事。

滕彥智守吾州，從容間道其伯舅路當可得法，而幾爲方氏女所敗。一輔語曰：「更有兩事，它日當告君。」未及而云亡。黃雍父在之館時，說東陽郭氏館客紫姑之異，不曾即下筆，後亦守吾州，又使治鑄，申摅舊聞，云已訪索，姓字歲月殊槩然，只有小不合處，茲遣詢之矣。日復一日，亦蹈前悔，至今往來襟抱不釋也。(〈三志己序〉)

關於路當可幾爲方氏女所敗乙事，載於今《夷堅・丁志》卷十八路當可條，路當可云：「吾平生持身莊敬，不敢斯須興慢心，猶三遇厄，當爲汝輩道之。」此語爲其甥滕彥智所轉述，並舉其幾爲方氏女所敗事，篇末云：「彥智舉此時，尚有兩事，未及言而卒。」通篇益此十四字，故事雖稍有交待，然仍覺扞格，如去前引路當可所云一段并篇末一段，首尾亦完具，可謂天衣無縫，洪邁加此二段，益見其聞異即錄之寫實態度。

二、專談鬼怪，力避人事

洪邁《夷堅志》原即嫣異崇怪爲志，然其中不免有懲惡勸善之說，於其敘述因果報應之際，或雜以人間善惡在焉，於邁本人已自覺之，故行文之時，輒以此自戒。

> 始予萃《夷堅》一書，……本無意於纂述人事及稱人之惡也。……頗違初心。如《甲志》中人爲飛禽，《乙志》中建昌黃氏冤、馮當可、江毛心事，皆大不然，其究乃至於誣善。又董氏俠婦人事，亦不盡如所說。蓋以告者過，或予聽焉不審，爲竦然以慚，既删削是正，……懲前之過，止不欲爲，然習氣所溺，欲罷不能，而好事君子，復縱臾之，輒私自恕曰：「但談鬼神之事足矣，毋庸及其它。」（〈丙志序〉）

所舉誣善數事，今本已行刪削，惟董氏俠婦人事，其以爲不盡如所說者存，記靖康間董氏陷北，得俠婦爲妾，終得南歸，並無誣善情事，雖或邁已行正之，然其不談鬼怪以外事，偶亦謹慎如此。

然則《夷堅・支戊》載張漢英入冥情節，謂：

> 主者大聲叱曰：「汝在陽間作何過惡？」對曰：「平生常念濟物，恨力不能逮心，初未嘗有害人之意。」主者曰：「汝功名休要覬幸。但欺心事，此間隨所爲必書，不可不知也。」張不敢答，驚悚而寤，亦不爲人談後來所睹。明年三月，抱疾死。人疑其或有隱慝云。（卷一〈張漢英〉）

既不言張犯何罪而致譴，必欲以爲「人疑其或有隱慝」，此非誣善者何？故洪邁特以「力避人事」自勉，然行文間仍或不免也。

三、急於成編，不諱剽取

《夷堅》諸志之作，歷一甲子有幾，其中大部分成於晚年，邁著是書，原有推演史筆，跨越前賢等諸多理想，尤其在讀者需求之督促下，其寫作速度，自然趨於敏捷，爲求捷速，自然產生「急於成編」之現象。

洪邁在撰述《夷堅》之初，即因資料豐富，得之容易，而有急於成編之現象。

> 然得於容易，或急於滿帙成編，故頗違初心。（〈丙志序〉）

觀乎其成書之速，可知其急於成編者不誣，其甲至戊志之撰述，費時將近五十年，而已至癸志，才五歲而已（〈支甲序〉），支乙才八月（〈支乙序〉），支景十月（〈支景序〉），甚而支庚僅四十四日（〈支庚序〉），支癸才三十日（〈支癸序〉），對其成書之快，邁亦頗感意外，自謂：「雖予自駭其敏也。」（〈支庚序〉）

洪邁於自駭之餘，嘗探尋其敏捷之故，蓋其中有所剽取也。

又從呂德卿得二十說，鄉士吳潦（溱）伯秦出其迺公時軒居士昔年所著筆記，剽取三之一爲三卷，以足此篇，故能捷疾如此。聊表篇首，以自詫云。（〈支庚序〉）

今考《支庚志》十卷之中，其第七、八、九三卷，均得之吳溱所出之書，此由卷九末註云：「以上三卷皆德興吳良吏之子秦傳其父書」可知也。此外，卷四末註云：「此卷皆呂德卿所傳」，卷五李淑人條下註云：「右十事亦呂德卿傳。」卷五共凡十六條，呂傳十條已過其半。

綜《支庚》所錄十卷之中，僅差六條則達半數，若非剽取，是以成之捷速，此乃洪氏急於成書之故，然剽取者亦不僅止《支庚》，其見於書序所言者尚有之。

《東坡志林》，李方叔《師友談記》，錢丕《行年雜記》之類四五書，皆偶附著異事，不顓虞初九百之篇，士大夫或弗能知，故翾剽以爲助，不幾乎三之一矣。（〈支辛序〉）

《支辛》十卷今佚，無由考其「翾剽以爲助」之情形，張衡〈西京賦〉云：「小說九百，本自虞初。」此所謂「不顓虞初九百之篇」，謂《志林》之類四五書，非專門性小說也，然其中又有志異之篇，恐士夫未嘗讀之，乃翾剽爲助，則其剽取，又堂而皇之若此，其篇幅又占去三之一，不爲少也。

洪邁《夷堅》惟怪是錄，故雖剽取，然其書既幾全得自他人，與其取自於書方式實同，故邁亦不諱。何況當時欲藉《夷堅》之名，願附驥尾，以相取重者，亦大有人在焉（《賓退錄》引〈庚志序〉），邁雖自云剽取，然以其撰述態度觀之，非眞以爲如是。

四、廣徵博詢，偶及醫卜

洪邁在《夷堅志》一書中，所記諸端奇怪之事，其親身目睹，或親身履歷者，百不見一，其所以成書，完全徵諸於他人，所謂「神奇詭異之事，何翅累千萬百。」（《賓退錄》引〈支己志序〉）既奇人奇事如是之多，則必廣泛徵詢，乃得成篇。

其故事來源，得之於「群從姻黨」甚多，彼等宦游各地，得一異聞，輒相告語（〈支乙序〉），間亦得客語於酒間（〈支庚序〉），而主動函求者有之（〈乙志序〉），以舊聞寄來者有之（〈庚志序〉），得之於他人作品亦有之（〈支庚〉、〈支辛序〉），要之來源甚多，皆洪邁廣徵博詢之功也。

洪邁徵詢之對象，固多士大夫之流，然亦偶及下層階級群眾，此在當時爲人視作荒唐可笑。

> 觀而笑者曰：「……非必出於當世賢卿大夫，蓋寒人、野僧、山客、道士、瞽巫、俚婦、下隸、走卒，凡以異聞至，亦欣欣然受之，不致詰。人何用考信，兹非益可笑與？」（〈丁志序〉）

稽之《夷堅》乙書，得之於流輩者不多，偶見其一二而已，其較多者，卜者徐謙也。

> 兹一編頗得之卜者徐謙，謙瞽雙目，而審聽強記。客詣其肆，與之言，悉追憶不忘，倩傍人書以相示。昔徐仲車耳聵，而四方事無不周知，謙豈其苗裔耶！賢愚固不可同日語，而所以異則同。（《賓退錄》引〈三志乙序〉）

徐仲車者，徐積也，楚州山陽人，從學胡瑗，登治平四年第，官楚州教授，崇寧二年卒，謚節孝先生。《容齋五筆》記其爲楚州教授時，教人簡易明白（《五筆》卷一〈徐章二先生教人〉條），洪邁比之以徐謙，特重其所以異，於其說固當篤信之。

是邁雖寡取於寒流，取則信之矣，固認爲可以考信也。

五、事無異同，兼容並蓄

《夷堅志》卷帙繁浩，過於前人，初而人皆新奇，漸則覺其剽掠，蓋天下奇奇怪怪固自以爲萃盡於是（〈乙志序〉），然其事類難免相似，故剽掠之感，初形於心，寖騰於口，洪邁亦有耳聞焉。

> 或疑所登載頗有與昔人傳記相似處，殆好事者飾說剽掠，借爲談助。是不然，古往今來，無無極，無無盡，荒忽眇綿，有萬不同，錙析銖分，不容一致。蒙莊之語云：「惡乎然，然於然。惡乎不然，不然於不然。」又曰：「是不是，然不然。是若果是也，則是之異乎不是也，亦無辯；然若果然也，則然之異乎不然也，亦無辯。」能明斯旨，則可讀吾書矣。（〈支甲序〉）

對於有人以其事類相同，斷以爲好事者飾說剽掠，借爲談助，洪邁以爲古來事類無窮，絕不容有全然之相同，洪邁恐怕世人滋生詰難，遂引莊子之言，以辯明事物之「然」與「不然」，認爲一切事物之「然」與「不然」，端視乎認知活動之相同與否，認知條件不在同一基點，則然不然之辯必徒勞矣。

洪邁概念式之分析，並未直接說明事類相同是否由於抄襲，乃又以古今事千奇萬怪，人物、情境絕無必然相同者。

> 神奇詭異之事，無時不有，姑即《夷堅》諸志考之，……何翅累千萬百。所遇非一人，所更非一事，所歷非一境，而莫有同者焉。(《賓退錄》卷八引〈支己序〉)

人、事、境之不同，仍無法杜人「改竄首尾，別爲名字」(陳振孫語)之喙，洪邁乃舉親見事迹與古事相比類。

> 予固嘗立說，謂古今神奇之事，莫有同者。豈無頗相類？要其歸趣則殊，今乃悟爲不廣。前志書蜀士孫斯文，因謁靈顯王廟，慕悅夫人塑像，夢人持鋸截其頭，別以一頭綴頸上，覺而大駭，呼妻燭視，妻驚怖即死。予嘗識其面於臨安。比讀《太平御覽》所編《幽明錄》云:「何東賈弼，小名醫兒，爲瑯琊府參軍。夜夢一人，面鱔皰甚多，大鼻瞯目，請之曰:「愛君之貌，願易頭可乎？」夢中許易之。明朝起，自不覺，而人悉驚走。琅邪王呼視，遙見，起還內。弼取鏡自照，方知怪異，因還家，婦女走藏。弼坐，自陳說。良久，遣人至府檢問方信，後能半面啼半面笑，兩手各捉一筆俱書。然則此兩事豈不甚同！謂之古所無則不可也。《幽明錄》今無傳於世，故用以序《志辛》云。(〈三志辛序〉)

賈弼之事見《御覽》卷三六四，孫斯文事見《丙志》卷四〈孫鬼腦〉條，邁親見於紹興二十八年景靈宮行香處，乃換首之後相貌，「醜狀駭人，面絕大，深目巨鼻，反脣廣舌，鬢髮鬅鬆如蘁。每啖物時，伸舌捲取，咀嚼如風雨聲，赫然一土偶判官。」甚至，「畫工圖其形，鬻於市廛以爲笑。」此事既洪邁親見其中，又有楊公全識其未換首前，則人與境當非假，假者乃洪邁所未見之換首當時情形，而換首情節乃二事僅相同者，洪氏不追究說者是否襲取，但以次要情節之不同，遂徑信之，以爲謂之古所無則不可。以此推之，事類之於洪邁，誠爲非止一端，既非一端，遂兼收之，而不忌重複。

六、追究來源，力求足徵

洪邁以爲《夷堅志》之成就超越前代，其最足稱道者，除卷帙豐富、成書敏捷外，則在於事事足徵。嘗謂《齊諧》、莊周「虛無幻茫，不可致詰」，至於《搜神》、《玄怪》諸作，皆「不能無寓言於其間」。

> 若予是書，遠不過一甲子，耳目相接，皆表表有據依者。謂予不信，其往見烏有先生而問之。(〈乙志序〉)

力求故事時代相近，使疑者可以考信，如有造僞，亦烏有先生所爲，言責在彼不在此。洪邁以此爲「皆表表有據依」，固爲一廂情願，惟言責自負，故事提供者既敢說其事，則責任亦當承擔之，洪邁於每條下均註明出處，用意在此。而志怪之註明出處，亦自邁始，此無寧爲一大發明，故洪邁詡稱之，而王景文〈夷堅志別序〉皆循其例（《文獻通考》引），阮元亦特言之，均見有此體較能徵信。所謂有勝於無。

惟時人亦就此批擊之，謂其「稽以爲驗者，非必出於當時賢卿大夫」，寒人、巫隸之以異聞至，亦不詰而受之，以其流雜，「人何用考信」，「茲非益可笑歟」(〈丁志序〉)，然而其說出自於士大夫者爲數最多，名公大卿，亦所在多有，倘不信鬼神之有，則其事亦可信耶？

故洪氏追究出處，力求足徵之精神，誠可佳也，但只求有出處則止，而不探事之有無，以今日觀之，無非掩耳盜鈴也。

七、信以傳言，疑以傳疑

《夷堅志》之信實程度，應爲讀者所關切，此亦涉及此書之性質。

對於讀者有關信實之徵詢，洪邁先就《春秋三傳》尋求非信實之成分以出，以爲信史如《三傳》，即有信以傳信，疑以傳疑之體例在焉，何況諸子寓言之作，均屬虛構者也，故退而言，小說不必盡信。

> 稗官小說家言不必信，固也。信以傳信，疑以傳疑，自春秋三傳，則有之矣，又況乎列禦寇、惠施、莊周、庚桑楚諸子汪洋寓言者哉！(〈支丁序〉)

進而言《夷堅》諸志均得之傳聞，直接錄之，間亦有不合理情節。

> 《夷堅》諸志，皆得之傳聞，苟以其說至，斯受之而已矣，贅牙畔奐，予蓋自知之。(〈支丁序〉)

於是遂舉不合理之數端以言。

《支丁》既成，始摭其數端以證異，如合州吳庚擢紹興丁丑科，襄陽劉過擢淳熙乙未料，考之《登科記》，則非也。永嘉張愿得海山一巨竹，而蕃商與錢五千緡，上饒朱氏得一水精石，而苑匠與錢九千緡，明州王生證果寺所遇，乃與嵊縣山庵事相類。蜀僧智則代趙安化之死，世安有死而可代者，蘄州四祖塔石碣爲郭景純所誌，而景純亡於東晉之初，距是時二百餘歲矣。凡此諸事，實爲可議。

雖事有訛誤，然大體仍得達意，即爲可議，亦兼收并蓄，以其事可取也。

予既悉事之，而約略表其說於下，愛奇之過，一至於斯。讀者曲而暢之，勿以辭害意可也。(〈支丁序〉)

所謂「勿以辭害意」者，謂其事可信，勿因情節疏失，便有所不信，蓋是書故事既經作者選汰，以事而言，作者本身均當相信之，而情節之出入，對作者而言，並非重要因素。故凡情節方面，其有不深考者，亦以「疑者傳疑」之態度併錄之。

八、過情不錄，避免失考

洪邁之撰《夷堅》，萃盡天下奇怪，固非漫無抉擇，其於過乎人情者，亦無採焉。嘗錄《呂覽》賓卑聚事，以識其書之非情。

《夷堅》諸志記夢，亡慮百餘事，其爲憰恑朕驗至矣，然未有若《呂覽》所載之可怪者，其言曰：齊莊公時，有士曰賓卑聚，夢有壯子，白縞之冠，丹縛之袀，東布之衣，新素屨，墨劍室。從而叱之，唾其面。惕然而寤，終夜坐不自快。明日，召其友而告之曰：「吾少好勇，年六十而無所挫辱。今爲是人夜辱，吾將索其形。期得之則可，不得則死之。」於是每期與其友俱立於衢，三日不可得，退而自歿。予謂古今人志趣雖若不同，其直情徑行者，蓋有之矣。若此一事，決非人情所宜有，疑呂氏假設以爲詞。不然，烏有夢爲人所凌，旦而求諸衢，至於以身死焉而不悔。所謂其友，亦一痴物耳。略無片言以開其惑，可不謂至愚乎！予每讀其書，必爲失笑。(〈支戊序〉)

由於此事「決非人情所宜有」，遂「疑呂氏假設以爲詞」，即寓言託事者也，倘非假設，必令人失笑。而洪邁《夷堅志》乃非寓言之作，自知不容有假設以爲詞者，否則將貽人笑柄，故於撰述之際，亦力避失於人情者。

洪邁嘗舉幾於失考之事，以自戒惕。

> 在閩泮時，葉晦叔頗搜索奇聞，來助紀錄。嘗言近有估客航海，不覺入巨魚腹中，腹正寬，經日未死。適木工數輩在，取斧斤斫魚脅，魚覺痛，躍入大洋，舉船人及魚皆死。予戲難之曰：「一舟盡沒，何人談此事於世乎！」晦叔大笑，不知所答。予固懼未能免此也。(《賓退錄》卷八引〈戊志序〉)

此事在《夷堅志》中固不錄之，然以此觀之，謂洪邁撰《夷堅》漫無抉擇，不可也。

惟雖力避失考，但未嘗無漏網之魚，如《夷堅・丁志》卷二〈孫士道〉條載福州海口巡檢孫士道有法術，提刑王某之弟婦被祟踰年，招孫治之，孫召冤鬼得其情。

> 孫密告王曰：「公憶南劍州事乎？」王不能省。孫先已書四人姓名于掌內，展示之，王頷首不語，意殊悔懼。蓋昔通判南劍日，以盜發屬邑，往督捕，得民爲盜囊橐者，禽其夫婦，戮之。其女嫁近村，聞父母被害，亟來哭，悲號忿詈。王怒，又執而戮之。女方有娠，實四人併命也。

遇害四人中，其一仍在母胎內，固無姓名，孫何以能「書四人姓名于掌內」？是洪邁疏漏失檢處。

然過情不錄，力避失考，是洪邁撰述《夷堅》所持之態度，並非能全然杜免者。

第三章　《夷堅志》成書經過及其流傳

第一節　成書時間

一、始作於紹興十二年（1142）

《夷堅志》始撰於紹興十二年（1142），時與二兄同應詞科試，邁獨被黜。

> 《夷堅》之書成（指前十志），其志十，其卷二百，其事二千七百有九。蓋始末凡五十二年。（〈支甲序〉）

支甲成於紹熙五年（1194），逆推之，得紹興十二年邁黜於詞科時。是《夷堅》之作，由來久矣。

> （邁）在閩泮時，葉晦叔頗索奇聞，來助紀錄。（《賓退錄》卷八引〈戊志序〉）

洪邁在紹興十五年待福州州學教授任，十八年赴任，迄二十三年解任。時晦叔爲福建帥屬，邁去閩，嘗送以詩，是時洪邁已行蒐集異聞，故晦叔得以助役，是知其書始撰甚早，邁時年二十。

> 初《甲志》之成，歷十八年（《賓退錄》卷八引〈庚志序〉）

逆推，始作之年當在紹興十三年（1143），微有誤也，當始於詞科遭黜後。

二、《甲志》成於紹興三十一年（1161）
《乙志》成於乾道二年（1166）

《夷堅》〈乙志序〉作於乾道二年十二月十八日，是乙志成於斯時，時邁以起居舍人兼國史院實錄修撰官。

> 《夷堅志》初成，士大夫或傳之，……於是五年間又得卷帙多寡與前編等，乃以《乙志》名之。（〈乙志序〉）

逆推之，《甲志》當成於紹興三十一年，時邁在館職，金主亮南侵，則以樞府檢詳官參議軍事。

三、《丙志》成於乾道七年（1171）

〈丙志序〉作於乾道七年五月十八日，是書當成於斯時，時邁知贛州。

四、《丁志》成於淳熙三年至五年間（1176～78）

《戊志》成於淳熙八年至十年間（1181～83）

《己志》成於淳熙十五年至十六年（1188～89）

《庚志》成於淳熙十六年（1189）

《夷堅》〈丁志序〉不繫年，無由推其確切年代。

> 《庚志》謂假守當塗，地偏事少，濟南呂義卿、洛陽吳斗南適以舊聞寄，似度可半編帙，於是輯爲《庚志》。初《甲志》之成，歷十八年，自乙至己，或七年，或五六年，今不過數閱月。(《賓退錄》卷八引〈庚志序〉)

邁守當塗，在淳熙十五年（1188），以九月二十八日到任（《容齋四筆》卷十四），紹熙元年（1190），移知紹興府，《庚志》之作，斷在淳熙十六年（1189）

《庚志》之成，「不過數閱月」，逆推《己志》之成，當在淳熙十五年（1188）邁未出守太平（當塗）前，或邁初蒞當塗，故略定於淳熙十五至十六年間（1188～89），而以十五年較近是。

《丙志》成於乾道七年（1171），去《乙志》之成正五年，而《乙志》去《甲志》亦五年。以「自乙至已，或七年，或五六年」順推之，則乙、丙均合五年之數，《丁志》之成，以五年計，當在淳熙三年（1176），以七年計則爲淳熙五年（1178）。

《戊志》之就，亦以五年計，早不過淳熙八年（1181），以七年計，則晚不過淳熙十二年（1185）。

倘以《己志》成於淳熙十五年（1188）爲準，逆推之，以七年爲計，《戊志》當成於淳熙八年（1181），以五年爲計，則爲淳熙十年（1183）。

《丁志》之成，倘以七年爲計，早不過淳熙元年（1174），若以五年爲計，晚不過淳熙五年（1178）。

《丁志》、《戊志》之成，以順推逆推均合者，各有三年，如必全符七六五之數，則《丁志》當成於淳熙三年至五年間（1176～78），邁在贛州移知建寧任內；《戊志》當成於淳熙八年至十年間（1181～83），邁罷歸至守婺前後。

五、《辛志》成於紹熙二年至三年間（1191～92）

《壬志》成於紹熙四年（1193）

《癸志》成於紹熙四年至五年間（1193～94）

《支甲》成於紹熙五年（1194）

《支乙》、《支景》成於慶元元年（1195）

《夷堅・辛志》以後，爲洪邁解印後賦閒之作。

> 紹熙庚戌臘，予從會稽西歸，……閑不爲外奪，故至甲寅之夏季，《夷堅》之書緒成《辛》、《壬》、《癸》三志，合六十卷，及《支甲》十卷，財八改月，又成《支乙》一編。於是予春秋七十三年矣，殊自喜也，則手抄錄之，且識其歲月如此。（〈支乙志序〉）

紹熙元年（1190）十二月洪邁解會稽印西歸，「方大雪塞塗，千里而遙，凍倦交切，肩息過月許，甫收召魂魄，料理策簡。」（〈支乙序〉）肩息過月許，即已是紹熙二年（1191）矣，是時辛志始作，則《辛志》之成，或當於是年。

> 《癸志》謂九志成，年七十有一，擬綴輯癸編，稚子櫰復云：「更須從子至亥接續之。」（《賓退錄》卷八引〈癸志序〉）

《壬志》之成，年已七十一，時紹熙四年（1193）。則《辛志》之成，不能過於是。

> 蓋始末凡五十二年，自甲至戊，幾占四紀，自己至癸，才五歲而已。（〈支甲序〉）

《甲志》始作於紹興十二年（1142），《戊志》之成，在淳熙八年至十年間（1181～83），是甲至戊，當爲「三紀又半」，或云「三紀過半」。蓋所謂「幾占四紀」者，乃就十志始末凡五十二年之總數計，去「自己至癸」之五年，得數四十七，其於四紀，僅差一年，故云「幾占四紀」，併《己志》成書前之時日計之也。

《己志》約成於淳熙十五年（1188），「自己至癸，才五歲而已」，則《癸志》當成於紹熙四年（1193），與《壬志》相爲先後。

〈支甲序〉作於紹熙五年（1194）六月一日，正屬「甲寅之夏季」（〈支乙序〉語），故書當成於是時。

〈支乙序〉作於慶元元年（1195）二月二十八日，去《支甲》之成，「財八改月」（〈支乙序〉），書當成於是時。

〈支景序〉作於慶元元年（1195）十月十三日，所謂「歲二月《支乙》

成，十月《支景》成」(〈支景序〉)，書當成於是時。

六、《支丁》至《支庚》成於慶元二年（1196）

〈支丁序〉作於慶元二年（1196）三月十九日，〈支戊序〉作於慶元二年七月初五日，又〈庚序〉作於慶元二年十二月八日，是三書均當成於同年，則《支己》亦當成於是年。

> 起良月庚午，至臘癸丑，越四十四日，而《夷堅支庚》之書成，凡百三十有五日。(〈支庚序〉)

良月庚午即十月二十五日，則《支己》之作，始於七月初五以後，成於十月二十五日以前。

七、《支辛》至《支癸》成於慶元三年（1197）

〈支癸序〉作於慶元三年（1197）五月十四日，則《支癸》以前諸志，均當成於是年五月以前。

《支癸》爲洪邁《夷堅》諸志成書最速者。

> 《支癸》成于三十日間，世之所謂拙速，度無過此矣。(〈支癸序〉)

成書僅三十日，則《支壬》之成，當在四月十四日，而《支辛》則又前矣，惟《支辛》之成，最早亦在是年元旦以後，蓋《支庚》成於去年十二月初八，以《支癸》之速度，亦當在此年元月初八成書。

是《支辛》至《支癸》，均成於慶元三年（1197）

八、《三志甲》至《三志戊》於慶元三年至四年之間（1197～98）

《支癸》成於慶元三年（1197）五月十四日，而《三志甲》亦成於是年。

> 《三志甲》才五十日而成，不謂之速不可也。(《賓退錄》卷八引〈三志甲序〉)

倘確爲五十之數，是年五月望在甲戌，五月十四爲丁亥，五十日則丁丑，是年閏六月癸酉望，丁丑爲第五日，則《三志甲》之成，當在閏六月五日。而《三志乙》之成，當在是年八月以後。

〈三志己序〉於慶元四年（1198）四月一日，則其書亦當成於是時。逆推之戊之作，則當在是年三月以前。

由是而知，《三志甲》成於慶元三年（1197），而《三志乙》、《三志景》、《三志丁》、《三志戊》，成於慶元三年八月至四年三月之間。

九、《三志己》至《三志壬》成於慶元四年（1198）

《三志己》序於慶元四年（1198）四月一日，《三志辛》序於慶元四年六月八日，是二書當成於是時，而《三志庚》則當成於是年四、五月間。

《三志壬》序於慶元四年九月初六日，則書當成於是時，是《三志己》至《三志壬》均成於慶元四年。

十、《三志癸》至《四志乙》成於慶元四年以後（1198～）

《三志癸》以後，今均佚，《三志壬》成於四年九月初六，則《三志癸》至《四志乙》，均當成於四年九月以後，以迄邁卒。

十一、《四志乙》爲絕筆之作

《夷堅》諸志以《四志乙》爲絕筆，諸書著錄如此：

至《四志乙》則絕筆之志，不及序。（《賓退錄》卷八）

惟胡應麟所知與眾家異。

洪景盧《夷堅志》四百二十卷，卷以甲、乙、丙、丁爲次，每百卷周而復始。《四甲》迄《四癸》，通四百卷，餘二十卷，則洪歿而未盈百也。（《少室山房類藁》卷百四）

而胡應麟得鈔本於民家：

余持歸，竟夕不能寐，篝燈披讀，迺知此特四甲中之一周，爲卷凡百。每篇首綴小引，其先後次第，大都洪氏舊裁。（仝上）

此乃鈔者以《支志》、《三志》、《四志》，卷各十，遂析《初志》十志各二十卷爲十卷，而以餘出百卷，又成十干一周也。

故洪氏《夷堅志》絕筆於《四志乙》，後有者皆非。

編　次	卷　數	成書年代		使用時間（年）
甲	20	1161	紹興 13-31	18
乙	20	1166	乾道 2.12.18	5
丙	20	1171	乾道 7.5.18	5
丁	20	1176-78	淳熙 3-5	5-7
戊	20	1181-83	淳熙 8-10	5-7
己	20	1188	淳熙 15-16	5-7
庚	20	1189	淳熙 16	？-1
辛	20	1191-92	紹熙 2-3	1-2
壬	20	1193	紹熙 4	1-2
癸	20	1193	紹熙 4-5	？-1

支甲	10	1194	紹熙 5.6.1	1
支乙	10	1195	慶元 1.2.28	0.8
支景	10	1195	慶元 1.10.31	0.8
支丁	10	1196	慶元 2.3.19	0.45
支戊	10	1196	慶元 2.7.5	0.35
支己	10	1196	慶元 2.10.25	0.36
支庚	10	1196	慶元 2.12.8	0.15
支辛	10	1197	慶元 3	0.2
支壬	10	1197	慶元 3.4.14	0.2
支癸	10	1197	慶元 3.5.14	0.1
三甲	10	1197	慶元 3.6.5	0.15
三乙	10	1197-1198	慶元 3.7-4.3	0.18
三景	10			0.18
三丁	10			0.18
三戊	10			0.18
三己	10	1198	慶元 4.4.1	0.18
三庚	10	1198	慶元 4.5	0.1
三辛	10	1198	慶元 4.6.8	0.1
三壬	10	1198	慶元 3.9.6	0.3
三癸	10	?	?	?
四甲	10	?	?	?
四乙	10	?	?	?

第二節　刊行情形

《夷堅志》陸續成書，其刊行情形，所知有下列諸形式：

一、單行本

《夷堅志》初期諸志，成書時間差距較大，其單獨梓印情形較有可能。就現知而言，甲志之單行本即有四種。

（一）閩本《夷堅志》

（二）蜀本《夷堅志》

（三）婺本《夷堅志》

（四）臨安本《夷堅志》

以上四種刊本，見述於〈夷堅乙志序〉。

> 《夷堅》初志成，士大夫或傳之，今鏤板于閩、于蜀、于婺、于臨安，蓋家有其書。（〈乙志序〉）

時《乙志》方成，將付鋟梓，而洪所見板本如此，則均爲《甲志》之單行本無疑也。

後人讀書不精，往往以爲《夷堅志》四百二十卷者，宋代有此四本。

> 載考其序，乃知此志鏤板不一，有蜀本、有婺本、有閩本，而古杭亦有本，公隨所寓鋟梓。（沈天佑《夷堅志》序）
>
> 《夷堅志》四百二十卷，或刊于蜀、或刊于婺、或刊于杭，此八十卷，則刊于建寧學者。（陸心源《宋槧夷堅志跋》）

殊不知《乙志》於乾道二年冬成書時，《甲志》已大風行，「士大夫或傳之」，且「家有其書」也。

沈天佑〔註 1〕所謂「公隨所寓鋟梓」，亦頗不確，蓋洪邁生平未嘗入蜀，何得親鋟於彼？而甲志成書時，邁在館職，旋即金兵南侵，參議軍事，事平後即奉使金國，歸以無狀罷，退居鄉里三年，乾道二年夏，除知吉州，赴闕面君，畢而歸家，似未到任，及秋又赴行在，入對，除起居舍人，是乙志成書前，其行踪如此，閩未嘗寓，婺或途經，惟臨安者或「隨所寓鋟梓」，故此四本，其或有書賈售利之情形在焉。

《甲志》既以單行刊之，洪先亦未期《乙志》之作，故梓行時當以《夷堅志》爲書名。

除《甲志》外，《夷堅》諸志亦可能以單行方式刊印，亦未可知。其或有蛛絲馬跡者可尋也。

《夷堅》諸志，既陸續撰成，觀乎諸志序言，語意親近可表，似爲當前之讀者而言。

> 人以予好奇尚異也。（〈乙志序〉）
>
> 謂予不信，其往見烏有先生而問之。（〈乙志序〉）
>
> 有觀而笑者曰。（〈丁志序〉）
>
> 雖人之告我疏數不可齊。（〈支甲序〉）

〔註 1〕佑字，陸本作祐，未詳孰是，今姑從佑。

或疑所登載頗有與昔人傳記相似處。(〈支甲序〉)

懼同志觀者以前後矛盾致疑，故識其語。(〈支景序〉)

讀者曲而暢之，勿以辭害意可也。(〈支丁序〉)

支戊適成，漫戲表於首，以發好事君子捧腹。(〈支戊序〉)

續有聞焉，將次爲三志，而復從甲始。(〈支癸序〉)

其中固多設問之詞，苟無其人，何以言爲？此一也。

〈己志序〉謂章森使虜，館伴所問:「《夷堅》自《丁志》後，曾更續否？」若非單行，則當問以:「更續若干？」二也。

而《支乙》成，云:「於是予春秋七十三年矣，殊自喜也，則手抄錄之，且識其歲月如此。」所謂「手抄錄之」，宋人刻書，每以手寫鐫版，邁以自喜，乃手抄序鐫之，亦可能也，則此志當用單行出。

茲再錄疑似單行之本者如下:

（五）會稽本《夷堅乙志》

（六）贛本《夷堅乙志》

考《乙志》書成之後，先刊於會稽，其後又有贛本。

（乾道）八年夏五月，以會稽本別刻于贛，去五事，易二事，其它亦頗有改定處。(〈乙志序〉附跋語)

蓋乾道八年之前一年（乾道七年）五月《丙志》成之前後，即發覺《乙志》有頗違初心之處，故當時即「刪削是正」，至是乃以會稽本別刊於贛，其內容有出入，稱之「修訂本」可也。

然則《丙志》成於前一年，時邁亦在贛，則亦有贛本《丙志》乎，以無明證，懼不敢錄。

（七）麻沙書坊本《夷堅癸志》

《夷堅・支戊》卷八〈湘鄉祥兆〉條末云:「桃符證應，已載於《癸志》。比得南強筆示本末，始知前說班班得其粗要爲未盡，故再記於此。而《癸志》既刊於麻沙書坊，不可芟去矣。」斯亦單行本也。

二、合刊本

（一）建學本《夷堅志》

《夷堅》陸續成書，或陸續刊之，或當時全單行之，然稽之情理，豈無合刊者乎？

固然其書倘行之久遠，人當取而合刊之，然於邁之生前，其未有乎？今檢諸家載記，於其是否合刊，皆無明證，然索其端末，則又當有之。

〈乙志序〉附跋識云：

> 淳熙七年七月又刻于建安。

望其文意，似專指《乙志》。然考淳熙四年，洪邁移知建寧（治在今福建省建甌縣），至七年夏五月二十一日以求瓊花事罷去。是時《甲》、《乙》、《丙》三志均已成書，按之上節所述，《丁志》之成，晚不過於淳熙五年，而《戊志》之成，早不過於淳熙八年，則邁在建寧，已成《甲》、《乙》、《丙》、《丁》四志。

《甲志》雖有閩本，且刻書大鎮在建，然亦或刊於閩泮，以其嘗任於彼，人與事俱在。未可遽言此書未重刊之。

且古人部次，以天干甲乙者，往往至丁而止，如經史四部是也。

故洪邁在建寧，以刻書重鎮麻沙、崇化即在治內之便，併四志合刊之，是有可能之舉。若是，「淳熙七年七月又刻于建安」者，是《甲》、《丁》四志而不僅僅乎《乙》。

今按〈沈天佑序〉：

> 《夷堅志》乃鄱陽洪公邁之所編也。……分甲、乙、丙、丁四志，每志有二十卷，每卷十一二事或十三、四事，譬諸小道，亦有可觀。載考其序，乃知此志鏤板不一，有蜀本，有婺本，有閩本，而古杭亦有本，公隨所寓鋟梓。今蜀、浙之板不存。〔註2〕獨幸閩板猶存于建學。〔註3〕然點檢諸卷，遺缺甚多。（〈夷堅志序〉）

沈天佑，元人，其時宋刊「閩」板猶見於建學，祇甲乙丙丁各二十卷，疑此本即洪邁在建寧任內所刻，且四志合而刻之也。是故沈於友人周宏翁處得古杭本，藉以補此本之所無。

> 遂即命工鏤板，四十有三，始完其編，庶不失洪公編葺之初意。由是《夷堅志》之傳于天下後世，可爲全書矣。

沈刊《夷堅志》，亦祇用原存建學之四志，其間稍補以古杭之本，而及其成，竟以爲全書，可見建學《夷堅志》向止四志，且確爲甲乙丙丁合刊本。

〔註 2〕此不存之浙板，蓋指婺刊而言。
〔註 3〕沈氏所謂閩本，實當指甲志而已。

（二）古杭本《夷堅志》（？）

〈沈天佑序〉云：

> 友人周宏翁，於文房中尚存此書，是乃洪公所刊于古杭之本也。然其本雖分甲乙至壬癸爲十志，似與今來閩本詳略不同，而所載之事，亦大同小異。

周宏翁所藏《夷堅志》，既云是「洪公所刊于古杭之本」，則爲宋刊無疑，其書「分甲乙至壬癸」爲十志，則當爲十志合刊本，原亦無疑。惟必以此爲甲至癸志一次合刊，而非陸續刊成，則無全然之證據，姑存疑，容待下節考之。

三、全刊本

《夷堅甲志》至《四乙》，凡四百二十卷，固不能於洪邁生前一次刊成，以《四志乙》爲絕筆之志，序則不及，何得刊之？

全刊本必出於邁亡之後，惟以四百二十卷之繁，益以神神鬼鬼之瑣，其誰願得合而全刊之？

趙與旹嘗錄其序，固爲見其全書者，然未必是全刊之本。

何異〈容齋隨筆總序〉謂：

> 僕（何異）又嘗於陳曄日華，盡得《夷堅十志》與《支志》、《三志》及《四志》之二，共（四）百二十卷。

《夷堅》甲至癸志各二十卷，總二百卷，何氏或未嘗一覽，不知其書卷帙過於四百有餘。然則陳曄所有，其甲至四乙之全刊乎？亦不能定。

蓋何異於嘉定五年（1208）序《容齋隨筆》時，嘗謂：「願（洪伋）少留於此，他日有餘力，則經紀文敏之家，子孫未振，家集大全恐馴致散失，再爲收拾實難。」是時去邁卒之嘉泰二年（1202）祗有六年，何以零落至此，實不可知。然其時甲至四乙志可羅而致則可知也，惟是否有一次刊成之全刊本，則無由考知，然由邁家之未振，家集大全尚未料理，即使有全刊本，亦當非由此出也。

第三節　流佈情形

《夷堅志》乙書出，由於卷帙繁重，內容荒誕，當時即爲書家所譏詆，而以陳振孫氏抨擊最力。

稗官小說，昔人固有爲之者矣。游戲筆端，資助談柄，猶賢乎已，可也。未有卷帙如此其多者，不亦謬用其心也哉？且天壤間反常反物之事，惟其罕也，是以謂之怪。苟其多至於不勝載，則不得爲異矣。(《直齋書錄解題》卷十一)

陳氏之觀感，不無代表當時部分人士之看法，由於書家之排斥，自罕有汲汲收藏者，則其書之流傳，久而自不能得其全也，此爲今《夷堅志》零落之最主要原因，然而其實際流傳情形如何？今就諸家著錄以見之，或可覘其數端。

一、元以後全書流傳不廣，今已散佚

《夷堅》甲至四乙志，凡四百二十卷，在宋時尚可睹其全本，故陳曄得取而類編之。書家著錄，陳振孫《直齋書錄解題》（卷十一）、馬端臨《文獻通考・經籍考》（卷二一七）均作四百二十卷。至於焦竑《國史經籍志》亦然（卷四下）。

趙與旹以其序意可取，乃錄之於所著《賓退錄》中。

洪文敏著《夷堅志》，積三十二編，凡三十一序，各出新意，不相重複，昔人所無也。今撮其意書之，觀者當知其不可及。(卷八)

是趙氏當時亦嘗徧得其書也。大凡當時讀其全書不難，惟行之寖久，其書漸零落，則難獲其全，元修《宋史・藝文志》時，止著錄甲至庚志百四十卷，〔註4〕今所見各本，更無法窺其全貌。

（一）世善堂所藏全本是為僅見，今亦亡佚

明以來，諸家著錄，惟陳第《世善堂藏書目錄》有此《夷堅志》四百二十卷之數，近人海鹽張元濟以謂：

惟陳第《世善堂書目》有全書四百二十卷，爲自宋迄今官私藏目所僅見，然是書前後流傳之端緒無可考見，殊未敢信。

其不敢信其有之原因，乃在於其前後流傳之無根由，然亦不可遽謂其時全書

〔註4〕繆荃孫〈夷堅志再跋〉云：「《宋・藝文志》收《夷堅志》六十卷，小註甲乙丙兩志，又《夷堅志》八十卷，小註丁戊己辛志，既不全載四百二十卷，只收一百四十卷，丁戊己庚四志八十卷，與每字（志）二十卷合，乙丙兩志不能及六十卷，或四十之誤。」(《藝風堂文別存》卷三）今考《宋志》,《夷堅志》條，六十卷下小註「甲、乙、丙志」與繆氏所見不同，不知繆氏所據爲何？

之必無，書家蒐藏，本無定則，況世善堂藏書甚有名聲，陳第亦非售僞欺世之人也。

姑不論陳氏藏此全書否，此書全本於此爲僅見，明清以來，終未再出矣。

陳第（1541～1617），字季立，明連江人，萬曆時諸生，俞大猷召致幕下，遂以起家。性無他嗜，唯書是癖，問學焦弱侯（竑），〔註5〕老而好學，裹糧來白門，叩擊屢年，弱侯嘆服，家藏書萬餘卷。此《夷堅志》陳氏得其全書，實非易也，因爲當時書家，博學如胡應麟者，仍慳於一見，更可見其珍貴，陳氏之後，不得其傳，此後所見，均爲零散之本矣。

（二）是書殘闕散佚而零星存者，多未重刊

《夷堅志》殘闕散佚情形，在宋末元初已甚嚴重，陳櫟（1252～1334）《勤有堂隨錄》謂：「今坊中所刊厪四五卷。」〔註6〕是當時坊刻，僅有四五之數，可謂百存其一而已，故陳氏乃有「惜無原本」之嘆。

清人書家蒐錄頗勤，其殘闕較甚者，黃丕烈得有兩本，均爲宋刻。

> 余所藏宋刻，有《夷堅支甲》一至三三卷，七八兩卷，皆小字棉紙者。
>
> 《夷堅支壬》三至十共八卷，《夷堅支癸》一至八共八卷，皆竹紙大字者。（〈夷堅志跋〉）

至於鈔本，黃氏亦有收藏。

> 近又得《夷堅志乙》一至三三卷，此本系舊鈔。（同上）

此舊鈔和黃氏另藏百卷本之舊鈔是否相關，今無從考，惟當時抄本，又不祗此。邵懿辰《四庫簡明目錄標注》卷十四《夷堅支志》附錄云：

> 瞿有《孝慈堂目》有元人抄本《夷堅志》，存六十卷十二冊，失《戊集》十卷，《己集》後五卷，《庚集》前五卷，《壬癸集》全。文氏三世閱，汪鈍翁手跋。

王聞達（康熙時人）《孝慈堂書目》今存，無此記載，瞿氏所有之本有之，「己」字之前當有「存」字，蓋《戊集》失十存十，《己庚》各存其五，《壬癸》各二十，正合六十之數，則此元鈔本原當集各二十卷，爲初志戊己庚壬癸之殘

〔註5〕焦竑《國史經籍志》著錄《夷堅志》，亦作四百二十卷（卷四下）。惟焦氏《經籍志》非藏書目，是否嘗從陳氏見其書不可考。

〔註6〕陳櫟字壽翁，學者稱字宇先生，晚號東阜老人，生於宋理宗淳佑十二年，卒於元順宗元統二年。

本也。其書為文徵明三世所有，並有汪琬（1624～90）手跋。

以上宋刊，曰小字棉紙者，曰大字竹紙者，並舊鈔、元鈔共四本，均未見有重刻者，以其殘缺過甚故也，今亦罕覯。

（三）明人著錄多簡略，但知所存卷帙而不明出於何本。

《夷堅志》入明已闕甚，書家收藏鮮及於此，胡應麟謂其「物色藏書之家，若童了鳴、陳晦伯，皆云未睹，蓋瑯琊長公，亦不省有是書矣。」（〈讀夷堅志〉）然案之明代書家著錄，亦未必全無收藏也。

楊士奇《文淵閣書目》卷十一：

《夷堅志》一部十八冊。註：殘闕。《夷堅志》一部十二冊。註：闕。《夷堅志》一部十二冊。註：闕。《夷堅志》一部十二冊。註：闕。（盈字號第六櫥）

趙琦美（1563～1624）《脈望館書目》：

《夷堅志》十一本。（來字號，子，小說）

朱睦㮮（1517～86）《萬卷堂書目》卷三：

《夷堅志》二十卷。（小說家）

觀乎明人著錄，其多不過十八冊，而全不註明出自《四甲》之何集，無由見其殘闕情形，惟諸家活躍時代多在嘉靖萬曆間，其不通有無如是，故亦不得合而得其全。

二、元沈天佑補刊建學本《夷堅志》之流傳

《夷堅志》嘗刊於建寧，凡甲至丁志八十卷，版存於建學中，至元代猶在。時古杭一齋沈天佑在建，嘗「檢點諸卷，遺缺甚多」，而張紹先時為該路府判，以提調學事，命沈天佑「訪尋舊本補之」，惟「奈閩本久缺，誠難再得其全」，幸其友人周宏翁，「於文房中尚存此書，是乃洪公所刊于古杭之本也」，沈據以比較兩本，以古杭本「雖分甲乙至壬癸為十志，似與今來閩本詳略不同，而所載之事，亦大同小異」。於是沈氏即「摭浙本之所有，以補閩本之所無」。凡命工鏤板，四十有三，自以為「始完其編，庶不失洪公編葺之初意，由是《夷堅志》之傳于天下後世，可為全書矣」。（以上見〈沈天佑序〉）

今據涵芬樓所引《嚴元照校注》，以考其書當時修補情形。

嚴本補葉互見表

凡註＊者，表示該則係屬接合，首尾不接應。

凡註＊＊者，表示該則係屬接合，而首尾接應。

卷次、篇名	宋版闕葉數	互　見　表	故事年代
甲　志			
（一）			
1. 孫九鼎＊＊			紹興初
2. 柳將軍	二		
3. 寶樓閣呪＊			紹興 3
17. 王天常＊＊			元豐中
18. 黑風大王	三	支甲二	紹興間
19. 韓郡王薦士		三己一	紹興中
（二）			
1. 張夫人＊＊			
2. 宗立本小兒	二	三己三	紹興 30
3. 齊宜哥救母＊		三己四	紹熙 1
（六）			
1. 史丞相夢賜器			淳熙 5
2. 俞一郎放生	二	三己四	紹熙 3
3. 李似之			大觀 2
（七）			
13. 島上婦人＊		支甲十	
14. 查市道人			慶元 1
15. 仁和縣吏	三		乾道間
16. 周世亨寫經		三己二	慶元初
17. 金釵辟鬼			
18. 搜山大王＊＊			紹興 7
（十四）			
10. 妙靖鍊師＊＊			
11. 蕪湖儲尉		支庚八	建炎間
12. 鸛坑虎		支戊一	
13. 蔡主簿治寸白		支戊三	
14. 許客還債	四	支戊八	
15. 黃主簿畫眉		支戊六	慶元 2
16. 潮部鬼			
17. 建德妖鬼＊＊			

乙　志			
（二）			
12. 趙士珖	一		紹興 31
（三）			
2. 舟人王貴＊＊			
3. 陳述古女詩			
4. 韓蘄王誅盜			
5. 浦城道店蠅	三		淳熙 12
6. 張夫人婢			
7. 竇氏妾父＊＊			靖康中
丙　志			
（十五）			
1. 黃師憲禱梨山		支戊六	紹興 8
2. 周昌時孝行	二		紹熙 2
3. 虞孟文妾			
4. 魚肉道人＊			
9. 阮郴州婦＊＊			乾道 3
10. 岳侍郎換骨	一		淳熙間
11. 朱氏蠶異			紹熙 5
12. 金山設冥			
丁　志			
（十二）			
3. 王寓判玉堂＊	一		
（十五）			
13. 杜默謁項王	一	三辛八	紹熙（？）甲子
14. 龜鶴小石			
（十九）			
13. 陳氏妻			隆興初
14. 謝生靈柑	二		淳熙 14
15. 許德和麥			
小計			
四十六則	廿六葉	見於《支甲》者二則	
		見於《支戊》者五則	
		見於《支庚》者一則	
		見於《三己》者五則	
		見於《三辛》者一則	
		不見於各本而年代確有誤者八則	

由表中所顯示者，可發現下列諸現象：

（一）所據以修補者，至少包括《支甲》、《支戊》、《支庚》、《三己》、《三辛》五志。此點可由互見表知之。

（二）所據以修補者，包含了原有之甲志、乙志、丙志等三志。《甲志》卷一孫九鼎條、王天常條、卷二張夫人條，卷十四妙靖鍊師條之《後半》，卷七搜山大王條、建德妖鬼條之前半，《乙志》卷三舟人王貴條之後半、竇氏妾父條之前半及《丙志》卷十五阮郴州婦條之後半，宋版原闕，今經修補後均前後接應，可見皆係用原文修補者。

（三）所據以修補者，有非原書所有，且不見於現存各本者。以原書成書年代考之，《甲志》不應有紹興以後事，《乙志》、《丙志》不應有乾道以後事，《丁志》不應有淳熙七年以後事，今所修補者，不惟溢出，且有紹熙、慶元間事，其非原書所有可知，而此年代不符者又不見於現存各本之中，亦即現存各本，無法涵蓋當時修補所依據之本。

（四）補葉之數止有二十六，非沈氏所謂四十三。所補四十六則中，二十二則非原書甲至丁所有，幾達其半，而確爲原書所有，止有八則，不足六分之一。

由以上諸現象，以及今所見八十卷本非沈氏修補之舊而論，吾人可作如下之假設：

（一）由於今所見補葉未達四十三之數，且沈天佑修補後亦言「可爲全書矣」（〈沈序〉），故吾人並不排除今補二十六葉爲沈氏以後人所爲。若然，則沈氏所補，版式當全倣宋版，至與宋版無別。

（二）不論補葉爲沈氏或沈氏以後人所爲，以嚴氏所見版式判斷，與宋版有異，當出一人之手。

（三）張元濟氏嘗謂：「是或杭本彙輯諸志，並無支志、三志之別，沈氏遂任取若干以補其缺。」（〈新校輯補夷堅志跋〉）張氏專謂今本補葉爲沈氏所爲，故以杭本當如是，然如補葉非沈氏之舊，其所據之本，亦當如張氏所讚「彙輯諸志」，而無支志、三志之別，修補者任取「以補其缺」也。

（四）修補所據之本爲今見諸本所不能涵蓋，其本應已不存於此壤矣。

沈氏所補刊者，祇有甲至丁志凡八十卷，絕非全書，而其修補所依據之古杭本，乃甲乙至壬癸十志，是否即初甲之一周，則有待檢點後乃有定論。

沈天佑修補宋建學本《夷堅志》今所傳者，亦非當時所印者，現所見諸本，卷首之〈沈天佑序〉中紀年一行，已爲俗子剜去（〈嚴元照跋〉），則爲沈氏以後人所翻印可知矣。

現在八十卷本均出一源，其書輾轉爲諸家收藏，就其圖記而言，陸心源氏嘗詳述之。

卷中有季振宜藏書朱文長印，芳椒堂印白文方印、竹塢二字朱文長印、玉蘭堂白文方印、辛夷館印朱文方印、元照之印白文方印、嚴氏久能朱文方印、張氏秋月字香修一字幼憐朱文方印、香修二字朱文方印、梅溪精舍白文方印、阮元之印白文方印、阮元伯元朱文方印、錢塘嚴杰借閱方印、何元錫借觀記白文方印、江左二字朱文長印、厚民二字朱文方印、元照私印朱文方印、嚴氏修能朱文方印。陸師道手錄《賓退錄》一條于目後及卷一末，小楷極精。案：竹塢、辛夷館、玉蘭堂，皆文衡山印。江左，季振宜印。芳椒堂，嚴久能印。香修張氏，久能姬人之印也。(《儀顧堂續跋》卷十一〈宋槧夷堅志跋〉)

由此琳琅滿目之圖記，吾人可踪其書爲書家收藏情形。

是書最初收藏，由圖記可追溯至長洲文氏，文徵明（1470～1559）祖孫三世藏書頗富，此亦其蒐藏也。

其後書爲季振宜（1630～？）所得，其書雖不見於《季滄葦藏書目》，然印記有之，是知曾爲季滄葦之藏，〔註 7〕其書後爲徐乾學（1631~94）所得，今徐氏《傳是樓宋元本書目》著錄：

宋本之印《夷堅志》八十卷、二十四本。(宙字二樓)

正是此書，雖今本無徐氏印記，然是書嘗爲傳是樓所庋可知。

其書後爲歸安嚴元照所得，嚴氏自謂：

徐氏《傳是樓宋元版書目》載有八十卷，乾隆壬子（1792），見於蘇州山塘錢氏萃古齋，以錢萬四千得之。(〈書手錄夷堅志後〉)

嚴氏甚寶愛之，故手爲之錄副。

此本非今世所刊行者，世人莫得覩，因重錄此，以爲之副。行款字畫，補版奪葉，一遵原文。(仝上)

〔註 7〕錢曾《述古堂書目》卷三著錄洪邁《夷堅志》四十八卷，未知其包含內容爲何？惟其敘稱其舉家藏宋刻之重複者，折閱售之泰興季氏。季氏書半出錢氏，然此書是否爲述古堂舊藏，誠不可知。

此爲嘉慶九年（1804）三月六日事也，次年（1805），此書再度易手，爲阮元所得。

> 嘉慶十年之夏，豆麥爲積雨所壞，蠶事不及十分之一。正難枝梧，又與族孽搆訟，不無虛糜錢帛。至六月中，已無一文看囊錢矣。錢唐何夢華過我，取此書原本以示阮芸臺侍郎，遂以銀錢五十餅易去。（〈書手錄夷堅志後〉第二編）

阮元（1764～1849）得是書後，即影寫進呈，庋之於《委宛別藏》中，今《揅經室外集》卷三見錄，謂之：「影宋鈔本。」原書又輾轉流入陸心源（1834～94）之手。

> 阮文達得宋刻甲至丁八十卷，影寫進呈，阮氏得之吾郡嚴久能，後歸吳門黃堯圃，蕘圃歸于汪閬原，閬原歸于胡心耘，吾從胡氏得之。（〈重刊宋本夷堅志甲乙丙丁集序〉）

是其間又曾經黃丕烈〔註8〕、汪士鐘、胡珽之手。汪氏《藝云書舍宋本書目》子部所錄《夷堅志》甲乙丙丁四集八十卷，即此本也。〔註9〕其書爲陸氏所得，乃刻於《十萬卷樓叢書》之中，而原書亦庋之於皕宋樓，其後隨皕宋樓藏書流入日本，見收在靜嘉堂文庫，今《靜嘉堂文庫漢籍目錄》著錄：

> 《夷堅甲志》至《丁志》八〇卷，宋洪邁撰，宋刊（元修），二四冊，五函、八架。

其下註云：「皕宋樓。」則係此本，殆無疑也。

《夷堅》諸志之寫作時間，以《甲志》最久，其次《乙》至《丁志》之間，亦相隔五至七年，均爲洪邁公閑之作，行爲較爲講求，今書尙在人間，且又得清人屢刻傳世，其非幸歟。

三、夷堅支志、三志合配百卷本之流傳

今所見《夷堅志》之一本，有《支志》存甲至戊、庚、癸凡七志，而《三志》存己、辛、壬凡三志，若不分支志、三志，適爲甲至癸一周，志各十卷，凡百卷本者，以其流傳甚久且廣，故特詳述其傳佈情形。

〔註 8〕黃丕烈於嘉慶十二（丁卯）年跋舊鈔《夷堅志》時謂：「《夷堅志》甲乙丙丁四集，宋刻本由萃古齋售於石冢嚴久能，今又爲何夢華買出，其歸宿未知在何處。」可見其時黃氏尚未得其書。

〔註 9〕黃丕烈士居禮叢書，晚年全歸汪士鐘藝云書舍。

（一）百卷本之初見

《夷堅志》全書散佚情形，入元以後特別嚴重，即明代內閣所藏，亦非全本，〔註 10〕當時流行者，乃經葉祖榮重編之分類本，百卷本之出現，與明代文學評論家胡應麟（1551～1602）實大有淵源。

胡氏本身對志怪亦有所好，嘗自謂：

> 迺余遇志怪之書，輒好之，無異于洪氏也，豈野處之爲是。（《少室山房類藁》卷一〇四〈讀夷堅志〉）

由於《夷堅》志怪之作，卷帙特豐，故胡氏訪之於當時諸家甚久，所得僅武林所刻之分類本。

> 余少讀《鄱陽經籍考》，則遍詢諸方弗獲，至物色藏書之家，若童子鳴、陳晦伯，皆云未睹。蓋瑯琊長公，亦不省有是書矣，武林雕本僅五十卷，而分門別類，紊亂亡章。余固知非野處之舊，然亡從一參考之。（仝上）

胡氏原先對分類本即存有偏見，故得王景文〈夷堅別志序〉，〔註 11〕即喜不勝持，以爲「尚可以推其纂輯之概」，因錄其全文，認定：「觀此序，則洪志義例可推，其敘事當亦可喜，今所傳甚猥淺，蓋殘缺之中，又雜以僞矣。」（《少室山房筆叢》卷二九丙部〈九流緒論下〉）蓋胡氏未睹《夷堅志》，故有敘事當亦可喜之推想，殊不知分類本篇篇俱出洪氏之筆，故逕以爲雜有僞作，至於胡氏之得百卷本之經過，所著〈讀夷堅志〉中有詳盡之敘述。

> 癸未入都，忽王參戎思延語及，云：「余某歲憩一民家，睹敝簏中是書鈔本存焉，前後漶滅，亟取補綴裝潢之，今尚完帙也。」余劇喜，趣假錄之。王曰：「無庸，子但再以《筆叢》餉我可矣。」余持歸，竟夕不能寐，篝燈披讀，迺知此特《四甲》中之一周，爲卷凡百。每篇首綴小引，其後先次第，大都洪氏舊裁。（《少室山房類藁》卷一〇四）

觀此則知胡氏覓得是書乃萬曆十一年（1583）事也，發生地點雖在北京（胡赴試），但王參戎僅言得自民家敝簏中，實際獲書地點，仍欠明白，又由於係一鈔本，也無法進而追尋其來源，而胡氏當時獲書之心情，「至快極愉」，不及詳考，即「亟題其後」，以致但知《夷堅志》總四百廿卷，不知初甲至癸志

〔註 10〕楊士奇《文淵閣書目》著錄《夷堅志》四部，均註殘闕。

〔註 11〕王景文《夷堅志》別序，今亦見錄於《文獻通考》，胡應麟或自其書錄出？

各二十卷，遂逕以爲「此特四甲中之一周」，考據之不謹，由是而知。〔註 12〕

胡氏亦嘗以此本參之分類本，以「其敘事氣法相類如一」，故判斷是書「蓋亦洪氏之纂，匪後人僞託也」(〈讀夷堅志〉)

惟稍後胡氏乃發現所得百卷非初志，而爲《支志》、《三支》合配而成者。

> 余鄉從王參戎處得鈔本洪志，其首撰甲至癸百卷皆亡，僅《支甲》至《支癸》十帙耳。迨其中己辛壬等帙，又《三甲》中書，蓋《支志》亡其三，而《三志》亡其七矣。四志百卷，竟亡餘物色。(〈讀夷堅志〉)

此段記載，考證仍未精審，蓋胡氏仍執意四志有百卷之數，〔註 13〕然至少所得百卷，均已辨其歸屬，除己辛壬爲《三志》外，餘均爲《支志》。於是百卷本之內容，遂大白於世，時明神宗萬曆間事。

（二）百卷本之流佈

百卷本是由《支志》、《三志》配成，故刊佈之時，爲掩其殘缺，遂以各種形式行世，茲述於下：

1. 百卷本之著錄

清黃虞稷（1629～1691）《千頃堂書目》卷十二小說類補著錄此書，作《夷堅志》七十卷，註云：「原一百卷，今存甲、乙、丙、丁、戊、庚、癸七集。」又《夷堅三志》三十卷，註云：「原一百卷，今存己、辛、壬三集。」蓋志目卷數均與胡氏同，惟支志誤作初志也。然則同時人倪燦（1626～87）《宋史藝文志補》亦著錄此書，作《夷堅志》七十卷，三志三十卷，下註均與黃氏同，惟倪氏未必見此書，所據或黃氏《千頃堂書目》，而黃氏原作《支志》不謬也，其手民誤之乎？

又黃氏未註明此係刊本或抄本，惟以現有諸本稽之，未有任何刊本《支志》、《三志》分明者，故當係抄本無疑也，或即胡氏自王參戎處得之者耶？

此後黃丕烈亦得舊鈔百卷，自云：

〔註 12〕胡氏〈讀夷堅志〉云：「洪景盧《夷堅志》四百二十卷，卷以甲、乙、丙、丁爲次，每百卷周而復始，〈四甲〉迄〈四癸〉，通四百卷，餘二十卷，則洪歿而未盈百也。」可見彼以爲初甲至癸亦百卷，故有〈四甲〉、〈四癸〉之數。

〔註 13〕《四庫全書總目提要》卷一四二云：「胡應麟《筆叢》謂所藏之本有百卷，核其卷目次第，乃《支甲》至《三甲》共十一帙，此殆胡氏之本又佚其半也。」不知根據何在？

近又得《夷堅志乙》一至三三卷，此本係舊鈔。《支甲》至《支戊》五十卷，《支庚》、《支癸》二十卷，又《三志己》十卷，《三志辛》十卷，《三志壬》十卷，取兩集以配全，而其□俱不全本也。

黃氏明言舊鈔，且卷帙均與胡氏所得者合，疑同一本也，其書據張元濟云：「舊鈔百卷暨嚴氏所錄副本八十卷，均歸吾友湘潭袁伯夔。」其後，「江陰繆小山前輩嘗取黃氏舊鈔校正呂、周二本」（〈新校輯補夷堅志跋〉），今國家圖書館舊鈔本，卷帙皆同，當即是本。

2. 刊行各本多泯其殘缺之迹

此本自甲至癸，雖有支志、三志之別，然通爲百卷，若去其支志、三志之名，混之若一全本，故坊刻多泯其迹，更動卷數以刊行，張元濟氏言之詳矣。

明人刻書，大都以意改竄，此蓋欲泯其殘闕之迹，故並支志、三志之名而削之，（〈新校輯補夷堅志跋〉）

按張氏所謂明人刻書云云，蓋指明姚江呂胤昌本而言，其書題作《新刻夷堅志》，是書張氏云：「無刊版年月。」國立北平圖書館有藏，題：「明姚江呂胤昌校。」而日本《內閣文庫漢籍分類目錄》著錄二本，註云：「明萬曆二九刊。」其作萬曆二十九年（1601）刊必有所據，去胡氏自王參戎得百卷抄本時，凡一十八年，而當時胡應麟尚在人世，呂氏從何得其本，實不可知，其或輾轉抄者歟？

現所見呂本，以甲乙爲次，作爲十集，凡十卷而不稱志，均可見其欲泯殘闕之迹也。

此外，清乾隆戊戌（四十三年，1778）周信傳所刊之《夷堅志》，與呂本同以甲乙爲次，爲十集，一集又分上下而不分卷，蓋亦取百卷本而變其卷帙，欲泯其殘缺之迹者。

另邵懿辰《四庫簡明目錄標注》卷十四所著錄之「乾隆中刊巾箱本」，謂：「甲至癸，分上下，共二十卷。」又國立臺灣大學研究圖書館所藏《夷堅志》二十卷十冊，爲「清乾隆戊戌年涇縣洪氏修補本」者，雖非如周本之不分卷，然與周本同有二十之數，後者且與周本同刻於乾隆戊戌，相信其間必有大關聯在焉，而全出於百卷本，則無疑也。黃丕烈跋舊抄百卷本《夷堅志》云：「每見近時坊刻稱《夷堅志》者，大都發源於是，而面目又改矣。」洵然。

3. 其不掩殘闕之迹者，則僅存支甲至戊未雜入三志部分。

百卷本甲至戊均爲原書支甲至支戊之舊，其《支志》與《三志》攙雜部分，止在己至癸部分，乾隆時敕修《四庫全書》，從汪如藻家得《夷堅志》五十卷，其書自支甲至支戊凡五十卷，其己至癸間，《支志》《三志》攙雜部分已行刪芟，其何時芟去且何以芟去，已無從考知，然存支甲至支戊之名，蓋未欲掩其殘闕之迹也。

惟當時不併攙雜部分進呈刊印，其所以然者，在於對攙雜部分之不信任，縱不以其爲僞，亦病其蕪亂之甚，而類此不欲掩其殘缺，而芟去攙雜之本，今書家亦有著錄，然多如秀水汪氏所藏，不明其出處。惟均作五十卷。

金檀《文瑞樓書目》卷五宋人小說：

> 《增補夷堅志》五十卷，宋鄱陽洪邁著。

金氏雖未註明此書爲支志，然其卷帙與《四庫》著錄者同，當與秀水汪氏所藏有相當之關連，其作「增補」者，蓋自以「支志」之「支」，以意逆之，作「枝出」、「增益」解，不知洪氏立意，原即取於段成式《酉陽雜俎》支諾臯、支動、支植之名也。

又朱學勤（1823～1875）《結一廬書目》卷三子部：

> 《夷堅支志》五十卷：宋洪邁撰，影寫明嘉靖間刊本。

既已標明爲支志，且作「五十卷」，當與《四庫》著錄者同，爲支甲至戊，然今所見《夷堅》各版本，除清平山堂所刻《新編分類夷堅志》外，別無嘉靖刊本，故朱氏所著錄者，應有四項可能：

（一）別有所據，所據之本正嘉靖間所刻，而今已不見。

（二）與汪藻家藏同出一源，均刻於嘉靖間。

（三）將明萬曆間姚江呂胤昌本，誤作「嘉靖」。

（四）誤將清平山堂分類本，當作《夷堅支志》。

關於第（四）項，清平山堂本有五十一卷，雖易致混淆，然是本果經寓目，當不致誤爲支志。關於第（三）項，以坊刻言，嘉靖與萬曆間所刻書，大有差異，書家當力求無淆，至於第（一）（二）兩項，均需進一步資料，方足驗證，然以可能性而言，應屬極高。

以上諸家著錄，均屬未欲掩其殘闕之本，惟版本來源多欠明晰。

四、分類摘鈔本行之不遠

《夷堅志》全書卷帙繁重，人患不得其全，且其書隨得而錄，內容駁雜，全未分類，人稱不便，故當時即有分類而又摘鈔之本出矣。何異〈容齋隨筆總序〉：

> 僕又嘗風陳日華，盡得《夷堅》十志與《支志》、《三志》及《四志》

之二，共三百二十卷，就摘其間詩詞、雜著、藥餌、符咒之屬，以類相從，編刻於湖陰之計臺，疏爲十卷，覽者便之。

此段記載，嘗字下當有闕字，蓋陳曄有《夷堅志類編》三卷，今著錄《直齋書錄解題》卷十一小說家類及《文獻通考》卷四五八《經籍考》，云：

四川總領陳曄日華取《夷堅志》中書文藥方類爲一編。

卷數雖與何氏所見有異，然當爲一書，非何氏別有所編也，內容大略分爲詩詞、雜著、藥餌及符咒等類，由於是書僅三卷（或十卷），而今所見《夷堅志》中有關詩歌、雜著、藥餌及符咒已不止此數，則編者當時或不以故事爲分類標準也，其必取詩文之雋永可讀，藥餌符咒之有靈驗者，摘錄以爲一書，其所謂「覽者便之」者，蓋以《夷堅志》雖屬荒誕不經，而其中書文藥方未必不可取，恐人或以言害義，故摘出以爲折衷，是以覽者便之也，觀乎何異序《容齋》時亦有重新編類《夷堅》之意，其用心正爲如此。

僕（何異）因此搜索志中，欲取其不涉神怪，近於人事，資鑒戒而佐辯博，非《夷堅》所宜收者，別爲一書，亦可得十卷，俟其成也，規以附刻於章貢（贛州），可乎？

惟就今所見資料，何氏終未編類其書。

至於《夷堅志類編》之編者，爲四川總領陳曄日華，而刊印地點則在湖陰計台，當係就湖南轉運使司取公使庫錢刻之者，其陳氏嘗任於彼而刻是書耶？是書今佚，然於其鱗爪間，亦頗露當時人對此書去取之態度。此摘抄本久之不傳，其或《夷堅》畢竟爲志怪之作，讀者未必以其中之書文藥方之可取，故類編之書，終無法行之久遠也。

第四節　《分類夷堅志》考述

《分類夷堅志》者，蓋亦因應《夷堅志》之繁重駁雜而行世者也，今所見最早之版本，爲明嘉靖二十五年（1546）洪楩清平山堂刊本，〔註 14〕題作《新編分類夷堅志》。洪楩，字子美，錢塘人，以祖鍾蔭，仕至詹事府主簿，清平山堂爲其齋名，現所見清平山堂所刻書，如《六臣註文選》、《話本》等，均就彼家所藏刻之，則是書當即其家之舊藏也。〔註 15〕

〔註 14〕其書板心有「清平山堂」四字。

〔註 15〕有關洪楩事，參見馬廉〈清平山堂話本跋〉，楩或爲洪邁之後裔，田汝成序分

一、編　者

《分類夷堅志》之編者，據清平山堂本題作「建安葉氏祖榮類編」，則知其爲建安人（福建建陽），諸家著錄，多語焉而不詳，無由考其爲何代人。

今卷首有田汝成嘉靖二十五年正月序，蓋應洪楩之請而撰，對於編者，但云「後人」所編，而未述其書來源。錢謙益絳雲樓藏書有此《分類夷堅志》，以書首有田序，逕以爲田氏所刻。錢氏《絳雲樓書目》卷二小說類：

> 《夷堅志》十冊，洪邁，田叔禾家翻宋刻《分類夷堅志》五十一卷。

叔禾，爲汝成之字，〔註16〕田序篇末已著明洪楩翻刊此書之緣由，蓋不欲墮先人手澤之遺，田氏無由另刻之，是絳雲樓所藏《夷堅志》十冊，當即清平山堂《分類夷堅志》也。今國家圖書館所藏，正亦十冊，可證也。錢氏雖誤以爲田刻，然其所謂「翻宋刻《分類夷堅志》五十一卷」者，蓋以所據之本爲宋刻也，不知有何根據？若果爲宋刻，則葉祖榮當爲南宋時人也。

直接認定葉祖榮爲南宋者，爲清代藏書家陸心源，所撰〈分類夷堅志跋〉云：

> 葉祖榮仕履無考，當是南宋末人，各家書錄皆未著錄。（《儀顧堂題跋》卷九）

陸氏在另文〈重刊宋本夷堅志甲乙丙丁集序〉中，即肯定此書爲宋人摘錄，而今所見清平山堂本乃明仿宋刊之本。

> 所通行者，有明仿宋刊《分類夷堅志》五十卷，蓋宋人摘錄之本。（《儀顧堂集》卷五）

然則今本既無法見明仿宋刊之跡，是以陸氏推斷葉祖榮爲南宋末人者，一如錢氏以是書翻自宋刻，皆乏最直接之證據，姑存疑。

二、動　機

胡應麟嘗以所得百卷本《夷堅志》比勘同爲《分類夷堅志》之武林雕本，並推測其編類之動機。其言具見所撰〈讀夷堅志〉中。

類本云：「洪君子美者，景盧之遙冑也，爲太保襄惠公之元孫，……刻是書而傳之，庶幾乎不墮手澤之遺者。」

〔註16〕田汝成，字叔禾，錢塘人，嘉靖五年（1526）進士，授南京刑部主事，累陞廣西右參議，分守右江，甚著政績，終福建提學副使，博學工古文，尤善敘述，歷官西南，諳曉先人遺事，撰《炎徼紀聞》，歸田後，盤桓湖山，窮遊浙西諸勝，著《西湖游覽志》。

> 武林刻本《夷堅志》，不知始自何時，以余所得百卷參之，蓋亦洪氏之纂，匪後人僞托也。其敘事氣法相類如一。意南渡宋亡之後，原書散軼，剞劂者難於補亡，又卷帙繁，迄工不易易，故摘錄其中專志奇詭事，自餘冗碎，咸汰弗錄。且臚列門類，以便行世。（《少室山房類稾》卷一〇四）

武林雕本未必是清平山堂本，然其編纂動機當爲相同，歸納胡氏之言，不外下列三點：

（一）卷帙繁浩，刪其煩蕪。

（二）分門別類，便於閱覽。

（三）原書零落，難於補全。

關於第（一）點，田汝成序云：「蓋後人病其繁複而加擇焉。」朱國楨《湧幢小品》卷十八云：「蓋病其煩蕪而芟之。」正與此同義。關於第（二）點，其便於翻檢，正與《廣記》同，雖二者門類殊異，然均利於稽索者，至顯明也。關於第（三）點，事關葉氏所據底本之實際情形，有待深究，姑存疑。

三、底　本

胡應麟氏所謂「原書散軼，剞劂者難於補亡」，是以編者或爲掩其殘缺之迹，或抱持既已不全，不若精擇之態度，從而類編之，以意度之，未嘗不可能，然則此類假設之前提，必須是編者所見之《夷堅志》已非全書，爲證實此一前提之成立，其惟一方式，即比對《分類夷堅志》所摘錄者，是否溢乎今見各本，或今見各本，有無分類本者不及摘錄者。倘然，方可見葉氏類編此書時所見本之究竟。

《分類夷堅志》共收六四二條，茲將其出處分析如下表：

目次	卷次	則數	則數小計	百分比（%）	備註
甲志	一	5			
	二	5			
	三	2			
	四	6			
	五	5			
	六	5			

目次	卷次	則數	則數小計	百分比（%）	備註
	七	10			
	八	10			
	九	7			
	十	4			
	十一	4			
	十二	3			
	十三	2			
	十四	5（3）			〈許客還債〉條又見支戊八 〈黃主簿畫眉〉條又見支戊六
	十五	7			
	十六	5			
	十七	5			
	十八	2			
	十九	5			
	廿	5	102（100）	15.84（15.53）	
乙志	一	3			
	二	2			
	三	5			
	四	2			
	五	4			
	六	5			
	七	3			
	八	2			
	九	4			
	十	0			
	十一	3			
	十二	6			
	十三	3			
	十四	2			
	十五	5			
	十六	1			
	十七	4			
	十八	0			
	十九	1			
	廿	0	55	8.54	

目次	卷次	則數	則數小計	百分比（%）	備註
丙志	一	2			
	二	2			
	三	4			
	四	2			
	五	4			
	六	1			
	七	5			
	八	2			
	九	6			
	十	2			
	十一	3			
	十二	3			
	十三	5			
	十四	3			
	十五	0			
	十六	1			
	十七	0			
	十八	4			
	十九	2			
	廿	1	52	8.07	
丁志	一	2			
	二	5			
	三	0			
	四	2			
	五	2			
	六	6			
	七	4			
	八	4			
	九	4			
	十	7			
	十一	2			
	十二	3			
	十三	2			
	十四	1			

目次	卷次	則數	則數小計	百分比（%）	備註
	十五	5			
	十六	4			
	十七	2			
	十八	1			
	十九	1			
	廿	3	60	9.32	
戊志					
己志					
庚志					
辛志					
壬志					
癸志					
支甲	一	1			
	二	2			
	三	2			
	四	2			
	五	2			
	六	2			
	七	0			
	八	1			
	九	2			
	十	2	16	2.48	
支乙	一	4			
	二	1			
	三	1			
	四	2			
	五	4			
	六	1			
	七	1			
	八	0			
	九	1			
	十	2	17	2.64	

目次	卷次	則數	則數小計	百分比（%）	備註
支景	一	0			
	二	2			
	三	4			
	四	2			
	五	3			
	六	2			
	七	1			
	八	2			
	九	0			
	十	1	17	2.64	
支丁	一	1			
	二	0			
	三	1			
	四	4			
	五	2			
	六	0			
	七	2			
	八	0			
	九	2			
	十	0	12	1.86	
支戊	一	0			
	二	0			
	三	0			
	四	2			
	五	2			
	六	5（6）			〈黃主簿畫眉〉條已見甲志十四
	七	0			
	八	0（1）			〈許客還債〉條已見甲志十四
	九	3			
	十	0	12（14）	1.86（2.17）	
支己			0	0	
支庚	一	2			
	二	0			
	三	1			

目次	卷次	則數	則數小計	百分比（%）	備註
	四	2			
	五	0			
	六	0			
	七	1			
	八	3			
	九	2			
	十	2	13	2.02	
支壬			0	0	
支癸	一	2			
	二	3			
	三	2			
	四	1			
	五	0			
	六	0			
	七	1			
	八	0			
	九	2			
	十	0	11	1.71	
三甲					
三乙					
三丙					
三丁					
三戊			0	0	
三己	一	0			
	二	0			
	三	0			
	四	0			
	五	0			
	六	0			
	七	0			
	八	0			
	九	0			
	十	0	0	0	

目次	卷　次	則　數	則數小計	百分比（%）	備　註
三庚			0	0	
三辛	一	0			
	二	0			
	三	0			
	四	0			
	五	0			
	六	0			
	七	0			
	八	0			
	九	0			
	十	0	0	0	
三壬	一	0			
	二	0			
	三	0			
	四	0			
	五	0			
	六	0			
	七	0			
	八	0			
	九	0			
	十	0	0	0	
三癸					
四甲					
四乙			0	0	
小　計			367（367）	56.79（56.79）	
無出處者			277	43.21	
總　計			644	100.00	

由表中所顯示者，分明可見下列事實；

（一）《分類夷堅志》全出自初志、支志，而不及三志。

《分類夷堅志》所摘錄者，現存諸志，凡在初志、支志之列，均曾經葉氏所擇錄，如：八十卷本《夷堅志》甲乙丙丁四志，百卷本《支甲》至《支戊》，《支庚》、《支癸》等均有之，而百卷本之《三志己》、《三志辛》、《三志壬》等則無片語隻字。

（二）《夷堅》諸志爲分類本所摘錄者，幾卷卷有之。

由現存《夷堅》初志、支志觀之，其爲葉氏所選擇者，以卷帙言，少有遺漏。除《支戊》卷八〈許客還債〉一條，與甲志十四複見外，惟《乙志》卷十、卷十八、卷二十，《丙志》卷十五、卷十七、《丁志》卷三，支志卷七，《支乙》卷八，《支景》卷一、卷九，《支丁》卷二、卷六、卷八、卷十，《支戊》卷一至三、卷七、卷十，《支庚》卷二、卷五、卷六，《支癸》卷五、卷六、卷八、卷十等二十六卷，未爲葉氏所摘錄。

（三）《夷堅》諸志爲分類本所摘錄之則數，自甲志至支癸，略呈等殺現象。

《分類夷堅志》自甲志所摘錄之則數，高達一〇二條，佔分類本則數總和六四二條，幾達六分之一，而乙至丁志，則數乃降殺至五、六十條，不及總數之十分之一，及至支志，均未超過十七條，其中支景以前至少十五條，支丁以後至多十四條，亦呈等殺之現象。

從以上現象分析，足可顯示幾項事實：

（一）葉氏類編《夷堅志》之所據，當止於初志、支志。

分類未出今見《夷堅》諸志凡二七七條，此二七七條固或出於已佚諸志之中，然有下列兩點事實，可說明葉氏祇據初志、支志而已。

其一，由其有出處者觀之，初志、支志志志有之，三志了無痕跡，其涇渭分明若是，以理推之，葉氏所見，當止於支癸，適支志之終。

其二，初志、支志原應有三百卷，現存甲至丁志八十卷，支甲至戊，支庚、支癸七十卷，凡一百五十卷，佚去亦正一百五十卷，適爲各半，而分類本收六百四十二條，以常情推之，則有無出處者亦當各半，今則五成七與四成三之比，顯然不合比率。

惟葉氏選錄，自甲志至支癸，原即有等殺現象，溢出之二七七則，以一百五十卷除之，每卷得有一・八五則，以支志志皆十卷計，已超出現存各支志爲葉氏摘錄一三・七則之平均數；然溢出之二七七則，倘已佚支志各有十四則，則初志正各有五十五則，適與乙至丁志之平均數同。此數字之相同，絕非巧合，是知葉氏摘錄底本，始於甲志，終於支癸，固必然也。

（二）葉氏所用諸志，當不致有卷帙殘闕現象。

由表中所見《夷堅》初志、支志，卷卷皆有爲葉氏所採錄，故當時應無卷帙脫漏現象，惟其中支戊連續三卷未被摘錄，然亦不可逕斷爲脫漏。

葉氏所據選錄之底本，雖非四百二十卷之全，然如以是合而刊之，亦有初志、支志三百之數，且卷帙完整無缺，當不致有「難於補亡」之想，故葉氏類編此書，當屬有所爲而爲之積極意念，絕不存有「原書散軼，難以補亡」之消極想法。

由於《夷堅》三志甲之成，去支癸不過五十日，〔註17〕而三志甲至癸之完成，其間不過年餘，葉氏爲建安人，自宋以來，即爲坊刻重鎭，葉既能得初志、支志之全，何不能併三志而得之，此涉及葉氏所處之年代，及《夷堅》諸志之雕版所在，倘葉氏非南宋時人，或建刻即止於支志，則斯爲惑者，解矣。

四、著　錄

書家著錄《分類夷堅志》乙書者不多，其首見於朱國楨《湧幢小品》：〔註18〕

> 《夷堅志》原四百二十卷，今行者五十一卷，蓋病其煩蕪而芟之，分門別類，非全帙也。（卷一八）

蓋紀實也，而未及編者及版本，錢謙益（1582～1664）《絳雲樓書目》卷二著錄《夷堅志》十冊，註以此書爲田叔禾家翻宋刻《夷堅志》，五十一卷。田氏未嘗刻是書，惟嘗序清平山堂本，冠於書首，錢氏遂誤爲田刻，實洪刻也。

倪璨《宋史・藝文志補》著錄：《類編夷堅志》五十一卷。下註：以下失名。今清平山堂本題作「新編分類」，與此不同，然以其卷數相符，當即此書，倪氏《宋志補》所錄諸書，多未經目，故言之不詳。

五、卷　帙

通行之清平山堂本《分類夷堅志》，凡五十一卷，〔註19〕自甲至癸，分十集，除己集六卷外，餘集均五卷。惟己集第六卷，祇有淫祠門殺人祭鬼類四則，以則數及頁數而言，均不足成卷，故或以爲此書集各五卷，誤作五十卷者，甚而無視卷數之誤，逕以此書即《夷堅》支甲至戊者。《四庫全書總目提要》謂：「朱國楨《湧幢小品》不知爲志中之一集，乃云《夷堅志》本四百二十卷，今

〔註17〕見《賓退錄》卷八引〈三志甲序〉。

〔註18〕朱國楨爲萬曆十七年（1573）進士，天啓初拜禮部尚書，後爲首輔。

〔註19〕繆荃孫《藝風讀書續記》卷八著錄《分類夷堅志》十一卷，亦爲清平山堂本，惟作十一卷者，當係五十一卷之訛。

行者五十一卷，蓋病其煩蕪刪之。則誤之甚矣。」（卷一百四十二《夷堅支志》）朱氏本不誤，《提要》以分類本爲《夷堅支志》，誤之尤甚。此罔視五十一卷之數，而又未曾一覩分類本而致誤者，然則亦有以分類本爲五十卷者。

萬曆間，胡應麟遍訪《夷堅志》而弗獲，其時惟有武林雕本，據云「僅五十卷，而分門別類，紊亂亡章」（〈讀夷堅志〉），此五十卷本，雖較今見清平山堂本少一卷，然由其「分門別類」，亦當爲分類本，然則是否逕可斷之爲清平山堂本？由於今據胡氏《筆叢》所敘而推之，除卷數與清平山堂本有五十、五十一之異外，尚有數事有待質疑。

（一）清平山堂本頗易辨識。雖前人著錄，偶有失實，惟板心既有「清平山堂」四字，而卷首田汝成序言又詳，豈有不知爲「清平山堂」本者，而胡氏於此，全未言之，寧所見有不同者乎？

（二）胡本書名、編者及刊刻年代，均欠明白。清平山堂本之書名作《新編分類夷堅志》，卷首有題曰「鄱陽洪邁景廬紀述，建安葉氏榮祖類編」，標識清晰，卷卷有之，辨識不難，而卷首田序作於嘉靖二十五年正月，其書刊刻亦在是時無疑也，而胡氏前則云：「今傳止五十卷，他不可考。」〔註20〕後則云：「武林刻本《夷堅志》，不知始於何時。」〔註 21〕於其書名，編者及刊刻年代，全未詳明，其視若無覩乎？抑或考據欠明乎？

（三）胡本與清平山堂本內容似有不同。有關胡本之內容，胡氏於《少室山房類藁》中似有所發現。

> 第刻本統于四百卷摘出，則余藏百卷中，同者固當什二三。今閱之，迺無一重見，則刻本尚難據爲洪書，姑識以俟考。（〈讀夷堅志〉五則之二）
>
> 武林本或從初志摘出，或即初志而妄悉門類，未可知。（同前之三）

胡氏以所得百卷鈔本，參校所謂武林刻本之眞僞，竟「無一重見」，而以現存之百卷本，即胡氏所得者，以校清平山堂本，三志部分（《三己》、《三辛》、《三壬》）固亦「無一重見」，而支志部分之重見者，《支甲》十六條，《支乙》、〈支丙〉各十七條，《支丁》十二條，《支戊》十四條（其中兩條又見於《甲志》）、《支庚》十三條，《支癸》十一條，共計一百條，以百卷本實際則數千二百九十而言，固無當什二三之數，然平均卷有一則，亦百有其八之數，並

〔註20〕《少室山房筆叢》二九丙部〈九流緒論下〉。
〔註21〕《少室山房類藁》卷一〇四〈讀夷堅志〉五則之二。

非如胡氏所謂「無一重見」，且自清平山堂見之，十則之中，乃有一則半之數重見於百卷本，是胡本與百卷本果不同耶？抑或胡氏考之欠精耶？

由上述諸點，實難以認定胡氏所謂武林刻本即清平山堂本，甚至亦非葉祖榮所類編之《夷堅志》。然則葉祖榮所類編者，爲今見分類本之僅存，清平山堂本又爲其刻本之僅有，實亦刻於武林，稱之爲武林刻本亦無不可，而胡應麟所見武林雕本之異於清平山堂本，雖有原即爲二書之可能，然均無法排除胡氏考據不精之因素，則武林雕本亦未必非葉祖榮所編而爲清平山堂本者。

張元濟以爲朱國楨所見之《夷堅志》，「是即建安葉祖榮之《新編分類夷堅志》，與胡氏所見之武林雕本，蓋同爲一書。」是逕以胡本爲葉祖榮所編者，惟張氏又謂「有明嘉靖清平山堂刊本亦極罕見。」〔註 22〕則又不敢斷其即清平山堂本，蓋難定也。

倘胡氏所見本非葉祖榮所編而爲另一書，則無關乎此本之五十一卷，然如胡氏所見本即清平山堂本，以胡氏考據之疏簡，誤以此書爲五十卷，亦不足奇也。

六、價　值

關於分類本之價值，前人多以其非全帙而菲薄之，至謂「分門別類，紊亂亡章」（胡應麟語），陸心源氏嘗駁之，其言曰：「原書四百二十卷，今惟存甲至丁八十卷，宋刊爲愚所得，已經刊入《十萬卷樓叢書》。《支甲》至《支戊》五十卷，爲四庫所收，民間絕少傳本。坊刊巾箱本掇拾叢殘爲之，缺略尤甚，此本猶宋人所輯，當見四百二十卷全書。其所甄錄，出于今存八十卷及《支志》巾箱本之外者甚多。不但全書崖略，可以考見，即宋人遺聞佚事，亦往往賴此以存，未可以刪削薄之也。」（〈分類夷堅志跋〉）陸氏爲知名之大藏書家，《夷堅》現存各本多嘗經目，且宋刊八十卷本亦爲彼所珍藏，其言分類本之價值如此，亦當灼然，惟陸氏顯未審分類本之出處，逕以爲此書普徧自四百二十卷摘錄，故言其「全書崖略，可以考見」，殊不知分類本祇就《初志》、《支志》三百卷錄之，亦無由知崖略也，然則分類本之價值何在乎？其要在於輯佚與校勘兩方面。

〔註 22〕見張元濟〈新編分類夷堅志跋〉。

就輯佚而言，其書有今八十卷本及百卷本所無者，凡二百七十七條，爲涵芬樓輯作《夷堅志補》，凡二十五卷，收入《新校輯補夷堅志》中。除此之外，其有功於輯補者，尚有下列數端：

（一）各本有目無文者，據此以補之。如《夷堅甲志》卷七〈劉粲民官〉條，有目無文，今分類本有之，足資補佚

（二）各本殘闕者，據此以補之。如《夷堅甲志》卷七〈島上婦人〉條，「急登之」以下殘缺，元人又據《支甲》卷十〈海王三〉條末補之，錯亂無章，今分類本有此條，據補可得三十五字之多。又如《丁志》卷十六〈牛舍利塔〉條：「〔恩州民張氏以屠牛致富。一牛臨命〕，跪膝若有〔請。張不肯釋，殺之。將取其肝〕食，血筒〔口〕處忽水〔珠迸出，色如水銀〕而圓，小大不等。張甚驚，尚疑〔是牛黃，始置未〕食。及烹肉就貨，乃不能切，皆有〔圓珠如〕石滿其中，皮肉胃藏盡然，始知〔是〕舍利也。〔張即日〕罷業，裒從來所棄牛骨并舍利，作一塔〔葬〕之。」括弧內文原闕，內容幾不可曉，今據分類本補全。

（三）各本脫葉，據此以補之。如《夷堅・甲志》卷二十〈太山府君〉條自「從天寧寺長」以下，至同卷〈鄧安民獄〉條「意主食庾之出入」止，宋本正脫一葉，幸此二條均另見於分類本，可據以補全。

（四）各本有佚文者，據此本以補之。如《夷堅・支癸》卷四〈楊大方〉條，自「此子是岳州」至「顧二卒日暫押回，度」，凡七十七字，卷七〈蘇文定夢游仙〉條，自「而出，俄聞招呼之聲」以下至「有以招之」，凡四百四十字，各本均佚去，而分類本有之，可據補。

（五）各本有脫句者，據此本以補之。如《夷堅支庚》卷九〈金山婦人〉條，言士夫之妻爲水府判官攝去，後得重逢，妻敘其遭遇，各本均脫去「以我爲妻」四字，若然則後所謂「及既昵熟」四字無著矣，今據分類本補之。

至於分類本之有功於校勘者，亦有下列數端：

（一）各本字跡漶漫，據此本校之。《夷堅丙志》卷九〈宣和龍〉條，言宣和間開封縣前茶肆家有龍現形，分類本狀其形曰：「首如驢」，「驢」字各本均漶漫不能辨認，如此則無由知此龍之形狀，幸得此本校補之。

（二）各本奪字，據此本校之。如《夷堅甲志》卷八〈黃山人〉條，其首云：「贈太師葉助，縉雲人，為睦州建德尉。」而故事中但以「天祐」名之，依例而言，當於葉助下有此「天祐」字，今分類本正有之，可據以校之。

（三）各本有誤字處，據此本校之。如《夷堅乙志》卷三〈王通直祠〉條，王純為建安崇安知縣，得其錄事吏之罪，吏賂庖人置毒餅中，王食其半而覺，奔回官舍未及言而死，死二日，眾僧在堂梵唄，王附靈於小婢，並遣小吏招丞簿尉以言其始末，囑之曰：「幸啓棺視之，可知也。」下句宋刻作「丞以下皆泣」，未免過情，今分類本「泣」字作「驚」，較合情理，宜據以校。

（四）各本有訛字處，據此本校之。如《夷堅丁志》卷一〈夏氏骰子〉條，言太學生夏廛，久未成名，貧甚，對博局而禱，云：「今年或中選，願於十擲內賜之『渾花』。」渾花，謂所擲骰子得全亦者，宋刻作渾化，化字顯係形訛之字，當據分類本校之。

（五）各本有字形不全者，據此以校之。如《夷堅乙志》卷五〈異僧符〉條，言有異僧渡河，取筆書三字，似符而非，了不可識，以授津吏，終以之避瘟，三字者，宋本字形不全，分類本作「䨺巃乁」，可據以校之。

（六）各本不情處，據此本正之。如《夷堅・甲志》卷十八〈楊靖償冤〉條，言楊靖子誣船夫吞沒貨物，船夫含恨自溺，投訴東嶽，拘靖償命，篇末云：「富陽人吳興舉舊為吾家僕，親見靖病及其死云。」分類本「吾家」二字作「楊」，以情節度之，較宋本為妥，當據以正之。

（七）各本有誤乙處，據此本校之。《夷堅丁志》卷八〈吳僧伽〉條，言吳僧伽為惡少所逐，「走避於某家園竹中」，由於是處「不旬日萬竹悉枯」，故文中「園竹」二字作「竹園」較合情，今分類本正作「竹園」，當據以乙轉。

是分類本有功於校勘，亦多矣。故張元濟氏曰：「建安葉氏本雖於原書篇第盡已更變，而所輯各事見於今存各卷中者，頗有異同，足資考訂。」（〈新校輯補夷堅志跋〉）即此之謂也。

惟《分類夷堅志》在修辭上亦有較他本為佳者，如《夷堅・支乙》卷十〈陳氏貨宅〉條，言陳玠者，「生計本厚，將新所居門，為木工所欺，日趨于侈，自門至廳堂，一切更建，浸淫及於什器。歷數年，輪奐整潔，而膏腴上田掃空無餘。」「欺」字分類本作「諛」，而「自門至廳堂」，分類本作「自門而廳，自廳而堂，自堂而廊」，其描寫木工以諛而欺，漸次浸淫之狀，確較百卷本所述爲佳，此亦其價值所在。

第五節　《夷堅志》之版本

《夷堅志》陸續成書，卷帙雖不及《太平廣記》之浩繁，然終非一次刊竣，故當時書家讀者，倘非細心搜求，恐不易得其全，及至後世，曠日彌久，散佚寖多，檢今所見，已不及半，現有各本，存逸情形各不相同，是以版本之不同，則內容即相異，有僅存部分《初志》者，亦有僅存部分《支志》、《三志》者，亦有摘錄分類者，內容既異，自成體系，今探研其版本，當釐其系統，分就《甲》至《丁志》八十卷本及《支志》、《三志》合百卷本與分類本三方面言之，則判然明矣。

一、甲至丁志八十卷本

八十卷本者，非全書分八十卷，是此本僅存八十卷之謂，所存《夷堅》甲至丁四志，志各二十，則有八十之數，今見八十卷各本，均自元人修補宋建學本而來，茲列舉於下：

（一）元人脩補宋建學本

元代《夷堅志》尚存舊版於建學，沈天佑取以刊之，並從友人周宏翁處得借浙本，因以補建學本之缺版，凡四十三版，遂得其全。

此本卷首〈沈天佑序〉撰寫年代，爲後人所剜去，蓋欲掩其非宋所刊以求售者，是此書爲沈氏後之人所刊行者之證也。

由卷中印記得知，書爲明衡山文氏舊藏，〔註 23〕又據書家著錄，其書後爲季振宜所傳，季氏藏書後盡歸徐乾學氏，遂爲徐氏傳是樓收藏，〔註 24〕是書其後流入蘇州山塘錢氏萃古齋，乾隆五十七年，爲嚴元照購得，卻以經濟拮据故，爲何夢華取售阮元，〔註 25〕先後又經黃丕烈、汪士鐘、胡珽之

〔註23〕陸心源〈宋槧夷堅志跋〉，（《儀顧堂題跋》卷十一）。
〔註24〕見徐乾學《傳是樓宋元本書目》。
〔註25〕見嚴元照〈書手錄夷堅志後〉，《悔庵學文》卷七，湖州陸氏刊本。

手，而爲陸心源皕宋樓所庋，〔註 26〕陸氏既沒，皕宋樓藏書爲子純伯售于日人岩崎氏靜嘉堂文庫，現書即在靜嘉堂文庫中，凡五函，二十四冊。〔註 27〕是書爲今所有八十卷本之底本，而八十卷本又爲《夷堅》各志之精華，其價値彌足珍貴矣。

（二）嚴元照影宋手抄本

乾隆壬子（五十七，1792）年，歸安嚴元照修能自萃古齋以萬四千錢購得元修宋刊本，甚寶愛之，〔註 28〕以「此（元修宋刊）本非今世所刊行者，世人莫得睹，因重錄此，以爲之副」，其抄錄此書，始於嘉慶八年（1803）初秋，至次（九）年上巳（三月三）日後乃畢功，前後凡八、九月。在此抄錄期間，亦非事事順利，嘗「以抱疴輟者月餘，以憂思輟者又月餘」，即於抄錄之時，心境亦未必開朗，然由於原先對抄錄此書即有「行款字畫，補版奪葉，一遵原文」之要求，故態度極爲嚴謹，嘗自言其抄錄校勘之情：

> 謄寫時有錯謬，即隨筆改正，鈔畢復以朱筆校勘一過。宋本字畫漫滅，有可以揣得者補之，其絕無筆畫可見者，勿敢率爾也。其漫滅處，往往爲不學者潤飾而誤，予已悉糾正之。予此本，視宋刻固應勝之。〔註 29〕

其云字畫漫滅者，有可以揣得者補之，然以嚴氏態度之保守，仍以「勿敢率爾」者居多，是以今八十卷各本之中，嚴本闕字最夥，即此之故。

然嚴氏既以「一遵原文」自期，對版式之考求，自優於各本，如元人「補版奪葉處」，嚴本均於中縫注「補」字，其有元人修補潤飾，非宋本原有，嚴均予校出。至於故事中，有年代不符者，嚴氏亦予以校正，標註於卷末，如《甲志》卷七末云：「補葉多載及慶元間，必非文敏元文，乃元人雜取《戊志》以後事攙入之耳。」而卷中斷爛處頗多，如係紙張之故，嚴氏亦隨手註明，如《丙志》卷十九謂：「此卷紙已浥爛，末卷尤甚。」《丁志》卷十六末云：「卷中所缺者，皆係撕破，非模糊也。」由以上諸端，嚴抄殆爲宋本之忠臣，自謂「視宋刻固應勝之」，良有以也。

嚴氏錄副訖之次年（嘉慶十年）閏六年，原本爲阮文達以銀錢五十餅購去，

〔註 26〕見陸心源〈重刊宋本夷堅志甲乙丙丁集序〉，（《儀顧堂集》卷五）。

〔註 27〕《靜嘉堂文庫漢籍目錄》。

〔註 28〕嚴元照〈書手錄夷堅志後〉。

〔註 29〕見張元濟〈新校輯補夷堅志跋〉。

而自留此副本，自謂「中郎既往，虎賁猶存，不得不倍加珍惜。」〔註28〕其書在民國初年，歸湘潭袁伯夔所有，張元濟刊行《新校輯補夷堅志》時，由於原本已流落日本，遂從袁伯夔假得此本，〔註29〕又由於此本最近於原本，遂取以底本而以他本較之，惟此本今亦不知流落何方，倘仍在天壤，其價值仍高。

（三）《宛委別藏》本

嘉慶中，阮元芸臺視學浙江，繼官巡撫，多方蒐購四庫未收古書，進呈內府，嘉慶十年（1805）六月，經錢唐何夢華購得歸安嚴元照元脩宋刊《夷堅志》之原本，〔註30〕影寫進呈，計阮氏先後采進遺書，有一百七十四種，仁宗嘉之，特建《宛委別藏》以庋之，此即其一。〔註31〕

《宛委別藏》在禁中，民國初年，產歸故宮博物館管理，現隨遷在台北士林外雙溪。

《宛委別藏本夷堅志》，乃阮氏影寫元補宋刊本而成者，形式頗近原書，卷首有〈沈天佑序〉，內容爲《夷堅》甲至丁志四志，題作《夷堅甲志》、《夷堅乙志》、《夷堅丙志》、《夷堅丁志》，志各二十卷，《丙志》卷二十全闕，又其書志各有目，卷第下均註明則數，內文亦同，足資考索。白口、版心註卷次。

《夷堅志》原有三十二志，除《四乙》不及序外，餘志各有序，〔註32〕此本乙丙丁志均有序，〔註33〕惟《甲志》無之，然《甲志》原當有序，「序所以爲作者之意」，〔註34〕是佚之矣。

此本影寫元修宋刊，款式大抵近之，每卷約十二葉，多不過十四，葉各十八行，行各十八字，與原本同，惟原本脫葉及元人修補處，以影寫故，已無痕跡矣。

阮文達每進一書，必仿《四庫提要》之形式，隱括全旨，撮舉大凡，各有解題，隨書奏進，此《夷堅志提要》，收在《揅經室外集》卷三，詳明可鑑，

〔註28〕嚴元照〈書手錄夷堅志後〉。

〔註29〕見張元濟〈新校輯補夷堅志跋〉

〔註30〕見嚴元照〈書手錄夷堅志後〉，蓋嚴氏農蠶兩不利，又與族人興訟，經濟頓陷困境，遂將是書交何夢華取示阮元以售。

〔註31〕見傅以禮〈揅經室經集書錄序〉。

〔註32〕見趙與旹《賓退錄》卷八，謂：「洪文敏著《夷堅志》，積三十二編，凡三十一序，各出新意，不相複重，昔人所無也。」

〔註33〕〈丁志序〉至「他日戊志成」以下闕。

〔註34〕見趙與旹《賓退錄》卷八。

而《宛委別藏》之書，近又得台灣商務印書館全部影行於世，〔註 35〕甚爲易得，學者便之。

（四）《十萬卷樓叢書》本

陸心源雕《十萬卷樓叢書》，其中收有《夷堅志》八十卷，是即陸氏重刊宋本《夷堅志》甲乙丙丁集也。

陸氏自胡珽心耘處得元修宋刊本，當時元修宋刊本雖有嚴元照、何夢華錄副，阮文達影寫進呈，然均未刊行，陸氏之重刊，是此天壤孤本之再行，其有功於宋本大矣。

十萬卷樓本《夷堅志》，重雕於光緒五年，五卷爲一冊，凡一十六冊。《十萬卷樓叢書》今台灣藝文印書館收在《百部叢書》中，影行於世，甚易得也。

此書行款倣元修宋刊本之例，題作《夷堅甲志》、《夷堅乙志》、《夷堅丙志》、《夷堅丁志》，正文每卷卷第下，小字雙行註云：「行款悉依宋本。」是以每卷十二葉，葉十八行，行十八字，闕葉奪字，一如舊式。

卷首有陸心源光緒五年，〈重刻宋本夷堅志甲乙丙丁四集序〉，言其書之流傳，與梓印之緣由，再次則爲〈沈天佑序〉，闕字仍□之，每志均有目，目及每卷卷第下均註則數若干事，乙丙丁志均有序，甲志序則佚之矣。而每卷末，均一式一行題「光緒五年歲在屠維單閼吳興陸十萬卷樓重雕」，又一行題「陸心源校」，版心註卷次，上下寬黑口。

是本《丙志》第二十卷第十二葉末，小字雙行，題：「庚戌花朝後二日，讀丙志畢，後數頁破碎不堪，殊爲可惜。雅庭識。」第十三葉第一行接大字「明日不復見」下注小字一行「三事王嘉叟說」。至是葉末則有大字一行：「庚戌春仲十日，讀甲志畢。雅庭識。」雅庭不知爲何人？此數行字，《宛委別藏》本無之，是嘉慶以後題之也，光緒以前之庚戌年，惟道光三十年，當即是也。而第十三葉當係《甲志》之錯簡，乃《甲志》卷二十一〈足婦人〉條之尾段，爲甲志之末，故此葉尾有「讀甲志畢」之題署也。

各本〈丁志序〉皆不全，於「他日戊志成」以下闕文，而於次葉接「聖像暴露……」等百四十九字，顯爲錯簡，惟葉尾題有「夷堅丁志卷第」六字，故嚴元照校云：「此序未全，元本取丁志中一卷尾頁補之，可笑。」今檢丁志各卷尾葉，惟卷一目下註十二事，實祇九事，而卷尾顯有刪芟，故此或當爲

〔註 35〕是書爲商務印書館編審委員會編，於民國 70 年出版。凡二百二十冊，《夷堅志》有四冊，1908 頁。

卷一之末葉，陸氏不敢遽然斷之，故附識一行於末，云：「此葉不知何處錯簡，姑仍舊本，附列於此。心源識。」

八十卷本《夷堅志》之重行於世，始於十萬卷樓本，其價値固匪淺矣。由於陸氏本身爲藏書家，其刊此書，又以「款氏全倣宋本」爲原則，是其必有優於他本者。玆分述於下：

1. 優於《宛委別藏》本者。《宛委別藏》本原爲進呈而影寫之，其於斷亂太過者，概予略去，如《丙志》卷二十之全闕，原即「存眞」之想，遂多所刪削。而陸本雖細節毫末，一以珍存，是陸優於阮者，多矣。
2. 優於嚴本者。嚴本原爲留副存眞而抄錄者，校勘頗精，惟過於保守，往往有不及陸本之處，如：

（1）原本字形不全處，嚴本多以爲闕字，陸本則校補之。如《乙志》卷五〈異僧符〉條：「渡則有奇禍至。」「至」字嚴本闕，而陸本作如此，文意較全，今分類本亦作「至」，可見陸校爲是。類此陸本與分類本同，而嚴則闕字者甚多，非一而已。

（2）嚴本與陸本異文，往往可自分類本校之，而終以陸本爲當。如《甲志》卷一〈石氏女〉條：「女小家子不識貴。」「子」字嚴本作「女」，以文意言，當從陸本、分類本作「子」爲是。

（3）凡有錯簡處，嚴多仍之，而陸則據文意校補之。如《丙志》卷十五〈魚肉道人〉條，由於原本此卷自卷首「黃師憲禱梨山」、「周昌時孝行」、「虞孟文妾」至本條「母愧謝曰家□」，宋本作兩葉而闕，元人修版時補之，故嚴本於中縫處注以「補」字，而原本又誤將本條「母愧謝曰家□」以後文，錯入卷二十〈時適及第〉條後，嚴本因之，而陸則改正。陸本既刊行世，又有勝於各本之處，故至今仍有極高之價値也。〔註36〕

（五）《叢書集成初編》本《夷堅志》

民國24年商務印書館印行《叢書集成初編》，其文學類神異小說中收《夷堅志》一部，該書即取十萬卷樓本重新斷句，以鉛字排印，是爲叢書集成本《夷堅志》。

排印後之叢書集成本，《甲志》161頁、《乙志》160頁、《丙志》154頁、

〔註36〕翁同文〈四庫補辨〉以爲《夷堅志》全書散佚，「如求完備，便將中央圖書館本百卷與十萬卷樓本八十卷合刊始可也。」

《丁志》157 頁，目甲 13、乙丙各 11、丁 12 頁、序各 1 頁，總 682 頁，而卷 6 至 7 頁、頁 15 行，行四十字，已非宋本款式。

由於《叢書集成》之編輯主旨，在於便利學者稽索，斷句重排，終不能與原本比擬，其價値自在十萬卷樓本之下，重以前時《叢書集成初編》亦不易得，頗失編印者之初衷。惟近有新文豐出版公司印行《叢書集成新編》，實即翻印《叢書集成初編》者，使其書轉爲易得，然以未加新校，亦不免疊床架屋之譏。

（六）舊小說本《夷堅志》百八十六則

民國 10 年，吳曾祺就上海涵芬樓藏書，輯成《舊小說》乙部，由商務印書館排印行世，〔註 37〕其丁集四宋人小說部份，收有《夷堅志》百八十六則，稽其內容，乃取自甲乙丙丁志八十卷者。

此本並無甚價値，王雲五主編《萬有文庫薈要》時，亦取此書標點鉛印之，《夷堅志》收在第十三冊，其價値又下矣。

二、支志、三志合百卷本

百卷本者，亦非全書，蓋其本僅存百卷，百卷之中，包括原書《支志》之《支甲》至《支戊》、《支庚》、《支癸》等七志及《三志》之《三志己》、《三志辛》、《三志壬》等三志，凡十志，志各十卷，合百卷之數，百卷本最早有見者，爲胡應麟所得舊抄本，〔註 38〕雖不敢斷其爲百卷本之祖，但凡屬百卷本者，必與之有關。

（一）黃丕烈手校舊抄本《夷堅志》

嘉慶間，黃丕烈得《夷堅志》舊抄本，並手爲校勘，親自題跋於卷首，跋曰：

> 《夷堅志》甲、乙、丙、丁四集，宋刻萃古齋售於石冢嚴久能，今又爲何夢華買出，其歸宿未知在何處。余所藏宋刻，有《夷堅》支甲一至三三卷，七八兩卷，皆小字棉紙者。《夷堅》支壬三至十共八卷，《夷堅》支癸一至八共八卷，皆竹紙大字者。近又得《夷堅志》乙一至三三卷，此本係舊抄。支甲至支戊五十卷，支庚、支癸二十

〔註 37〕前有吳序，題曰：「庚戌十月」，則是書之編，當在宣統二年也。
〔註 38〕見胡應麟《少室山房類稿》卷一百四〈讀夷堅志〉。

卷，又三志己十卷，三志辛十卷，三志壬十卷，取兩集以配全，而其□俱不全本也。每見近時坊刻稱《夷堅志》者，大都發源於是，而面目又改矣。天壤甚大，未識洪公所著《夷堅》各種，其宋刻能一一完全否，癡心妄想，其有固未可必，其無亦安敢必邪！嘉慶丁卯正月六日，復翁丕烈識。

其署年在嘉慶丁卯（十二，1807）年正月六日，去何夢華取嚴元照所藏元修宋刊本售阮文達僅一年半，而黃氏所得《夷堅志》各本即豐厚如此，而阮氏所得元修宋刊八十卷後亦歸復翁，〔註 39〕一時天壤孤本，歸於一人之手，明刊分類本又非不可得，復翁未能彙刊之，殆可惜也。

黃丕烈爲清代版本學之泰斗，凡書經其親手校勘、鑒定、題跋，其價必高，此本既爲黃氏手校，其爲題跋，自有極高之學術版本價值，惟跋中仍不免犯有語病，易滋誤會，其所謂「余所藏宋刻，有……皆小字棉紙者……，皆竹紙大字者，近又得《夷堅志》乙一至三三卷，此本係舊抄，《支甲》至《支戊》五十卷，《支庚》、《支癸》五十卷，又《三志己》十卷，《三志辛》十卷，《三志壬》十卷」云者，據文氣言之，其近又得之「《夷堅志乙》一至三三卷」句，可以上屬，則志乙殘卷亦宋刻也，然此句若下屬，則支乙殘卷當係舊抄。是《夷堅志乙》爲宋刊爲舊抄，誠難定也，幸此舊抄本尚在人間，並無此《夷堅乙》一至三三卷，就其所存見之，正支志三志合百卷之本焉。

明萬曆中，胡應麟徧訪《夷堅志》，癸未（十一年，1583）入都，於王參戎思延處得百卷抄本，據謂是本「僅《支甲》至《支癸》十帙耳，迨其中己辛壬等帙，又三甲中書。蓋支志亡其三，而三志亡其七矣。」〔註 40〕是亦支志、三志之合，而卷帙之存佚與黃本相等，豈兩本原係一書耶？若不然，黃本非但無本，且無法斷其抄錄之最晚年代，今以胡氏語焉不詳，不敢直指二者爲一書，然其間必有極重要之關聯者，無疑也。

明清之際，黃虞稷（1629～91）千頃堂亦藏有此支志、三志合百卷本，著錄於其藏書目中，〔註 41〕黃氏嘗與修《明史・藝文志》，倪璨亦與焉，因取其所

〔註 39〕見陸心源〈重刊宋本夷堅志甲乙丙丁集序〉。

〔註 40〕胡應麟《少室山房類稿》卷一百四〈讀夷堅志〉。

〔註 41〕黃虞稷《千頃堂書目》卷十二著錄：「宋洪邁《夷堅志》七十卷。」小註：「原一百卷，今存甲、乙、丙、丁、戊、庚、癸七集。」又著錄：「《夷堅》三志三十卷。」小註：「原一百卷，今存己、辛、壬三集。」正與胡、黃所得之卷帙合，惟其所謂《夷堅志》，當係支志之誤。今倪氏《宋志補》即不沿其誤，可證也。

收藏者，著錄於《宋史藝文志補》中，惟是書是否即黃校舊抄，亦待存疑。

黃本如胡氏所見，「每篇首皆綴小引」，而志志有序，序後有目，卷第下均註則數，內文亦然，固較元修宋刊本為完整，惟元修宋刊每志目錄後均註總則數，曰「凡若干事」，而此本僅支甲目錄後有「凡一百三十七章」七字，餘志均無，又一行題「臨安府洪橋南陳家經鋪抄錄」。

南宋臨安書肆之知名者，有所謂「臨安府睦親坊棚北大街陳宅書籍鋪」，睦親坊在左二廂所管下，而此陳家經鋪所在之洪橋，在左一北廂所管之清和坊東，〔註 42〕顯非一處，且宋人抄書之風固盛，然多藏書家愛書之癖，書估則無此例，是此所謂「臨安府洪橋南陳家經鋪抄錄」云者，事出唐突，其必有誤，不足斷為宋抄。以黃氏之重舊抄，〔註 43〕亦不敢置一辭於是。

黃本既為舊抄，固無絲闌界口，年代不能定，後為湘潭袁伯夔所得，民國 16 年，張元濟謀刊《新校輯補夷堅志》，併從袁氏假得此本與嚴抄八十卷本，其支志與三志部分，即以黃校舊抄為底，而以他本參校之。惟今此書流向何處，已不可知。

此本雖晚至嘉慶間始重現於世，然其來甚早，今不排除與胡氏、黃（虞稷）氏所見本同，其既得黃、繆氏之校，〔註 44〕價值已不菲然，黃氏謂：「每見近時坊刻稱《夷堅志》者，大都發源於是，而面目又改矣。」就今所見百卷本觀之，如明萬曆間姚江呂胤昌校刊本，清乾隆戊戌周信傳耕煙草堂袖珍本，內容與此俱同，謂其發源於是書，誠不為過，而其皆欲掩其殘闕之迹，削去支志三志之名，倘不得黃本校之，則必無法知其舊次，故張元濟云：「使非睹黃氏舊抄，又誰知支庚、支癸及三志己、辛、壬之尚在人間乎？」（〈新校輯補夷堅志跋〉）則是本之有功於洪志，自超於各本上也。

（二）明萬曆間姚江呂胤昌校刊本《新刻夷堅志》十卷

書名題《新刻夷堅志》，分甲乙丙丁戊己庚辛壬癸十集，集各一卷，卷各一冊，今所見為北平圖書館舊藏，庋於台北故宮博物院。

全書無序跋，版式均在白口上標《夷堅志》，魚尾下標某集幾卷，口下標葉數；半葉十二行，行二十四字，高二一・二厘米。

〔註 42〕見吳自牧《夢梁錄》卷七，〈西河橋道〉及〈禁城九廂坊巷〉條。

〔註 43〕黃丕烈云：「大凡書籍安得盡有宋刻而讀之，無宋刻，則舊抄貴矣。」（李群玉詩集題跋）。

〔註 44〕繆以是鈔校其所得明鈔本。

其書卷首有目錄，內文卷首一行題「《新刻夷堅志》一卷甲集」，下題「宋鄱陽洪邁著，明姚江呂胤昌校，繡城唐晟訂，唐晸次」，每卷均同。

王重民《善本書目提要》著錄北平圖書館舊藏者，斷之爲明萬曆間刻本，云：

> 按胤昌萬曆十年舉人，晟、晸則富春堂主人也。卷內有「曾經王韜藏過」、「王韜秘籍」、「淞江玉魫生」、「呂海寰印」、「鏡宇」等印記。卷九目錄有殘闕，韜補鈔，並識云：「天南遯叟補目，時年六十有六，燈下書。」

今書鈐記及識語粲然在目，另有「仲弢」朱文方印，亦韜印也，目錄後所註則數，亦韜爲之也。韜爲同光間人（1828～？），家藏精品不多，此亦然。

王氏謂：「晟、晸爲富春堂主人。」不知所據爲何，或斷此本爲萬曆間所刻〔註45〕或依據於此，然明代金陵書坊唐姓者甚多，富春堂主人唐富春（唐對溪）、世德堂主人唐晟、文林閣主人唐錦池、唐慶堂主人唐振吾等，俱以刊印附圖傳奇著稱，而其版式又近似，其中文林閣本，甚至「疑有轉購別家版片修補重印的」，〔註46〕故益滋混淆，鄭振鐸以爲「三唐氏（唐振吾之外）似爲一家，時代當以富春堂爲最早，而世德堂爲最後，世德堂或已入天啓時代」，〔註47〕周蕪則謂「或爲子侄輩」，此書雖題「繡城唐晟訂、唐晸次」，然各家書目均不敢斷爲世德堂所刻，以其書未有梓印者之題刻。今檢日本《內閣文庫漢籍分類目錄》則有之：

> 《新刻夷堅志》十卷，宋洪邁著，明呂胤昌校，明萬曆二九刊，唐氏世德堂刊，二本。

非但梓者、年代俱全，且有二本，其必有據，今考王氏《善本書目提要》另著錄有《新刻耳談》五卷、《耳談類增》五十四卷，前者題「金陵書坊世德堂梓」，後者題「繡谷唐晟伯成、唐晸叔永梓」，其行款半葉十二行，行二十四字，高各二一・六及二一・三厘米，均與此本近似，而兩耳談除均有作者「黃岡王同軌行文」自序外，亦有李維楨及江盈科（作雪濤小說）之序，唐晟，唐晸兄弟爲世德堂主人殆已無疑，惟《新刻耳談》梓於萬曆二十五年，《耳談類增》梓於萬曆三十一年，內閣文庫所藏《新刻夷堅志》則梓於二書之間，

〔註45〕台北故宮博物院及中央圖書館善本書目均作萬曆間校刻本。

〔註46〕周蕪，《中國古代版書百幅》，頁99。

〔註47〕鄭振鐸《插圖本中國文學史》，頁790。

爲萬曆二十九年（1601），並無不妥情事，〔註48〕況內閣藏本亦必別有所據也。

此書內容，雖作甲至癸十集，實亦支甲至支戊，支庚、支癸，及三志己、三志辛、三志壬，亦即胡氏所謂「支志亡其三，三志亡其七」者，是胡、呂兩本之關連如何？

呂胤昌與胡應麟同爲浙人，同爲萬曆十年舉人，是否同偕浙計上都會試，並不可知，然胡氏在京自王參戎處得百卷鈔本，即在次年——萬曆癸未——當年二月舉行會試。胡氏得此書後，甚寶愛之，先後撰〈讀夷堅志〉五則，併收於《少室山房類稿》卷四中，其考證雖欠精審，然亦非必秘不示人。惟胡氏初得抄本，其心情是「至快極愉」，遂「亟題其後，俟異日校而梓之」（〈讀夷堅志〉第一則），其後雖以「《夷堅》猥薾彌甚，疾行無善迹」，然書既零落，胡「猶悵悵欲睹其全」，自謂「眞無厭之欲也」（〈讀夷堅志〉第三則），旋又以「此書記載，不僅止語怪一端，凡機祥夢卜，瑣雜之譚，隨遇輒錄，以逮詩詞謔浪，稍供一笑，靡不成書，其卷帙易盈而速就，職此故也。」（〈讀夷堅志〉第四則），頗有輕蔑之意，終謂：「余嘗欲取洪書，芟其非怪而附錄者，與往籍已見而並收者，洎宋元諸小說及國朝祝希哲、陸浚明等編，分類以續《廣記》一書，大都亦五百餘卷。雖靡關理亂，而或裨見聞，猶勝洪之售欺于天下也。」（〈讀夷堅志〉第五則）其既以洪氏爲「欺世」，豈尚存初時「校而梓之」之想耶？胡氏逝於萬曆三十年，內閣藏本刊於二十九年，其書若行，胡氏得無寓目耶？是胡本與呂本之關係，應有兩種可能：

1. 胡、呂本俱出一源，而各爲傳鈔之一。
2. 呂自胡處鈔而校梓之。

至於何者爲定論，其關鍵應在萬曆之癸未。

又世德堂爲金陵著名書肆，其所刊書，均有題曰「世德堂梓」或「唐晟梓」，灼然可辨，而今見北平圖書館藏本既無梓者及刊行年代，所題「繡城唐晟訂、唐炅次」，與其諸刻款式不倫，故是否爲萬曆二十九年世德堂原刻，大有可疑，以萬曆書肆風氣觀之，其淺妄者，或有得世德堂之板，改頭換面，剜去題記，以售人耳目者，亦未嘗不有，故此本著錄作「明萬曆間呂胤昌校刊本」，宜也。

呂本在校勘上頗具價值，如《夷堅・支乙》卷一〈馬軍將田俊〉條，「解其馬絆，俊大聲叱之」，至「忽一鬼朱髮青軀，高七八尺，自外入」凡三十六

〔註48〕另內閣文庫藏《新刊出像補訂參采史鑑南宋志傳通俗演義》題評，亦爲金陵唐氏世德堂刊本，梓於萬曆二十一年。

字，及「持錫所服者，須臾而至」，至「叟命取其所服」凡四十字，均舛亂無章，呂本不誤；而《支丁》卷十〈李夢旦兄弟〉條，黃本闕文，而呂本有之。類此情形尚多，是呂本之價值，具見於是。尤可言者，黃本三志辛全闕，而呂本尚有十二條，雖仍闕〈廟神出遊〉、〈神作上梁文〉、〈雲居聖父〉三條，然捨此則更不得原貌也。

（三）繆荃孫手校舊鈔明呂胤昌校《新刻夷堅志》

此本係舊鈔，底本即明萬曆間呂胤昌校刊本，內容大致相同，已知支甲至支戊，支庚、支癸，及三志己、三志壬、三志辛，而掩去殘闕之迹，作甲至癸凡十集，集各一卷，卷爲一冊，今書收藏於國家圖書館，內有「雲輪閣」朱文長印，「荃孫」朱文長印及「江陰邱氏紹周藏書」朱文長印，是曾經繆荃孫筱珊所藏者也。繆氏《藝風藏書記》卷八著錄「《新刻夷堅志》十卷」，云：

> 舊鈔本。分甲乙丙丁戊己庚辛壬癸十集，每集一冊，首行「《新刻夷堅志》一卷甲集」，次行「明姚江呂胤昌校」，寫本勻整，以《賓退錄》所載三十一序校之，甲集鈔本無序，乙集序乃支乙序，丙集乃支景序，丁集序乃支丁序，戊集序乃支戊序，己庚集脫序，辛集序乃三志辛序，壬集序乃三志壬序。原書四百二十卷，今存於世者，甲至丁八十卷，支甲至支戊五十卷，己庚脫序，或是支己支庚，辛壬癸均三志，尤未之聞也。

時繆氏或未得一睹黃校舊抄本，故以《賓退錄》所摘三十一序校之，原無不當之處，然其書癸集亦脫序，繆氏失於記錄，遂誤以其爲三志，而原爲三志己者，雖知其脫序，反妄臆之爲支己，及繆氏再跋《夷堅志》時，頗覺其謬，然仍以內帙爲疑。

> （前略）《四庫》所收之五十卷，即坊本之二十卷。敝藏明鈔本之十卷，已見前跋，再考倪闇公燦補《宋史・藝文志》，別署《夷堅支志》七十卷，小注：存甲乙丙丁戊庚癸七志。三志三十卷，注：己辛壬三志，似即據此流傳之本（當指舊抄本而言）。陸刻原書八十卷，約十二、三葉爲一卷，巾箱本約九十餘葉爲一冊，以爲兩卷則太多，如以爲十卷則太少，殊不可解？（《藝風堂文別存》卷三〈再跋夷堅志〉）

按繆氏所引倪璨《宋志補》，其小注中「志」字原作「集」字，繆氏誤改。繆氏以陸本葉數爲準，推測原書款式面貌，蓋陸本款式既全倣宋本，則各本卷帙葉數均當近之，故繆氏之方法，本亦符合科學精神者。然陸本半葉九行，行十八字，巾箱本是否相同，繆氏則思未及之；而巾箱本二十卷冊，實即《夷堅支志》三志合百卷者，是巾箱本一冊二卷，當原本十卷之數，原本以陸本卷十二、三葉計，則十卷當有百二、三十葉，倘巾箱本款式一如宋本，則冊當有此百二、三十之葉，然如其行有所益，字有所增，則葉數自然遞減，此理之常，繆云：「殊不可解。」誠不解矣。

鈔本既以呂胤昌爲底本，其書款式，固有倣之者，茲就北平圖書館藏本相較，以見其沿襲之迹。

1. 款式之沿襲：如〈甲集〉卷首題款與他集不同，比對如下。

甲集：

宋鄱陽洪邁著

明姚江呂胤昌校

繡城唐晟訂

唐昦次

他集：

宋鄱陽洪邁著明姚江呂胤昌校

繡城唐晟訂

唐昦次

鈔本在此卷首題款中，乃沿襲呂本之差異。

2. 疵繆之沿襲：呂本疵繆處，鈔本亦沿襲之。如甲集目錄中〈復園菜園〉，上「園」字爲「州」字之誤，呂本誤，鈔本亦沿其誤，類此者甚多。

鈔本依倣原本，乃理所當然之事，然所當留意者，應在鈔本與原本不同處，茲比較呂本、鈔本，得有相異處，分述如下：

1. 鈔本有序，呂本無序。鈔本除甲、己、辛、癸集脫序外，餘集均有序，呂本一概無之。
2. 呂本所收條目較鈔本爲多。鈔本顯然有漏鈔者，而凡鈔本漏鈔之條，往往併目錄亦無。如呂本甲志〈復園（州）菜園〉以後尚有六條，鈔本則無，而鈔本目錄亦止於〈復園菜園〉條。類此脫漏，全書達九十六條。
3. 版式有不同處。除鈔本無界欄外，其最大不同，在呂本半葉十二行，行二十四字，而鈔本半葉九行，行二十字。全書行款一律。

由上知鈔本與呂本有詳略互異處，如其鈔本之略於呂本，則或可斷定鈔者有所疏漏；然如鈔本之詳於呂本，則倘非呂本有脫葉，乃必然鈔本別有所據。

然則鈔本果疏漏耶？以鈔本卷首題款力求與原書一致，且半葉九行、行廿字亦全書一律，可見此雖非精鈔，然亦頗嚴謹，其脫漏雖達九十六葉之眾，然既併目而闕，則更見其為闕也，必非偶然，是所據之本當為不全之本也，其既為不全之本，則應無溢乎呂本之情事，而今鈔本較呂本多乙、丙、丁、戊、庚、壬等集之序，可見北平圖書館所藏之呂本，恐亦非原本也，此蓋於敘其版本時已疑之也，其原本或世德堂所刊，而其後有得其版而重刊者，除剜去題記外，併書序亦行抹去。

今檢鈔本諸序，均為原集諸序，雖原本欲以天干一周，掩去其為支志之迹，甚而乙集目錄及正文卷首一行題謂「夷堅志支乙集目錄」、「新刻夷堅志二卷支乙集」云者，顯與他集不同，而較呂本衍一「支」字者，其鈔者失檢乎體例，而不掩其為支志也。鈔本三志之己、辛脫序，壬序雖存而無三志之迹，而洪序皆有署年，較三志諸序為早之〈支癸序〉，鈔本亦闕文，是就所存諸序，有足推斷是書為支志，而無足推斷為三志，是己辛癸序之闕，足掩殘闕之迹，豈徒然哉？繆氏就《賓退錄》三十一序校之，祇得三志之壬，終須賴黃本出，乃知己、辛亦為三志也，〔註49〕是底本原亦有序，其校者或編次者淺妄，欲以天干一周十集十卷，掩去支志、三支合配之迹，刪去甲、己、辛、癸序，使人無以知有三志在前，後併乙、丙、丁、戊、庚、壬亦芟之，使人無以知有支志，是北平圖書館所藏呂本與繆藏鈔本俱出一源，傳鈔傳刻得有二本也。

繆氏所藏舊鈔今在國家圖書館，其書嘗經繆氏補校，補用墨筆，校用朱筆，朱墨斑然可愛。茲分述之。

繆氏補筆，一依舊款，半葉九行，行二十字，字體工整，均出一人之手，計有（一）黃丕烈題跋一則一葉，（二）支甲、支癸、三志己、三志辛序，四則四葉，（三）內文補頁，甲集十五則十三葉，乙集三十則廿七葉，丁集廿七則廿四葉，戊集二十則十九葉，己集九則八葉，庚集九則八葉，癸集四則三葉，計百十九則百七葉。

繆氏校勘頗精，即補葉亦有校筆，可見其必先補後校，甲集正文後朱筆小字題曰「壬子正月十六日校」，是民元之際所校。繆校所據之本凡二，先之以巾箱本，後之以黃校舊抄本，惟所據巾箱本校者較少，故兩校並用朱筆，不刻意別之。戊集補頁〈安氏冤〉條下朱筆小字云：「此下十八條皆巾箱本所

〔註49〕初繆氏說以己庚為支志，辛、壬、癸為三志（《藝風藏書記》卷八《新刻夷堅志》），後又誤己至癸為三志（《增訂四庫簡明目錄標注》卷十四）。

有，與兩抄本異，然非僞本，特不知鈔自何處？」是據巾箱本所校補，餘多以黃校舊抄之，惟癸集目錄〈李小五官人〉條上，墨筆小字一行云：「宋刊止此，下脫。」其所謂宋刊，當即黃丕烈所藏竹紙大字本，所謂「《夷堅》支壬三至十共八卷，《夷堅》支癸一至八共八卷」者，蓋繆校鈔本目錄兩條爲一行，〈李小五官人〉條併下〈吳師顏〉條爲一行，適爲《支癸》卷八之卒章，次行「沈大夫磨勘」以下，則爲卷九之文，正合所謂「支癸一至八」之數，是此本又經宋刻竹紙大字本校之耶？

張元濟謂：「江陰繆小山前輩嘗取黃氏舊鈔校正呂、周二本，聳恿印行。」（〈新校輯補夷堅志跋〉）周本即巾箱本，呂本或即此舊抄，繆氏以此本爲底，取黃、周本校之，用力不可謂不勤，及張元濟所梓，乃以黃本爲底，呂、周二本參校者，而此本遂不行，今睹繆氏手澤，豈徒感慨繼之，其於《夷堅》之流傳，亦有價値在焉。

（四）《四庫全書》本《夷堅志》五十卷

《四庫全書》始修於乾隆三十八年（1173），迄四十七年（1182）全書告竣，其子部小說類異聞收有《夷堅支志》五十卷，其書原爲編修汪如藻〔註50〕家藏本，《四庫全書總目》卷一百四十二云：

> 此本僅存自甲至戊五十卷，標題但曰「《夷堅志》」，以其序文校（趙）與旹之所載，乃支甲至支戊，非其正集，惟與旹記支丙作支景，謂避其曾祖之嫌名，而此仍作丙，殆傳寫者所改歟。

是知汪氏家藏者原題「《夷堅志》」，乃支甲至支戊文，惟《提要》既嘗據其序文校《賓退錄》所載三十一序。則支甲至戊之序原當具在，然《提要》所謂「（趙）與旹記支丙作支景，謂避其曾祖之嫌之名」者，今〈支景序〉敘之綦詳，奈何《提要》捨近從遠，又從而謂「此仍作丙」，是不覩〈支景序〉者歟？今《四庫全書》著錄其書，一依體例，盡去諸序，已無由知其如何矣。

其書止存支甲至支戊者，或以支戊以下，支志、三志交雜，遂併芟去，以掩殘闕之迹。〔註51〕惟邵懿辰《四庫簡明目錄標注》卷十四《夷堅支志》

〔註50〕汪如藻時爲四庫全書總目協勘官在京，以私人進獻圖書達二百七十一種，僅次於黃登賢。

〔註51〕繆荃孫云：「文瀾閣鈔本《夷堅支志》五十卷，即巾箱本之二十卷，原本明姚江呂胤昌校刊十卷，……呂鈔爲十，巾箱本分爲二十，閣本分爲五十，實則一書而已。」（《增訂四庫簡明目錄標注》卷十四）繆氏未眞獲覩《四庫全書》之本，故不知其僅爲呂本，巾箱本之半。

條下著錄：「嘉靖間刊本。」而朱學勤《結一廬書目》卷三子部著錄：「《夷堅支志》五十卷。」小註：「宋洪邁著，影寫明嘉靖刊本。」

今《四庫全書》庋於文淵閣者，盡隨故宮所藏徙置台北，且爲臺灣商務印書館影印行世，合原書兩葉四面上下爲一頁，此書收在第1047冊第265至572頁，藉知原書支甲、支乙各二冊，支丙，支丁各三冊，志各十二葉，葉十六行，行二十一字，無序、無目，卷次下亦不註則數，標題作「《夷堅志》」，卷首版心魚尾下作「《夷堅志》甲卷一」，餘倣此。

又《提要》有云：

> 然其中詩詞之類，往往可資採錄；而遺聞瑣事，亦多足爲勸戒，非盡無益於人心者。小說一家，歷來著錄，亦何必拘於方隅，獨爲邁書責歟！

是《提要》以小說之標準視之，誠爲知音之談，則此本久藏宮禁，歷來書家學者未得一覽，無從據以校勘，今書既行世，其有利於研究，自不待言。

（五）乾隆戊戌錢唐周信傳刊本

乾隆四十三年（1778）六月，錢唐周棨信傳刊《夷堅志》於耕煙草堂，是即巾箱本，或謂之袖珍本。

其書首有仁和沈屺瞻及錢唐何琪序，〔註52〕據沈氏謂：

> 余嘗購得善本，欲以付剞劂，未之逮也。而周君有同志焉，晨窗午夜，讎勘矻矻不倦，訂疑刊誤，釐然秩然。視原刻之魚魯雜糅，荒穢彌目，不啻撥雲見青，理解冰釋，斯豈非洪氏之功臣，而藝林之快舉也哉。

是沈氏亦嘗得善本而不及刊，而周氏之刊此書，亦頗爲之校勘，絕非率爾爲之者。何序謂：

> 周君信傳，承先世之清芬，憫昔賢之墜緒，既刻《七修類稿》成，復取是書，重加釐正，仍以十干編之，是則雖非舊本，亦猶愈於陶九成之《說郛》存十一於千百耳。

是其書已重加釐正，並非舊本，惟其仍以十干編之，作甲至癸十集，與呂本同，衹以呂本分十卷，而此集又卷分上下，凡二十卷，究其內容，實亦支甲至支戊，支庚、支癸及三志己辛壬，爲支志三志合配百卷本也。故非舊本。〔註53〕

〔註52〕何琪，字東甫，號春渚，錢塘人，爲布衣，有《小山居稿》，其藏書多善本。

〔註53〕《增訂四庫簡明目錄標注》卷十四：「隆中刊巾箱本，甲至癸，分上下，共二

呂周二本均以甲乙編次，分爲十集，內容又與黃氏所藏之支志、三志並同，故三者得以互參校之，況「呂本多於周本者凡二十四事，而周本所獨有者亦十八事」（張元濟〈新校輯補夷堅志跋〉），三者互有增損，則於校讎補佚，均大有裨益也。

周中孚《鄭堂讀書記》卷六子部小說家類異聞著錄爲耕煙草堂袖珍本者，即此本也，而台灣大學研究生圖書館所藏《夷堅志》二十卷十冊，所謂「清乾隆戊戌年涇縣洪氏修補本」，以刊印年代與卷本與此同，疑亦此本。

（六）《筆記小說大觀》本

上海進步書局編印《筆記小說大觀》，其第三輯收《夷堅志》一種，題爲「《夷堅志》」，版心有「《夷堅志》某卷」字樣，是石印本。

是書通爲五十卷，順次而下，不以十干爲序，實則爲支甲至支戊五志，前後均有序跋，卷前之序實爲〈乙志序〉，卷尾之序則爲〈丙志序〉，是正文取自支志，書序則取自初志，其變僞錯亂之跡，由是可見，所據何本，更不可考。

其書目錄及卷第下不註則數，卷七八葉，葉二十八行，行三十二字，爲重新排印者，價値不高。

今台北新興書局重印《筆記小說大觀》，是本收在第二十一編第四冊。

三、罕傳殘本

《夷堅志》各本，其非在八十卷、百卷及分類本之體系中者，俱爲罕傳之本，爲書家所珍庋，未嘗再有翻刻者，且多宋元之版，而爲天壤孤本，於校讎、輯佚上，均具高度價値。

（一）宋刊小字棉紙本

黃丕烈跋舊抄《夷堅志》謂：

> 余所藏宋刻，有《夷堅》支甲一至三三卷，七、八兩卷，皆小字棉紙者。

是黃氏嘗收藏是本，至其款式，《增訂四庫簡明目錄標注》卷十四續錄：

> 宋刊殘本《夷堅》支甲，卷葉十行，行二十三字，有一二三七八凡五卷。

其書後歸吳門汪士鐘閬原，今不知所終。

十卷，係掇拾而成，非原第也。」所謂掇拾，謂其重釐次序也。

（二）宋刊竹紙大字本

黃丕烈藏有是本，其跋舊抄云：

余所藏宋刻，有……《夷堅》支壬三至十共八卷，《夷堅》支癸一至八共八卷，皆竹紙大字者。

邵懿辰《四庫簡明目錄》卷十四著錄此本，謂：

黃丕烈有殘宋本壬志、癸志各八卷，十行，行十八字。

壬志、癸志係支壬、支癸之誤，視其行款，較元修宋刊本半葉九行，行十八字，頗近似，《增訂四庫簡明目錄》卷十四續錄謂：

宋刊殘本……支壬，半葉十行，行十四字，存三至十凡八卷，合兩刻僅二十一卷，黃堯圃藏，後歸吳門汪氏。

此顯然失錄「支癸存一至八凡八卷」也，蓋以此竹紙大字支壬八卷小字棉紙本支甲五卷，不足二十一卷故，〔註 54〕支癸殘本八卷，繆氏嘗用以校其舊鈔呂本，可見當時仍在，而今不知流落何方。

（三）元鈔《夷堅志》

王聞遠《孝慈堂書目》〔註 55〕云有《夷堅志》六十卷，注云：

失戊集十卷，己集後五卷，庚集前五卷，壬癸集全。元人鈔，文氏三世閱，汪鈍翁手跋，十二冊。

依其敘述，則此當係戊志至癸志（不含辛志）文，志皆作集，當係鈔者之誤，戊至癸志（不含辛志），志各二十卷，當有百卷之數，惟戊志失其十，己庚各失十五，所存正六十卷，其書每五卷作一冊，志各四冊，己志存第四冊，庚志存第一冊，戊志所佚，未注首尾，故但知存其二冊而已。

此書既經文氏三氏閱，當爲其舊藏，而元修宋刊甲至丁志亦所經藏，則文氏當時庋藏，除辛志外，正志一周規模初見，惟此係元人鈔本，版本不同耳。所謂汪鈍翁（琬）手跋，今不見錄於汪氏堯峰文鈔中，不能知其詳，此本內容多不重見於各本，價値極高，惜孝慈堂之後，今不知流落何人之手，惟乾嘉時黃丕烈士禮居所藏，自謂大半得之王氏，且謂就其《孝慈堂書目》，分類編類，敘次頗詳，以之求蓮涇所藏，雖久散之本，按其冊數多寡，幾知

〔註 54〕附錄載周星詒（1833～1904）所見：「宋本半頁十二行，行二十三字，又一本，半頁十行，行十八字。」亦兩本並見。

〔註 55〕此書不分卷，收在《觀古堂書目叢刻》。王聞遠，字聲宏，號蓮涇，吳郡人，喜藏書，多秘本名鈔，遇宋本必手校。

析符復合（〈士居禮題跋記續錄〉）。然則今見《夷堅》各本，多曾爲黃氏所藏，即如張元濟氏多求蒐求假借，亦不能逮，然獨缺此本者，豈其天矣夫。

四、新校輯補本

民國初年張元濟刊行《新校輯補夷堅志》，爲今見各本篇目最多者，近年中華書局再加新校標點，更趨完備，茲分述如下：

（一）涵芬樓《新校輯補夷堅志》

民國十六年（1927），海鹽張元濟盡發涵芬樓所藏，併友人所假各本《夷堅志》，參互校讎，並爲之補亡輯佚，成《新校輯補夷堅志》一種，由上海商務印書館刊行於世，是爲涵芬樓本《夷堅志》。〔註 56〕

是書凡甲志至丁志八十卷，支甲至支戊、支庚、支癸、三志己、辛、壬合一百卷，《志補》二十五卷，再補一卷，附錄一卷，《校勘記》一卷，爲活版鉛印本，共二十冊。

> 江陰繆小山前輩嘗取黃氏舊鈔校正呂、周二本、慫恿印行。余思文敏遺著，冠冕說部，飄零墜失，讀者憾焉，因有輯印全書之意。（〈新校輯補夷堅志跋〉）

繆氏校本，衹有支志、三志百卷，且以所藏呂鈔爲底本，載不周全，而涵芬樓所藏，大致相同。惟溢出兩本《分類夷堅志》。

> 涵芬樓所藏凡四本：一明姚江呂胤昌本，無刊版年月；一清周信傳本，刊於乾隆四十三年；一明建安葉祖榮分類本，刊於嘉靖二十五年；一明鈔本，無年月。（同上）

所謂明鈔本無年月者，今亦不傳，據謂亦分類本。

> 建安葉氏本與明鈔本同出一源，詞句略殊，門類悉合。雖於原書篇第盡已更變，而所輯各事見於今存各卷中者，頗有異同，足資考訂。（同上）

繆氏雖亦嘗自分類本輯出各本所無者，然未嘗取見於今存各卷中者校勘之，是以繆校尚欠周全，故張氏廣其意，又自友人湘潭袁伯夔處，假得嚴黃二本，並以二本爲底本，彙各本以校刊此書。

〔註 56〕其書卷尾有張元濟之跋，作於庚申（1920）臘月，先於是書出版有七年，或係戰亂之故。

關於此書之體例，書首校例敘之甚詳。

> 甲乙丙丁四志，據嚴元照影宋手寫本。支志甲乙丙丁戊庚癸，三志己辛壬，均據黃丕烈校定舊寫本。所補廿五卷，則以葉祖榮分類本爲之主，而輔以明鈔本。至再補一卷，則雜取諸書，均於條下註明從出。(〈夷堅志校例〉)

分類本既失原書次第，故志補衹依分類本次序編之。至於再補一卷，則爲輯佚之書。蓋張氏就其見聞所及，如趙與旹之《賓退錄》，阮閱之《詩話總龜》，周密之《志雅堂雜鈔》，岳珂之《桯史》，唐順之之《荊州稗編》，焦竑之《焦氏筆乘》，江瓘之《名醫類案》，徐𤊹之《榕陰新檢》，王沂之《稗史彙編》，陳廷桂之《歷陽典錄》等書徵之《夷堅志》條文，加以采輯，續得三十四事，輯成一卷，名曰再補。

此外，書尾尚有附錄一卷，《校勘記》一卷。其附錄所收，即採錄「古人著述及收藏書目涉及是書者」，並「彙輯諸本序跋，附列於後」，至於《校勘記》及其後之刊誤表，則爲：

> 排比工竣覆校時，見有與前條同例爲初校所未及者，別撰《校勘記》，附於卷末。亦有原本無譌而爲手民所誤者，不及一一更正，並附刊誤表於後。(〈校例〉)

其書校勘甚精，體例亦明。嘗自述之。

> 原據諸本錯簡闕文，他本有可補正者，咸加甄錄，並就本文記明起訖及若干字數。其文字異同而義涉兩可或較勝者，則取註於原文之下。……原文有不甚可解者，或審爲脱誤者，均以所疑附註於下，未必有當，聊備參考而已。(〈校例〉)

由是而知，其書爲今見《夷堅》各本最完備者。

其書志各七、八葉，葉二十六行，行二十五字。細口，雙魚尾，版口註某志卷次及葉數，其下標「涵芬樓」三字。綜計全書初志、支志、三志見存者益以志補、再補，共二百六卷，不逮原書四百二十卷之半。張氏既成此書，有感於此，頗有所冀。

> 今者世不經見之書日出不窮，安知此已佚之本，異日不復見於世，即不然，掇拾叢殘，賡續有得，亦可輯爲三補四補，以饜讀者之望。此則區區之願，有待於海內賢哲之助者已。(〈新校輯補夷堅志跋〉)

就今所見書家著錄，如黃丕烈所藏宋刊殘本支壬及元人抄本戊、己、庚、壬、癸諸志，均屬天壤孤本，均在張氏蒐輯之外，倘能重現於世，得而刊之，則去洪氏原貌又近矣。〔註 57〕

涵芬樓刊行此書以來，流傳漸稀，1980 年 12 月日本京都中文出版社又據此略加整理，合原刊兩葉四頁爲一頁，並彙集諸志目錄於卷首以利稽索，影印行世。

又新興書局所刊《筆記小說大觀》第八編亦收有《夷堅志》一種，分在第三、四、五三冊，蓋取此本而影行者，惟亦且不全，祇有初志甲乙丙丁四十卷及《志補》再補二十六卷而已。

（二）新校標點《夷堅志》

1980 年 5 月，北京中華書局印行《夷堅志》一種，是書卷首有何卓〈點校說明〉二頁，述其所以點校之由。

> 這部書搜羅廣泛，卷帙浩瀚，爲宋人志怪小說中篇幅最大的一部。內容多爲神仙鬼怪，異聞雜錄，禨祥夢卜，也記載了宋人的一些遺文軼事、詩詞歌賦、風尚習俗以及中醫方藥等。宋元以來，有不少話本和戲曲都取材於「《夷堅志》」故事。書中有一些篇章，……除可資考證外，還可以窺見宋代城市生活的某些側面。因而《夷堅志》不僅在文學史上有一定價值，同時也是研究宋代社會史的有用資料。

其書係以涵芬樓本《新校輯補夷堅志》爲底本，「重加標點校定」，所以然者，蓋以其：「爲目前收錄篇目最多的本子，初志、支志、三志加補遺共二百零六卷，約爲原書的一半。」除涵芬樓本之外，尚有補編，係從《永樂大典》等書中輯出佚文二十八則，作爲「三補」。書後還附有人名索引，以便讀者查檢。

關於此書就涵芬樓本而更動者，何氏亦於說明中詳述之。

> 原書目錄分散在各志之前，今一并移於全書之首，書後原有的校勘記已散入各志之內，誤字也據原刊誤表改正，因此，原書的校勘記和刊誤表不再重出。凡這次新加的校語，均用〔　〕注明，以示與涵芬樓原校區別。涵芬樓印本的補遺和再補有些條目與前志重複的，依原樣保留，不再一一刪除。（〈點校說明〉）

是其體例較涵芬樓本更加周備矣。全書凡四冊，目錄 102 頁，內文 1844 頁，

〔註 57〕繆荃孫云：「黃堯圃曾得四志之外數卷，今爲好事者所得，秘不示人，殊爲歉缺耳。」（《藝風藏書記》卷八《新刻夷堅志》）

而書後所附之〈夷堅志人名索引〉，亦有 140 頁。

點校工作由何卓負責，其間固有未敢苟同者，如《乙志》卷十七〈蒸山羅漢〉條，記邊公式家墳庵行者劉普，「因夢十餘僧持《學錄書》來求掛搭」，時公式為太學錄，學錄書謂邊氏書信也，此上下均有雙引號，是誤作書名也。又《丙志》卷十六〈確夢〉條：「上有畫字如世間，書云」，此謂字畫如世間書字，世間書三字不當斷開。觀此斷句紕繆尚多，且三補輯自永樂大典者，亦非難事，然則整理舊籍，已為今日不可緩之事，何氏既膺是任，斯已可嘉，況其點校時臨淵履薄之情，躍然溢於字裏行間者。

書後王秀梅所編〈夷堅志人名索引〉，蓋採用四角號碼檢字法編排，凡《夷堅志》正文及其補遺所出現之人名，除無直接關係者，其餘一概收錄，更為方便讀者，對人物之字號、封諡、官職，編者亦根據有關史傳典籍，盡力考證，故雖為人名索引，然其精心處，又非等閒可比擬也。

1982 年 4 月台北明文書局所刊行之《夷堅志》即取此本影印之，而版式全依原本，未加更動。

五、分類本

歷來就《夷堅志》一書，分門別類，編印刊行者有二，一為宋陳曄《夷堅志類編》，一為葉祖榮《新編分類夷堅志》，前者以四百二十卷為底本，摘鈔書文藥方而成，惟已久佚，後者僅據初志、支志分類編次，其書尚在。今就後者及其相關書籍，今述如下：

（一）明嘉靖二十五年清平山堂本

明嘉靖二十五年（1546）年，洪楩刻《分類夷堅志》於清平山堂，題曰：「《新編分類夷堅志》」，是為清平山堂本《分類夷堅志》。書首有田汝成序，版心有「清平山堂」四字，是知其刊者及刊行年代。

其書凡五十一卷，分為十集，仍以十干編次，除己集六卷外，餘各五卷，卷首題曰：「鄱陽洪邁景廬紀述，建安葉氏祖榮類編」，是知編者為葉祖榮，然葉氏仕履無考，陸心源以為南宋末人，若然，則清平山堂非必初刊之本，故陸氏嘗以明仿宋刊稱之，而繆荃孫則逕謂：「當是南宋建陽書肆類集刊本，明人重刊之。」（《藝風藏書續記》卷八《分類夷堅志》）繆氏且據何異序《容齋隨筆》所載，以為何氏亦因陳日華（曄）《夷堅志類編》，而有類似分類摘抄之作，謂：「可見宋人取材此志，各自刊行。」而：「葉君之意，專取神怪，與陳何二君宗旨不合」，〔註58〕故有「安得二書復出，蔚爲鉅觀」之想。

分類本非就原書全加分類，蓋有所摘錄，所摘者以篇爲主，不以文爲主。今就中稽其所出，見於各本者凡三百六十七則，無出處者二百七十七則，而其有出處者，又不出初志、支志之外，是其底本應亦不含三志、四志也。

關於此書分類，集下有門，每門又各爲子目，凡三十五門，百一十二類，俱見於其目中，容後文探討。

清平山堂本爲今見《分類夷堅志》唯一刊本，然其書從未嘗再予復刊，唯其價値甚高，故繆氏目之「眞祕本也」。

（二）明鈔本

明鈔本祇曾見於涵芬樓所藏，張元濟據以校刊輯補《夷堅志》。張氏謂涵芬樓所藏「《夷堅志》」凡四本，其一即明鈔本，言其「無年月」，然則張氏謂之明鈔，不知所據爲何？張氏又謂：

> 建安葉氏本與明鈔本同出一源，詞句略殊，門類悉合。（〈新校輯補夷堅志跋〉）

所謂建安葉氏本當指清平山堂本，與此鈔本必有不同，惟皆源於葉祖榮所編者，因傳鈔而互有訛異。涵芬樓本《夷堅志〈校例〉》謂：

> 葉本訛字頗多，明鈔本亦所不免。

是知其去原本有間矣！鈔本今不知何在，僅能就涵芬樓本想見之。

（三）江陰繆氏雲自在龕鈔本《夷堅志補遺》

是書收藏於國家圖書館，題「《夷堅志補遺》」，凡十冊，五十卷，實即摘錄《分類夷堅志》而成者。

初繆荃孫（1843～1919）得舊鈔呂本，以黃、周二本校補之，後又得清平山堂本《分類夷堅志》，亦以黃、周諸本「核其重複」，謂：

> 分類十集，共六百四十二事。甲乙丙丁四集，得一百九十七事，巾箱本得七十事；舊輯各種書又得十二事；共二百九十九事，又餘三百六十三事，眞秘本也。（《藝風藏書續記》卷八《分類夷堅

〔註58〕據何異言陳曄《類編夷堅志》，乃「就摘其間詩詞雜著藥餌符咒之屬」，而何氏自期者，乃「欲取其不涉神怪，近於人事，資鑒戒，而佐辯博，非《夷堅》所宜取者」，是與葉祖榮異者。

志》條）

所謂「舊輯各種書」，或係繆氏所校舊鈔呂本之補葉，所得十二事，當係三十二事之誤，否則不能得二百九十九之數。繆氏既得所溢出之三百六十三事，遂依原有門類，順次以墨筆抄錄一過，並以朱筆校之，即爲此本。

繆氏親手抄校此本，蓋欲以此收輯《夷堅志》之佚文，倘異日刊印《夷堅志》時，以此爲附錄，然所核重複者，則不當再行抄錄，否則不免疊床架屋之譏也。今檢其書所錄，其重複者乃有百四事，甚欠精審，茲將全書出處，分析如下：

1. 與八十卷本重複者六十九事。
2. 與百卷本重複者三十五事。
3. 不複出者二百五十二事。

以上共計三百五十六事，去前述三百六十三事，尚不足七事，此或抄錄之時，又檢出重複者而略去耶？如〈癸集〉卷三〈蚌中觀音〉條，已錄標題，後又墨筆點去，蓋此條原在《乙志》卷十三，繆氏抄錄時已覺其重而抹之也。是所不足之七事，亦如是耶？然則三百五十六事中，重複者百四，幾佔三成，不可謂不多也，謂其甚欠精審，不爲過也。

此本抄錄之後，繆氏乃以朱筆校之，頗覺有複出者，是故〈丙集〉卷二〈王通直祠〉條標題下，乃以朱筆註云「見乙集三」，卷四〈毛烈陰獄〉條標題下註「見甲集十九」。是繆氏初錄時，乃欲博取以待後來之核校耶？則分類本所輯，不見於八十卷及百卷本者，當有二百七十七事，繆氏又失錄其二十五事，其數幾達一成，亦不寡矣。至如〈辛集〉卷一〈食掛〉條，抄錄不全，祇有篇首至「浸不能」凡二十字，蓋抄錄時以爲重複而略去，其實未重複也。〔註59〕是繆氏雖有心掇拾遺文，然多以意逆之，遂多疏漏。

由於是書錄自清平山堂本《分類夷堅志》，其價値固不及原書，及張元濟《新校輯補夷堅志》行世，乃就分類本所輯，不見於今存百八十卷中者二百七十七則，輯成二十五卷，名爲《夷堅志補》，再以涵芬樓所藏明鈔分類本校之，內容自超乎此本之上。惟此本靈異無義類在乙集卷五禽獸蟲魚之異類之後，而清平山堂本則在卷四靈性有義類之後；此本乙集卷五〈義鶻〉條及〈饒風鋪兵〉條在陶獸蟲魚之異類〈趙乳醫〉條之後，而清平山堂本則在卷四靈

〔註59〕此條當非缺文不錄，繆氏遇缺文處，均注明之，如丙集卷二〈西江渡子〉條篇末以朱筆註「下缺」二字，是也。

性有義類〈本大夫牛〉條之後，是皆與清平山堂本異者。又《癸集》卷三〈陳唐兄弟〉條言城隍誤拘陳唐姪，王覺其誤，連稱：「誤矣！誤矣！」此本「誤」字下有闕字，繆氏於書眉處註云：「空格定是『空宗廟諱』四字。」而清平山堂本逕作「誤矣」，無空格，此似又可補清平山堂本者也。

此本價值不高，近又有新興書局自國家圖書館假得此書，刊印於台北，題「《夷堅志補遺》」，惟欲掩其近抄之跡，乃抹去朱筆批校者也，其價值又下矣。

第六節　《夷堅志》之續作

洪邁以文學知名，掌內翰，及為夷堅奇怪之談，又出以遊戲之筆，其卷帙之多，直追《太平廣記》，故頗著名聲。後人倣作之續筆，間亦有之，茲述之於后。

一、王質《夷堅別志》

王質，字景文，號雪山，其先鄆州人，後徙興國。質博通經史，善屬文，游太學，與九江王阮齊名，阮每云：「聽景文論古如讀酈道元水經，名川支川，貫穿周匝，無有間斷，咳唾皆成珠璣。」著論五十篇，言歷代君臣治亂，謂之朴論。紹興三十年成進士，召試館職，不就，次年金主亮南侵，御史中丞汪澈宣諭荊襄，又明年樞密使張浚都督江淮，皆辟為屬，後入為太學正。時孝宗屢易相，質乃上疏極論之，天子心知其忠，而忌者共讒之，遂罷去。會虞允文宣撫川陝，辟質偕行，一日令草檄契丹文，援毫立就，辭氣激壯，允文起執其手，曰：「景文天才也。」入為敕令所刪定官，遷樞密院編修官，允文當國，孝宗命擬進諫官，允文以質鯁亮不回，且文學推重於時，可右正言，時中貴人用事，陰沮之，出通判荊南府，改吉州，皆不行，奉祠山居，絕意祿仕，淳熙十六年卒，享年五十五（1135～89）。質篤志經學，文章節義有過人者，著有《詩總聞》、《紹陶錄》、《雪山集》等，《宋史》有傳。

質與洪邁為同時人，年齒幼於洪而早卒，質之亡也，淳熙十六年，〔註60〕時邁之《夷堅》己庚兩志在已成未成之間，是王質之作《夷堅別志》，與邁《夷堅》初志略同時，非有續之之意。

〔註60〕《宋史》三九五本傳作淳熙十五年（1188）。

王質《夷堅別志》不知佚於何時，惟其序先是爲洪邁取用，表以數語，以爲壬志之序，〔註61〕今併佚，而《宋志》及《直齋書錄》均未著錄，《文獻通考》子部小說類著錄是書，作二十四卷，並錄其序文，及明胡應麟訪《夷堅》而未獲，自謂：「惟王景文〈夷堅別志序〉，尚可以知其纂輯之概。」因錄之於《少室山房筆叢》卷二十九丙部〈九流緒論下〉。茲錄其文以見纂輯動機及其體例。

> 志怪之書甚夥，至鄱陽《夷堅志》出，則盡超之。余平生所書，略類洪公，始讀《左傳》、《史記》、《漢書》，稍得其記事之法，而無所施，因志怪發之。久之習熟，調利滋耽（胡作「瀜」），翫不能釋，閒自觀覽，要不爲無補於世。而古今文章之關鍵，亦間有相通者，不以是爲爲益而中晝。愈裒所見聞益之，事五（胡作「三」）百七十，卷二十四，今書之目也。余心尚未艾，書當如之（上四字，胡作「久之」）。則將浸及《夷堅》矣。凡《夷堅》所有而洊見者刪之，更生佛之類是也；凡《夷堅》所有而未備者補之，黃元道之類是也。其名仍爲《夷堅》，而別志之，辨於鄱陽也。得歲月者紀歲月，得其所者紀其所，得其人者紀其人，三者并書之備矣，闕一二亦書，皆闕則弗書，醜而不欲著姓名者婉見之，如《夷堅》碓夢之類是也，醜而姓名不可不著者顯揭之，如《夷堅》人牛之類是也。其稱某人云，又某人得諸某人云，若已所見，各識其所自來，皆循《夷堅》之規弗易（胡下有「也」字）。所書甲子之一爲期，過是弗書，耳目相接也。所書鬼神之事爲主，非是弗書，名實相稱也。於《夷堅》之規，皆仍之。其異也者，筆力瞠乎其後矣。

此序並不全，《夷堅》三壬志卷七〈張翼德廟〉條謂：「予憶王景文〈夷堅志別序〉云：『雲安夢張益德其信。』」文意雖不可解，然不見於序文之中，是此序非全文可知也。然則王氏博通經史，其作別志，則在因志怪而發其記事之法，非爲談鬼而施游戲之筆也。其書事凡五百七十，分作二十四卷，卷幾二十四事，而《夷堅．甲志》二十卷三百一十一事，乙志二十卷二百五十六事，合甲乙丙丁四十卷凡五百六十七事，仍不及別志之多。惟胡氏引作三百七十，每卷約十五事，與《夷堅志》較近。

〔註61〕趙與旹（《賓退錄》卷八）云：「壬志（序）全取王景文《夷堅別志》序，表以數語。」則別志成書，即在壬志成書之前，與本文之推測相符。

又王質揭示其書之體例，複見者删，未備者補，得歲月者紀歲月，得其所者紀其所，得其人者紀其人，至其人醜而不欲著姓名者或姓名不可不著者，均依《夷堅》舊例揭現之，輾轉得來者，亦循原規識所自來。是其義例詳盡嚴整，有過人者。

王書與洪書爲近，就王氏體例所見，有複見者如更生佛，今在《夷堅・乙志》卷一，有未備者如黃元道，今《夷堅》乙、丙、丁及支甲志均有之，而王氏以爲未備。至於醜而不欲著始名之〈碓夢〉，今在《夷堅・丙志》卷十六，醜而姓名不可不著之人牛，今在《夷堅・甲志》卷十七，是王氏撰序當時所見，大抵在《夷堅》甲乙丙丁志之間，《丙志》成於乾道七年，《丁志》成於淳熙初，則王氏別志之成書，亦當在此數年之後也。

此書久不傳，明焦竑《國史經籍志》卷四下子類小說家著錄此書二十四卷。然焦氏此書採自歷代史志書目，不分存亡均錄，故無以知其書之存佚。胡應麟雖嘗錄其序，然當取自《文獻通考》也，蓋胡氏錄此序時，尚未有得百卷抄本，及得百卷抄本，乃云：「王質景文《夷堅別志》世不傳。」（少室山房類藁卷一〇四讀《夷堅志》之三）是知其書未得胡氏寓目也。然則錢曾《也是園書目》著錄：「《夷堅別志》十卷。」是當時仍在此壤，其後則不知所終。

（二）元好問《夷堅續志》

元好問（1190～1257），字裕之，號遺山，金太原秀容人，系出拓跋魏，故姓元，金宣宗興定三年登進士第，歷左司都事，尚書左司員外郎，哀宗天興初，入翰林，知制誥，金亡不仕，以著述自任，構野史亭於家，以文章獨步天下者三十年。

元好問之《續夷堅志》，《四庫全書總目提要》卷一四四子部小說家類存目二著錄，作二卷。云：

> 是編蓋續宋洪邁《夷堅志》而作，所作皆金泰和貞祐間神怪之事，前有自序見於《遺山集》，而此本無之，蓋傳寫佚矣。

所謂遺山自序，今《遺山集》無之，〔註62〕恐亦不可得矣！泰和（1201～8）爲章宗年號，貞祐（1213～6）爲宣宗年號，而洪邁之卒，恰爲泰和二年，《夷堅》絕筆，亦當是時，則其事正接續邁志，況二書頗有相近處，洪邁之書，間及北國之事，而遺山此書，「宋士夫淪陷其國者，槩見於末」（〈宋子虛跋〉），

〔註62〕丁氏藏書志有舊抄本二卷，云：「今檢《遺山集》亦無此序。」

是內容亦取所見所聞者，未有南北之分，石民瞻跋謂：「《續夷堅志》乃遺山先生當中原陸沈之時，皆耳聞目見之事，非若洪景盧演史寓言也。」雖欲以「演史寓言」貶抑洪邁，然果能演史寓言，亦良作者，元氏自序既不存，難以推其寫作動機，惟宋子虛跋謂：「文有史法，其好義樂善之心蓋廣矣！所續夷堅志，豈但過洪景盧而已，其自序可見矣。善惡懲勸，纖細必錄，可以知風俗而見人心，豈南北之有間哉？」是知其必有所獎抑也。

元氏爲金源文宗，故此書序跋甚多，前有呰窳叟跋，末有《金史》本傳，附王東起善跋，宋旡子虛跋、吳道輔景文詩及石巖民瞻跋，就中可知原有金刻，即所謂「北地棗本《續夷堅志》」，惟罕至江南，元末吳下王東起善博學且勤，人有異書，必手抄之，及見此書，亟鈔成帙，凡四冊，特以示石巖民瞻，石爲之跋，〔註 63〕又以示宋子虛，子虛自夕讀至丙夜，盡四卷，乃跋其尾，時元寧宗至順三年壬申（1332）之除日。〔註 64〕及元順帝至正八年戊子（1348），武林（杭州）新刻《金史》，王起善因獲一觀，乃謄〈文藝傳・元好問本傳〉附於所書之後，並跋識於後，〔註 65〕似未嘗刊之，王氏鈔本後歸芥甫夏侯所有，至正二十三年癸卯歲（1363）閏三月十七日丁亥，華亭在家道人孫道明明叔借得此書，於泗水北郇居映雪齋錄之，至四月七日丙午錄畢，又爲之跋，〔註 66〕今各本《續夷堅志》多有孫跋，孫跋原當附於所錄副本中，故各本當源自孫鈔。

此書向有二卷本及四卷本之別，由於孫道明所見，祇有二卷，故原書卷帙，亦當止於此數，今其書爲書家所著錄，其最早者爲王圻《續文獻通考・經籍考》（卷一八〇），亦作二卷，清代書家蜂起，錢謙益《絳雲樓書目》（卷三）亦有此書，未註卷數。而錢曾《述古堂藏書目》（卷三）收有鈔本，首見四卷之本，〔註 67〕金檀《文瑞樓藏書目》（卷五元人小說）亦有抄本，仍祇二卷，而丁丙《八千卷樓藏書目》（卷四十子部小說類）有抄本、刊本各一，均爲二卷，繆荃孫《藝風藏書續記》（卷八）有校本，作二卷，是書家所藏多作

〔註 63〕見石巖民跋。
〔註 64〕見宋旡子虛跋。
〔註 65〕見王東起善跋。
〔註 66〕見孫道明跋。
〔註 67〕《千頃卷書目》卷十二《子部・雜家類》著錄吳元復《續夷堅志》二十卷，小註：「一作四卷」，王重民以爲黃氏「誤以元遺山《續夷堅志》當之」（《善本書目提要》），然則《湖海新聞》者，亦有前後集各二卷本，合刊之，亦四卷，故不可逕以元遺山續志當之。

二卷者。

至於此書之刊本，有嘉慶十三年戊辰（1808）冬日杭郡余集大梁書院刊本，底本為榮筠圃先生讀易樓藏本，書凡二卷，不知係刊本或抄本，其子榮譽遊宦河南，以其書所載多河南事，攜以自隨，嘉慶十三年，余集秋室亦來河南，聞而借觀，以書中大半東京瑣事，頗資聞見，遂校其訛脫，手抄付梓，又據宋子虛、王起善二跋皆云四卷，遂仍釐為四卷，其後附以翁氏所輯遺山年譜略一卷。〔註68〕其書就大梁書院鏤版，及余集歸，板為王六泉明府所得，載往蜀中。

大梁書院刊本既出於榮譽所借讀易樓藏本，道光十年（1830）庚寅夏，榮譽見其書流傳仍未廣，遂就書院本重加校正，以付剞劂，收在所編之《得月簃叢書》初刻中。〔註69〕及民國初年商務印書館刊《叢書集成初編》，以《得月簃叢書》為底本，重新點排印行。另余集抄錄以付梓之副本，後又為陽泉山莊所得，亦刊行之。〔註 70〕以上諸本，同出一源，底本為二卷，翻刻者均四卷。

今考四卷之刊本，多出於余氏大梁書院本，蓋余氏就二卷本而釐作四卷，所據即宋、王二跋，而王跋實作四冊而非四卷，宋跋所謂四卷或係四冊之誤，述古堂所藏之四卷抄本，或亦如此。惟原為二卷，余氏強分四卷，殊嫌武斷，〔註 71〕且徒滋混淆而已。蓋四卷既自二卷強分之，則四卷猶二卷也，縱令原書為四卷，豈即此四卷耶？今以其書雖有二卷及四卷之別，然內容則數均同，故原書當祇二卷，四卷者余氏所為也。繆荃孫氏嘗得巾箱本二卷，又得陽泉山莊本及大梁書院本，及民國元年壬子（1912）二月，又從沈曾植借觀舊鈔，較見同異，謂：

> （舊抄）分前後二集，不分四卷，則其書在前可知，目錄後有呰窳叟跋，後集目錄後有石民瞻跋，末有《金史・文藝傳》、王東起善跋、吳道輔詩、孫道明跋，似不似余本之雜次。……前集一百有三條，後集一百有六條，不全者一條，有目無文者四條，實存二百有五條，較他本多三條（案：即〈項王廟丁廣寧寺鐘〉、〈石楮大火〉、〈永安

〔註68〕見余集〈續夷堅志序〉。

〔註69〕見榮譽〈續夷堅志序〉。

〔註70〕據繆荃孫《藝風堂文別存》卷三〈續夷堅志跋〉引該書張皂齋序，云：「原出余秋室手書。」

〔註71〕繆跋語。

> 錢〉三條），亦可稱善本矣。（《藝風堂文別存》卷三《續夷堅志》跋）

是舊抄之規模較近古耶？

四卷之刊本除余氏大梁書院本及陽泉山莊本外，《得月簃叢書初刻》、《元遺山先生全集》、《石蓮盦彙刻九金人集》、《筆記小說大觀》第四集、《叢書集成初編》文學類，均有收輯，二卷者惟繆氏所見之巾箱本。

（三）《重刊湖海新聞夷堅續志》前集二卷後集二卷

此書雖題作《重刊湖海新聞夷堅續志》，然世頗傳鈔本，清季繆荃孫藝風堂收有此書，爲鈔校本，前後集各二冊，爲之題跋，云：

> 鈔校本。首行「重刊湖海新聞夷堅續志」，次行「澄江河東思善堂」。前集八門，曰：人倫、人事、符讖、珍寶、拾遺、藝術、警戒、報應，二百二十一條；後集九門，曰：神仙、道教、佛教、文學、神明、怪異、精怪、靈異，物異，二百八十八條。第一條曰：「大元昌運」紀元太祖、太宗、世祖，餘事紀宋元雜事，間及前代，然不及十之一。荃孫在鄂，見宜都楊惺吾學博所藏前集鈔本、後集元刻本，字極精。前集九門，曰：人倫、靈異、符讖、拾遺、人事、治道、藝術、警戒、報應，一百八十四條，較此本增一門（無珍寶門，多靈異、治道兩門），而少三十七條，後集七門，短靈異（錯出前集）、物異兩門，二百五十八條，多寡殊異。次行署款「江陰薛證汝節刊」，澄江，江陰古名。河東薛郡名，一題名，一題堂，名亦相符合。李申耆先生集有是書。跋云：「目錄末有澄江河東思善堂書」，次行「江陰薛詡汝節刊」，又與兩本不同，而止見前集，系元刻本。此本多於楊本，然取楊本前集對校，亦多出四十一條，輯爲補遺。「心有山水」下補「蜈蚣孕珠」、「巨蛇吐珠」兩條（目有書無），尚有兩本均缺處，轉疑均非足本，惜皕宋樓本不能借校，無由抉其蔽也。李跋以薛詡汝爲雙名，誤；又以爲元好問書，亦誤。（《藝風藏書記》卷八）

李兆洛（1769～1841）所藏，不知歸於何人，而繆氏就所得本與楊守敬（1840～1914）所藏參校，不惟多寡殊異，門類錯雜，即如繆本前集多楊本三十七則，而楊本亦有不見於繆本者四十一則，故繆亦不以足本當之。

此書門類既分，就之可略知其梗概，惟繆本次行所題「澄江河東思善堂」，未言爲編爲刊或爲校，而楊本則無此題，另四者「江陰薛證汝節刊」，繆氏頗以爲兩名實一，然則李本二款均有之，而文字略不同，惟「思善堂」下「書」

字甚突兀，而汝節當爲薛證字，而李又誤以爲范詡汝所節刊，繆均指而糾之，然則繆既專意以爲「江澄河東思善堂」與「江陰薛證汝節」之名同，是書果出於何人之手，仍不得而知。

國立北平圖書館舊藏此書前集二冊十卷，題元思善堂編，明烏絲欄鈔本，王重民《善本書目提要》據以謂：

> 原書不著撰人姓名，卷一人倫門君后類首大元昌運，敘事至元代前至元間胡元統一中國，知爲元初人撰，按《千頃堂書目》卷十二有吳元復《續夷堅志》二十卷，注云：「字山謙，鄱陽人，宋德祐中進士，入元不仕。」時代正相値，惟著者即未仕元，亦已奉大元正朔矣。此僅有前集十卷，而卷端尚有後集目錄，凡分十類，知亦爲十卷，則全書爲二十卷，卷數亦相同，殆即元復所撰。千目又云「一作四卷」者，蓋誤以元遺山《續夷堅志》當之也。

王氏謂此書爲吳元復撰，所據惟《千頃堂書目》，〔註72〕而書名則作《續夷堅志》，與元遺山之書同名，然並非一書也，惟其二十卷，過於元氏甚多，然今書家著錄，或前後集各一卷，或各二卷，亦僅有千頃堂與北圖所藏作前後各十卷，所以然者，是集分十類，類各一卷，共十卷，其不依類分卷者，遂僅一、二卷也。

此書諸史藝文志並無著錄，僅見於書家收藏，除千頃堂外，錢謙益《絳雲樓書日》卷二〔註73〕、錢曾《述古堂藏書目》卷三，〔註74〕錢檀《文瑞樓藏書目》卷五宋人小說，〔註75〕丁丙《八千卷樓書目》卷十四子部小說類，〔註76〕均有著錄，而國家圖書館所藏亦抄本，凡前集一卷，後集一卷，補遺一卷，當係繆所藏鈔校本。通行之本有《適園叢書》本，收在第十二集，前集二卷、後集二卷、補遺一卷，當係覆繆氏舊鈔者。

（四）《廣夷堅志》二十卷

見於《四庫總目提要》卷一四四子部小說家類存目二，爲兩江總督採進本。

〔註72〕見黃虞稷《千頃卷書目》卷十二《子部・雜家類》。

〔註73〕絳目著錄元遺山《續夷堅志》，註：「見後」；又著錄《夷堅續志》，註云：「元好問」。後者顯係《湖海新聞》之簡稱，錢氏誤以爲一書。

〔註74〕述目作「《夷堅續志》一本」，不題撰人，當亦此本。

〔註75〕文瑞目作《湖海新聞》前後二集，註謂抄本，而誤爲「宋鄱陽洪邁著」。

〔註76〕八千卷樓所藏亦爲抄本，作《湖海新聞》前集一卷，後集一卷。

此書舊本題明楊愼撰，前有嘉靖二十年愼門人夏林序，《提要》據以斥其僞，謂：

> （夏序）文詞猥陋，舛誤疊出。如云：宋洪邁有《夷堅志》二十卷，考邁書……乃四百二十卷，非二十卷也。又稱宣和皇帝喜長生不死之術，一時士大夫相習成風，爭爲此類言語以媚於上，洪故賢者，亦不能免，考邁乃高宗紹興十五年進士，孝宗時，官端明殿學士，非徽宗宣和時人。又稱愼著述已滿天下，晚年學莊子之卮言，拾齊諧之剩語，仿洪氏之例而推廣之。考愼以正德六年辛未登第，年二十四，至嘉靖二十年辛丑，僅五十四歲，非晚年也。其爲僞託，已無疑義。及核其書，乃全錄樂史《廣卓異記》，一字不異，可謂不善作僞矣。

其不善作僞，宜乎書之不傳。

結　語

《夷堅》續作，除廣志之僞作外，餘多出名家之手，一皆志怪之作，其內容之可取，亦一如洪志，然續作亦當不止四本，明胡應麟謂：「余得《夷堅續志》四卷，蓋本朝人錄也。」（〈讀夷堅志〉）似又別有一書。類此志怪之作，而取「夷堅」之名，雖跋識者洶洶者以爲過於景廬，然非此書之可讀，又豈有續之者耶？